SUE GRAFTON

Ruhelos

Buch

Kinsey Millhone ist eine mit allen Wassern gewaschene Privatdetektivin. Sie ist zweimal geschieden und jetzt Single, mit einem kleinen Büro in Santa Teresa, wo sie alle zweiunddreißig Jahre ihres Lebens verbracht hat. Kinsey hat schon viele Abenteuer überstanden und geheimnisvolle Fälle gelöst, aber einen so rätselhaften Auftrag wie diesen hat sie bisher nicht erhalten. Schließlich verschenkt man keine 25 000 Dollar. Doch der Mann, der am Tag vor Halloween bei Kinsey Millhone auftaucht, hat genau das im Sinn. Kinsey soll einen fünfzehn Jahre alten Jungen ausfindig machen, der spurlos verschwunden ist, und ihm das Geld überbringen. Über die Hintergründe seines Auftrags verrät der edle Spender allerdings nichts. Statt dessen liegt er kurz darauf tot am Strand von Santa Teresa. Schritt für Schritt erforscht Kinsey die Identität des geheimnisvollen Auftraggebers, findet heraus, wo sich der verschwundene Junge aufhält, und gerät dabei in einen Strudel gefährlicher Ereignisse . . .

Autorin

Sue Grafton ist die Tochter des Krimiautors C. W. Grafton. Mit ihren Romanen um die Privatdetektivin Kinsey Millhone hat sie eine der erfolgreichsten amerikanischen Krimireihen geschaffen. Sie wurde mit mehreren Preisen ausgezeichnet, und ihre Romane erreichen allein in den USA Auflagen in Millionenhöhe. Sue Grafton ist Präsidentin des Verbandes der Mystery Writers of America und lebt in Santa Barbara, Kalifornien.

Von Sue Grafton außerdem im Goldmann Verlag erschienen:

Nichts zu verlieren [A wie Alibi]. Roman (42657) · *(›A‹ is for Alibi)*
In aller Stille [B wie Bruch]. Roman (42658) · *(›B‹ is for Burglar)*
Abgrundtief [C wie Callahan]. Roman (42659) · *(›C‹ is for Corpse)*
Stille Wasser. Roman (43358/42637) · *(›J‹ is for Judgement)*
Frau in der Nacht. Roman (42638/41571) · *(›K‹ is for Killer)*
Letzte Ehre. Roman (41586) · *(›L‹ is for Lawless)*

Als gebundene Ausgabe:

Kopf in der Schlinge. Roman (30794) *(›N‹ is for Noose)*

Als gebundene Ausgabe im C. Bertelsmann Verlag erschienen:

Goldgrube. Roman (156) · *(›M‹ is for Malice)*

Sue Grafton

Ruhelos
(D wie Deadbeat)

Roman

Aus dem Amerikanischen von
Dagmar Hartmann

GOLDMANN

Die Originalausgabe erschien unter dem Titel
»›D‹ is for Deadbeat«
bei Henry Holt, New York

Der Roman ist bereits unter dem Titel
»D wie Drohung«
auf deutsch erschienen.

Umwelthinweis:
Alle bedruckten Materialien dieses Taschenbuches
sind chlorfrei und umweltschonend.

Taschenbuchausgabe 3/99

Umschlaggestaltung: Design Team München
Satz: DTP Service Apel, Hannover
Druck: Elsnerdruck, Berlin
Verlagsnummer: 43701
JE · Herstellung: Heidrun Nawrot
Made in Germany
ISBN 3-442-43701-6

1 3 5 7 9 10 8 6 4 2

Für meine Schwester Ann
und in Erinnerung an Maple Hill

[illegible]

1

Später fand ich heraus, daß sein Name John Daggett war, aber so stellte er sich nicht vor an dem Tag, als er in mein Büro kam. Schon damals spürte ich, daß etwas nicht stimmte, aber ich konnte mir nicht denken, was es war. Der Job, für den er mich anheuerte, schien einfach genug, aber dann versuchte der Gauner, mich um mein Geld zu bringen. Wenn man freiberuflich arbeitet, kann man es sich nicht leisten, solche Dinge schleifen zu lassen. Das Wort macht die Runde, und ehe man sich's versieht, glauben alle, man ist leicht übers Ohr zu hauen. Ich spürte ihm nach, meines Geldes wegen, und das nächste, was ich weiß, ist, daß ich in einen Strudel von Ereignissen hineingerissen wurde, von denen ich mich bis heute noch nicht ganz erholt habe.

Mein Name ist Kinsey Millhone. Ich bin Privatdetektiv, habe eine Lizenz vom Staat Kalifornien und ein kleines Büro in Santa Teresa, wo ich die ganzen zweiunddreißig Jahre meines Lebens verbracht habe. Ich bin weiblich, selbstversorgend, und jetzt Single, nachdem ich zweimal geschieden bin. Ich gebe zu, daß ich manchmal mürrisch bin, aber meistens bin ich umgänglich und freundlich, hege allerdings (vielleicht) einen übertriebenen Wunsch nach Unabhängigkeit. Außerdem plagt mich genau die Art von Verbissenheit, die die Arbeit als Privatdetektiv für jemanden mit Hochschulausbildung, einem Abschluß der Polizeiakademie und der Unfähigkeit, für jemand anderen zu arbeiten, zu einem ausbaufähigen Vorschlag werden läßt. Ich zahle meine Rechnungen pünktlich, befolge die meisten Gesetze und finde, daß andere Leute das ebenfalls tun sollten ... schon allein aus Höflichkeit. Wenn es um Gerechtigkeit geht, bin ich pedantisch, aber ich lüge auch, wenn es nötig ist. Unbeständigkeit hat mich noch nie beunruhigt.

Es war Ende Oktober, am Tag vor Halloween, und das Wetter im Mittelwesten spielte Herbst – klar und sonnig und kühl. Als ich in die Stadt fuhr, hätte ich schwören können, daß Holzrauch in der Luft lag, und ich erwartete fast, daß die Blätter sich gelb und rot verfärbten. Statt dessen sah ich nur dieselben alten Palmen, dasselbe gnadenlose Grün überall. Die Brände des Sommers waren unter Kontrolle, die Regenfälle hatten noch nicht eingesetzt. Es war eine typische kalifornische *Nicht*jahreszeit, aber sie kam mir vor wie Herbst, und ich reagierte mit übermäßig guter Laune, dachte daran, am Nachmittag zum Schießplatz hinauszufahren, was ich immer tue, wenn ich etwas zum Lachen haben will.

An diesem Samstagmorgen war ich ins Büro gekommen, um ein paar buchhalterische Aufgaben zu erledigen – Rechnungen zu bezahlen, meine Monatserklärungen fertigzumachen. Ich hatte meine Rechenmaschine aufgestellt, ein Formular in die Schreibmaschine eingespannt, und vier ausgefüllte Erklärungen lagen links von mir auf dem Schreibtisch, adressiert und gestempelt. Ich war so in meine Aufgabe vertieft, daß ich gar nicht merkte, daß jemand in der Tür stand, bis der Mann sich räusperte. Ich reagierte mit einem dieser kleinen Sätze, wie man sie macht, wenn man die Abendzeitung aufschlägt und eine Spinne rausläuft. Der Mann fand das offenbar amüsant, aber ich mußte mich auf die Brust schlagen, um meinen Herzschlag wieder zu verlangsamen.

»Ich bin Alvin Limardo«, erklärte er. »Tut mir leid, wenn ich Sie erschreckt habe.«

»Schon gut. Ich hatte bloß keine Ahnung, daß Sie da standen. Suchen Sie mich?«

»Wenn Sie Kinsey Millhone sind, ja.«

Ich stand auf und schüttelte ihm über den Schreibtisch hinweg die Hand. Dann forderte ich ihn auf, Platz zu nehmen. Mein erster flüchtiger Eindruck war, daß er ziemlich heruntergekommen war, aber auf den zweiten Blick fand ich nichts, was diesen Eindruck untermauert hätte.

Er war um die Fünfzig, zu hager, um bei guter Gesundheit zu sein. Sein Gesicht war lang und schmal, das Kinn ausgeprägt. Sein Haar war aschgrau, kurz geschnitten, und er roch nach Zitrus-Cologne. Die Augen waren haselnußbraun, sein Blick distanziert. Der Anzug, den er trug, war von einem sonderbaren Grünton, seine Hände waren riesig mit langen, knochigen Fingern und deutlich vergrößerten Knöcheln. Die fünf Zentimeter schmalen Handgelenke, die ohne Manschetten aus den Jackettärmeln ragten, deuteten auf Schäbigkeit hin, obwohl seine Kleidung nicht wirklich abgenutzt aussah. Er hielt ein Stück Papier in der Hand, das er zweimal gefaltet hatte, und damit spielte er jetzt verlegen herum.

»Was kann ich für Sie tun?« erkundigte ich mich.

»Ich hätte gern, daß Sie das zustellen.« Er strich das Stück Papier glatt und legte es auf meinen Tisch. Es war eine Bankanweisung auf eine Bank in Los Angeles, mit Datum vom 29. Oktober, und ausgestellt auf eine Person namens Tony Gahan über eine Summe von fünfundzwanzigtausend Dollar.

Ich versuchte, nicht so überrascht auszusehen, wie ich mich fühlte. Er sah nicht aus wie ein Mann, der Geld übrig hatte. Vielleicht hatte er die Summe von Gahan geliehen und zahlte sie jetzt zurück. »Erzählen Sie mir, worum es da geht?«

»Er hat mir einen Gefallen getan. Ich möchte mich bedanken. Das ist alles.«

»Das muß aber ein großer Gefallen gewesen sein. Sind Sie böse, wenn ich frage, was er getan hat?«

»Er war freundlich zu mir, als ich ganz unten war.«

»Und deshalb brauchen Sie jetzt mich?«

Er lächelte kurz. »Ein Anwalt würde einhundertzwanzig Dollar die Stunde verlangen, wenn er es erledigen sollte. Ich vermute, Sie berechnen weit weniger.«

»Eine Botenagentur ebenfalls«, sagte ich. »Und noch billiger wäre es, wenn Sie es selbst überbringen.« Ich wollte nicht neunmalklug sein, aber ich verstand wirklich nicht, wozu er einen Privatdetektiv brauchte.

Er räusperte sich. »Das habe ich versucht, aber ich weiß Mr. Gahans derzeitige Adresse nicht genau. Er hat einmal am Stanley Place gewohnt, aber da ist er jetzt nicht. Ich bin heute morgen dort gewesen, das Haus steht leer. Es sieht aus, als hätte schon eine ganze Weile niemand mehr dort gewohnt. Ich möchte, daß ihn jemand ausfindig macht und dafür sorgt, daß er das Geld bekommt. Wenn Sie abschätzen können, was das kosten wird, bezahle ich im voraus.«

»Das kommt darauf an, wie gut sich Mr. Gahan versteckt. Möglicherweise liegt seine derzeitige Adresse im Kreditbüro vor oder bei der Kfz-Zulassungsstelle. Eine Menge Fragen lassen sich per Telefon klären, aber das kostet immer noch Zeit. Bei dreißig Dollar die Stunde kommt da einiges zusammen.«

Er holte sein Scheckheft hervor und fing an, einen Scheck auszuschreiben. »Zweihundert Dollar?«

»Sagen wir lieber vier. Ich kann das Geld immer noch zurückgeben, wenn die Rechnung drunter bleibt«, sagte ich. »Im übrigen habe ich eine Lizenz zu verlieren, es ist also besser, wenn die Sache in Ordnung ist. Ich würde mich wohler fühlen, wenn Sie mir erzählen, um was es hier geht.«

Und an dieser Stelle legte er mich herein, weil das, was er mir erzählte, nämlich gerade ausgefallen genug war, um überzeugend zu sein. Lügnerin, die ich bin, kam es mir doch nicht in den Sinn, daß sich soviel Falschheit mit der Wahrheit vermischen könnte.

»Ich bin vor einer Weile mit dem Gesetz in Konflikt geraten und habe einige Zeit im Gefängnis verbracht. Tony Gahan hat mir geholfen, kurz ehe ich eingesperrt wurde. Er hatte keine Ahnung von den Umständen, in denen ich mich befand, war also kein Mittäter bei irgend etwas, und Sie wären es genausowenig. Ich fühle mich in seiner Schuld.«

»Warum kümmern Sie sich nicht selbst darum?«

Er zögerte, fast schüchtern, dachte ich. »Das ist ein bißchen so wie in dem Buch von Charles Dickens, *Große Erwartungen.* Es würde ihm vielleicht nicht gefallen, wenn ein Vorbestrafter zu seinem Wohltäter wird. Die Leute haben da manchmal komische Vorstellungen.«

»Und wenn er eine anonyme Spende nicht annehmen will?«

»In dem Fall können Sie den Scheck zurückgeben und die Gebühr behalten.«

Ich rutschte unruhig auf meinem Stuhl herum. Was stimmt an diesem Bild bloß nicht, fragte ich mich. »Woher haben Sie das Geld, wenn Sie im Gefängnis gewesen sind?«

»Santa Anita. Ich bin noch auf Bewährung und dürfte überhaupt nicht bei Pferderennen wetten, aber es fällt mir schwer zu widerstehen. Deshalb möchte ich das Geld an Sie weitergeben. Ich bin ein Spieler. Ich kann nicht soviel Geld um mich haben, ohne es zum Fenster rauszuschmeißen.« Er machte den Mund zu und sah mich an, wartete ab, was ich noch fragen würde. Ganz offensichtlich wollte er freiwillig nicht mehr erzählen, als unbedingt nötig war, um meine Bedenken zu zerstreuen, aber er schien überraschend geduldig dabei. Später begriff ich natürlich, daß seine Gelassenheit wahrscheinlich das Ergebnis davon war, daß er mir soviel Unsinn erzählt hatte. Das Spiel, das er spielte, muß ihm Spaß gemacht haben. Lügen macht Spaß. Ich kann damit auch den ganzen Tag zubringen.

»Weshalb waren Sie angeklagt?« erkundigte ich mich.

Er schlug die Augen nieder, richtete seine Antwort an die übergroßen Hände, die gefaltet in seinem Schoß lagen. »Ich glaube nicht, daß das wichtig ist. Das Geld hier ist jedenfalls sauber, und ich habe es ehrlich erworben. An der ganzen Transaktion ist nichts illegal, wenn es das ist, was Ihnen Sorgen bereitet.«

Natürlich machte es mir Sorgen, aber ich fragte mich langsam, ob ich zu anspruchsvoll war. Nach außen hin war an seiner Bitte nichts Ungewöhnliches. Ich ließ mir seinen Vorschlag noch einmal vorsichtig durch den Kopf gehen, fragte mich, was Tony Gahan für Limardo getan hatte, um diese Art von Bezahlung zu verdienen. Es ging mich wahrscheinlich nichts an, solange dabei kein Gesetz gebrochen worden war. Meine Intuition sagte mir, ich sollte den Auftrag ablehnen, aber zufällig war am nächsten Tag die Miete für mein Apartment fällig. Ich hatte das Geld auf meinem Girokonto, aber es kam mir vor wie ein Wink des

Schicksals, daß mir so unerwartet Geld in den Schoß fallen sollte. Auf jeden Fall sah ich keinen Grund, abzulehnen. »Also gut«, willigte ich ein.

Er nickte einmal, erfreut. »Gut.«

Ich saß da und beobachtete, wie er seinen Namen unter den Scheck setzte. Er riß ihn heraus und schob ihn mir zu, steckte das Scheckheft dabei in die Innentasche seines Jacketts. »Meine Adresse und Telefonnummer stehen drauf, für den Fall, daß Sie sich mit mir in Verbindung setzen müssen.«

Ich zog einen Standardvertrag aus meiner Schreibtischschublade und brauchte ein paar Minuten, um ihn auszufüllen. Ich bekam seine Unterschrift und notierte mir dann Tony Gahans letzte bekannte Adresse, ein Haus in Colgate, dem Wohnviertel gleich nördlich von Santa Teresa. Ich spürte schon so etwas wie unterschwellige Angst, wünschte, ich hätte nicht eingewilligt, irgend etwas zu tun. Aber nun hatte ich mich verpflichtet, der Vertrag war unterschrieben, und ich sagte mir, ich würde das Beste daraus machen. Wieviel Ärger wird das wohl geben, dachte ich.

Er stand auf, ich tat dasselbe und ging mit ihm zur Tür. Als wir jetzt beide standen, konnte ich sehen, wieviel größer als ich er war – vielleicht eins dreiundneunzig gegenüber meinen eins fünfundsechzig. Er blieb stehen, eine Hand auf dem Türgriff, schaute mit demselben entrückten Starren auf mich herab.

»Eines sollten Sie über Tony Gahan vielleicht noch wissen«, sagte er.

»Und das wäre?«

»Er ist fünfzehn.«

Ich stand da und sah Alvin Limardo nach, als er den Gang entlangging. Ich hätte ihn zurückrufen sollen, Leute.

Ich hätte da schon wissen müssen, daß es nicht gutgehen würde. Statt dessen schloß ich die Bürotür und kehrte an meinen Schreibtisch zurück. Aus einem Impuls heraus öffnete ich die Fenstertüren und ging auf den Balkon. Ich beobachtete die Straße, aber von ihm war nichts zu sehen. Unzufrieden schüttelte ich den Kopf.

Ich schloß den Scheck in meinen Aktenschrank. Am Montag wollte ich ihn in mein Schließfach bei der Bank bringen, bis ich Tony Gahan ausfindig gemacht hatte, und ihn ihm dann übergeben. Fünfzehn?

Um zwölf Uhr machte ich das Büro dicht und ging über die Hintertreppe nach unten zu dem Parkplatz, wo ich meinen VW abholte, eine uralte Limousine mit mehr Rost als Farbe. Das ist nicht gerade die Art von Auto, die man für eine Verfolgungsjagd aussuchen würde, aber das meiste, was ein Privatdetektiv tut, ist ohnehin nicht so aufregend. Meistens besorge ich Informationen über die früheren Arbeitsstellen eines künftigen Angestellten oder bereite für ein paar Anwälte hier in der Stadt die nächsten Verhandlungen vor, untersuche die Fälle. Mein Büro wird mir von der California Fidelity Insurance gestellt, einem früheren Arbeitgeber von mir. Der Hauptsitz der Gesellschaft befindet sich gleich nebenan, und ich arbeite immer noch sporadisch für sie, im Austausch gegen ein bescheidenes Zweizimmerbüro (ein Innen-, ein Außenraum) mit separatem Eingang und einem Balkon, von dem aus man die State Street überblicken kann.

Ich ging bei der Post vorbei und ließ die Briefe in den Kasten fallen, dann hielt ich bei der Bank und deponierte Alvin Limardos vierhundert Dollar auf meinem Konto.

Vier Arbeitstage später, an einem Donnerstag, erhielt ich einen Brief von der Bank, der mich informierte, daß der

Scheck geplatzt war. Ihren Unterlagen zufolge hatte Alvin Limardo sein Konto aufgelöst. Als Beweis wurde mir der Scheck selbst mitgeschickt, auf dessen Vorderseite ein Stempel in der speziellen purpurroten Tinte prangte, die ganz klar zum Ausdruck bringt, daß das Mißfallen der Bank erregt wurde.

Das meine auch.

Auf meinem Konto waren die vierhundert Dollar wieder abgebucht worden, und man berechnete mir noch drei Kröten zusätzlich, scheinbar um mich zu ermahnen, in Zukunft keine Geschäfte mit Nieten mehr zu machen. Ich griff nach dem Telefon und wählte Alvin Limardos Nummer in Los Angeles. Falsch verbunden. Ich war schlau genug gewesen, die Suche nach Tony Gahan aufzuschieben, bis der Scheck eingelöst war, hatte also noch keine Arbeit geleistet. Aber wie sollte ich den Scheck ersetzt bekommen? Und was sollte ich in der Zwischenzeit mit den fünfundzwanzig Riesen machen? Inzwischen befand sich die Bankanweisung sicher in meinem Schließfach, aber sie war völlig nutzlos für mich, und ich wollte nicht an dem Fall weiterarbeiten, solange ich nicht wußte, daß ich bezahlt wurde. Theoretisch hätte ich Alvin Limardo einfach nur eine Nachricht schreiben müssen, aber die hätte genauso wie dieser dumme Scheck zu mir zurückkommen können – und dann? Mist. Ich würde nach L. A. fahren müssen. Eines habe ich jedenfalls gelernt, wenn es ums Eintreiben von Schulden geht – je schneller man ist, desto größer sind die Chancen.

Ich suchte seine Adresse aus meinem *Thomas Guide to Los Angeles Streets* heraus. Sogar auf der Karte sah es nicht so aus, als handelte es sich um eine gute Gegend. Ich schaute auf die Uhr. Es war 10 Uhr 15. Ich würde neunzig

Minuten bis nach L. A. brauchen, wahrscheinlich noch einmal eine Stunde, bis ich Limardo ausfindig gemacht, ihn mir vorgeknöpft, den Scheck ersetzt gekriegt und einen Happen gegessen hatte. Die Fahrt zurück würde neunzig Minuten dauern, ich wär also gegen 3 Uhr 30 oder 4 Uhr wieder im Büro. Nun, das war nicht allzu schlimm. Es war öde, aber notwendig, also beschloß ich, mich nicht weiter herumzuquälen, sondern es hinter mich zu bringen.

Um 10 Uhr 30 hatte ich meinen Wagen aufgetankt und war unterwegs.

2

Bei Sherman Oaks verließ ich den Ventura Freeway und fuhr auf dem San Diego Freeway Richtung Süden bis zum Venice Boulevard. Ich bog ab und hielt mich rechts. Nach meinen Berechnungen mußte die Adresse, die ich suchte, irgendwo in der Nähe sein. Ich fuhr ein Stück parallel zurück Richtung Sawtelle.

Als ich das Haus sah, wurde mir klar, daß ich die Rückseite schon beim Vorbeifahren auf dem Freeway gesehen hatte. Auf dem Dach hing eine schlaffe, orangefarbene Fahne mit der Aufschrift ZU VERMIETEN. Eine Regenrinne aus Beton trennte das Gebäude von der Straße, und eine drei Meter hohe Wand aus Holzziegeln, die mit Nachrichten für vorbeikommende Autofahrer besprüht war, schützte es vor heranrasenden Autos. Dornige Gräser waren am Fuß der Mauer gewachsen, und Abfall hatte sich in den wenigen größeren Büschen gesammelt, die es geschafft hatten, die Autoabgase zu überleben. Mir war das Gebäude aufgefallen, weil es so typisch für L. A. zu sein schien: kahl, billig gebaut, schlecht gestaltet. Von seiner Rückseite ging etwas Boshaftes aus, und der Eingang erwies sich als noch schlimmer.

Die Straße bestand zum größten Teil aus kalifornischen »Bungalows«, kleinen Zweizimmerhäusern aus Holz und Putz mit vernachlässigten Höfen ohne Bäume. Die meisten von ihnen waren in Pastellfarben gestrichen, merkwürdigen Tönen von Türkis bis Lila, die den Eindruck von Billigfarben machten, die die Farbe darunter nicht ganz überdeckt hatten.

Ich fand einen Parkplatz auf der gegenüberliegenden Straßenseite, schloß meinen Wagen ab und ging zu dem Apartmenthaus rüber.

Das Gebäude fing an, sich in seine Bestandteile aufzulösen. Der Putz wirkte mehlig und trocken, die Fensterrahmen aus Aluminium verbeult. Das schmiedeeiserne Tor vor dem Haus war einfach aus der Stützwand gerissen worden, zurückgeblieben waren faustgroße Löcher. Zwei Wohnungen zu ebener Erde waren mit Brettern vernagelt. Die Hausverwaltung hatte großzügig eine Reihe von Abfalltonnen nahe der Treppe zur Verfügung gestellt, aber (scheinbar) kein Geld, um den Abfall beseitigen zu lassen. Ein großer, gelber Köter scharrte begeistert in diesem Abfallhaufen herum, schien aber für seine Bemühungen nichts weiter als ein Viertelchen Pizza zu ernten. Er trabte davon, die Pizzakante wie einen Knochen zwischen den Zähnen.

Ich wagte mich in den Schutz der Treppe. Die Briefkästen waren größtenteils herausgefetzt worden, und die Post lag in der Eingangshalle verstreut wie Abfall. Der Adresse auf dem Scheck nach lebte Limardo in Apartment 26. Ich vermutete, daß es sich irgendwo oben befand. Es gab offensichtlich vierzig Wohneinheiten, nur wenige mit den Namen der Bewohner versehen. Das erschien mir merkwürdig. In Santa Teresa wird Post überhaupt nicht zugestellt, wenn es keinen Briefkasten gibt, der deutlich gekennzeichnet und in Ordnung ist. Ich stellte mir den Postboten vor, wie er seine Tasche wie einen Papierkorb ausleerte und dann zu Fuß entfloh, ehe die Bewohner des Hauses wie Käfer ausschwärmten.

Die Apartments waren in Reihen um einen Innenhof angeordnet, einen »Garten« aus losem Kies, rosa Pflastersteinen und Zyperngras. Ich suchte mir vorsichtig meinen Weg über rissige Betonstufen.

Auf dem zweiten Treppenabsatz saß ein Schwarzer in einem alten Klappstuhl aus Metall und ritzte mit einem Messer an einem Stock Kernseife herum. Eine Zeitschrift lag aufgeschlagen auf seinem Schoß, um die Abfälle aufzufangen. Er war vielleicht fünfzig Jahre alt, untersetzt und formlos, mit kurzgeschnittenem, krausem Haar, das an den Ohren Grau aufwies. Seine Augen waren von einem schmuddeligen Braun, das eine Lid verzerrt von einer Naht, die sich über seine Wange hinabzog.

Mit einem Blick nahm er meine Erscheinung in sich auf, ehe er sich wieder der Skulptur zuwandte, die unter seinen Händen Gestalt annahm. »Sie müssen Alvin Limardo suchen«, bemerkte er.

»Richtig«, antwortete ich überrascht. »Woher wissen Sie das?«

Er schenkte mir ein kurzes Lächeln, zeigte dabei perfekte Zähne, so weiß wie die Seife, an der er schnitzte. Er wandte mir sein Gesicht zu, und das verletzte Auge erweckte die Illusion eines Zwinkerns. »Baby, Sie sind nich von hier. Ich kenn alle, die hier wohnen. Und so, wie Sie aussehn, woll'n Sie hier auch nix mieten. Wenn Sie wüßten, wo Sie hinmüßten, dann würden Sie direkt dahin gehn. Statt dess'n schau'n Sie sich um, als würde sich gleich irgendwas auf Sie stürz'n, mich eingeschlossen«, erklärte er und machte eine Pause, um mich zu mustern. »Ich würde sagen, Sie machen Sozialarbeit. Bewährungshilfe oder so was. Vielleicht Sozialhelferin.«

»Nicht schlecht«, lobte ich. »Aber warum Limardo? Wieso glauben Sie, daß ich ihn suche?«

Jetzt lächelte er, sein Zahnfleisch schimmerte rosig. »Wir hier sind *alle* Alvin Limardo. Das is' 'n Scherz von uns. Bloß so 'n Name, den wir den Leuten geben, wenn wir sie an der Nase rumführen wollen. Ich war erst letzte Woche selbst Alvin Limardo, als ich mir Essensmarken geholt hab. Er bekommt Sozialhilfe, Invalidenrente, AFDC. Letzte Woche kam jemand, der ihn verhaften wollte. Hab erzählt, Alvin Limardo wär weg. Gibt jetzt niemanden mehr hier, der so heißt. Dieser Alvin Limardo, den Sie suchen . . . is' der weiß oder schwarz?«

»Weiß«, antwortete ich und beschrieb dann den Mann, der Samstag in mein Büro gekommen war. Der Schwarze nickte, als ich mit der Beschreibung erst halb durch war, sein Messer glättete noch immer die Seife. Es sah aus, als hätte er eine Sau geschnitzt, die auf der Seite lag, umgeben von einem Knäuel Ferkelchen, die an ihr herumkletterten, um gesäugt zu werden. Das Ganze konnte nicht länger als zehn Zentimeter sein.

»Das ist John Daggett. Oje. Er is' 'n schlechter Kerl. Den müssen Sie suchen, aber der is' weg.«

»Haben Sie eine Ahnung, wohin er gegangen ist?«

»Santa Teresa, hab ich gehört.«

»Schön, ich weiß, daß er letzten Samstag da war. Da hab ich ihn getroffen. Ist er seitdem noch mal hier gewesen?«

Der Mann verzog skeptisch den Mund. »Ich hab ihn Montag gesehn, und dann is' er wieder weg. Aber andere Leute suchen den wohl auch. Der benimmt sich wie 'n Mann, der rennt und nich erwischt werden will. Was woll'n Sie denn von ihm?«

»Hat mir 'nen ungedeckten Scheck ausgestellt.«

Er warf mir einen erstaunten Blick zu. »Sie nehmen 'nen Scheck von so 'nem Kerl? Mein Gott, Mädchen! Was is' denn mit Ihnen los?«

Ich mußte lachen. »Ich weiß. Ist meine eigene Schuld, verdammt. Ich dachte, ich könnte ihn vielleicht erwischen, ehe er ganz verschwindet.«

Er schüttelte den Kopf, unfähig, Mitleid mit mir zu haben. »Von solchen dürfen Se nix nehmen. Das is' der erste Fehler, den Sie gemacht hab'n. Und daß Sie jetzt hierhergekommen sind, könnte der nächste sein.«

»Gibt es hier irgend jemanden, der wissen könnte, wo ich ihn erreichen kann?«

Mit dem Messer wies er auf ein Apartment zwei Türen weiter. »Fragen Sie Lovella. Sie könnte es wissen. Aber vielleicht auch nich'.«

»Ist sie eine Freundin von ihm?«

»Kann man nich' sagen. Sie is' seine Frau.«

Ich hatte ein bißchen mehr Hoffnung, als ich an die Tür von Apartment 26 klopfte. Ich hatte schon befürchtet, er wäre ausgezogen. Die Tür hatte ungefähr auf Schienbeinhöhe ein großes Loch. Das Schiebefenster stand fünfzehn Zentimeter weit offen, ein Stück Vorhang hing heraus. Ein Sprung lief diagonal über die Scheibe, wurde von einem breiten Streifen Isolierband zusammengehalten. Ich konnte riechen, daß drinnen etwas kochte, Gemüsesuppe oder Grünkohl, mit einem Hauch von Essig und Schinkenspeck.

Die Tür wurde geöffnet, und eine Frau blinzelte mich an. Ihre Oberlippe war geschwollen wie bei Kindern, wenn sie vom Fahrrad fallen, während sie das Fahren damit lernen. Ihr linkes Auge war vor nicht allzu langer Zeit blau geschlagen worden und verblaßte erst allmählich, und die umgebende Haut wies alle Farben des Regenbogens auf von Gelb bis Grau. Ihr Haar hatte die Farbe von Heu, war in der Mitte gescheitelt und wurde über jedem Ohr von einer Klemme gehalten. Ich konnte auch nicht annähernd erraten, wie alt sie sein konnte. Jünger jedenfalls, als ich erwartet hatte, nachdem ich John Daggetts Alter auf über fünfzig schätzte.

»Lovella Daggett?«

»Richtig.« Sie schien zu zögern, soviel zugegeben.

»Ich bin Kinsey Millhone. Ich suche John.«

Sie fuhr sich mit der Zunge über die Oberlippe, als hätte sie sich noch nicht an die neue Form und Größe gewöhnt. Auf der aufgeschürften Fläche hatte sich Schorf gebildet, der jetzt aussah wie ein Bart. »Der ist nicht hier. Ich weiß nicht, wo er ist. Warum suchen Sie ihn?«

»Er hat mich angestellt, um etwas für ihn zu erledigen, aber er hat mir einen ungedeckten Scheck als Bezahlung gegeben. Ich hatte gehofft, wir könnten das in Ordnung bringen.«

Sie musterte mich, während sie mehr Informationen verlangte. »Was sollten Sie tun?«

»Ich sollte etwas zustellen.«

Sie glaubte kein bißchen davon. »Sind Sie von der Polizei?«

»Nein.«

»Was dann?«

Zur Antwort zeigte ich ihr die Fotokopie meiner Lizenz.

Sie drehte sich um und ging von der Tür fort, ließ sie hinter sich offen. Ich schätzte, daß das ihre Art war, mich hereinzubitten.

Ich trat ins Wohnzimmer und schloß die Tür hinter mir. Der Teppichboden zeigte das Grün, das Wohnungsinhaber überall so lieben. Die einzigen Möbel im Zimmer waren ein kleiner Tisch und zwei einfache Holzstühle. Ein Rechteck an einer Wand, wo der Teppich heller war, verriet, daß hier einmal eine Couch gestanden hatte, und Abdrücke im Teppich zeigten die Stellen, wo zwei schwere Sessel und ein Couchtisch gestanden hatten, angeordnet in dem, was Innenarchitekten als »Konversationsgruppierung« bezeichnen. Statt Konversation zu betreiben, schien Daggett jetzt direkt zur Sache zu kommen. Die einzige Lampe, die ich sah, war aus der Fassung gerissen worden, und die Drähte gingen heraus wie Eingeweide.

»Wo sind die Möbel?«

»Hat er letzte Woche alle verpfändet. Hat das Geld gebraucht, um seine Barrechnungen zu bezahlen. Das Auto ist schon vorher abgestoßen worden. War sowieso nur ein Stück Dreck, aber ich hab dafür bezahlt. Sie müßten mal sehn, was ich jetzt als Bett hab. 'ne alte, vollgepißte Matratze, die er irgendwo auf der Straße gefunden hat.«

An der Anrichte standen zwei Barhocker, und ich kletterte auf einen und sah zu, wie Lovella in dem kleinen Raum hantierte, der als Küche diente. Ein Aluminiumtopf stand auf dem Gasherd. Das Wasser darin kochte wütend vor sich hin. Auf einer der hinteren Flammen stand ein mitgenommener Aluminiumtopf, in dem Grünzeug siedete.

Lovella trug Jeans und ein schlichtes, weißes T-Shirt mit der Innenseite nach außen. Das Fruit-of-the-Loom-Schild hing sichtbar am Nacken heraus. Sie hatte das Hemd hochgeschoben und unter der Brust geknotet, so daß es als Oberteil diente und ihr Bauch frei blieb. »Wollen Sie Kaffee? Ich wollte gerade welchen machen.«

»Ja, bitte.«

Sie spülte mit fließendem warmem Wasser eine Tasse aus und trocknete sie flüchtig mit einem Papierhandtuch ab. Dann stellte sie sie auf die Anrichte und löffelte Instant-Kaffee hinein, ehe sie dasselbe Papierhandtuch als Topflappen benutzte und damit nach dem Topf griff. Das Wasser sprudelte an der Seitenwand des Topfes, als sie goß. Sie gab noch Wasser in eine zweite Tasse, rührte den Inhalt schnell um und schob sie mir zu, noch mit dem Löffel darin.

»Daggett is ein Schwein. Die sollten ihn lebenslang einlochen«, bemerkte sie, fast müßig, dachte ich.

»Hat er Ihnen das angetan?« fragte ich, und mein Blick wanderte kurz über ihr zerschundenes Gesicht.

Sie starrte mich aus stumpfen, grauen Augen an, ohne sich die Mühe zu machen, zu antworten. Aus der Nähe konnte ich sehen, daß sie kaum älter als fünfundzwanzig war. Sie beugte sich vor, stützte die Ellbogen auf die Anrichte, den Kaffeebecher mit beiden Händen haltend. Sie trug keinen BH, und ihre Brust war groß, so weich und schwer wie mit Wasser gefüllte Ballons; die Warzen zeichneten sich wie Knoten unter dem T-Shirt-Stoff ab. Ich fragte mich, ob sie eine Nutte war. Ich hatte ein paar kennengelernt, die dieselbe sorglose Art im Umgang mit Sexualität hatten – alles an der Oberfläche, keine Gefühle dahinter.

»Wie lange waren Sie verheiratet?«

»Stört es Sie, wenn ich rauche?«

»Ist Ihre Wohnung. Sie können tun, was Sie wollen«, antwortete ich.

Das brachte mir ein schwaches Lächeln ein, das erste, das ich bei ihr gesehen hatte. Sie langte nach einer Packung Pall Mall 100, machte den Gasofen an und zündete die Zigarette an der Flamme an, hielt den Kopf dabei schräg, damit ihr Haar nicht Feuer fing. Sie sog tief und atmete aus, blies mir eine Rauchwolke ins Gesicht. »Sechs Wochen«, sagte sie dann, eine verspätete Antwort auf meine Frage. »Wir waren Brieffreunde, nachdem er nach San Louis kam. Haben uns ein Jahr lang geschrieben, und dann hab ich ihn geheiratet, in der Minute, als er entlassen wurde. Dumm? Himmel! Können Sie glauben, daß ich das getan habe?«

Ich zuckte kommentarlos die Achseln. Es war ihr ohnehin egal, ob ich das glaubte oder nicht. »Wie haben Sie sich überhaupt kennengelernt?«

»Durch 'nen Kumpel von ihm. Billy Polo, mit dem ich gegangen bin. Die haben da gesessen und über Frauen geredet, und mein Name is gefallen. Ich schätze, Billy hat so von mir gesprochen, daß Daggett mich für 'ne heiße Nummer hielt. Auf jeden Fall hat er sich dann mit mir in Verbindung gesetzt.«

Ich nippte an meinem Kaffee. Er hatte den schalen, fast säuerlichen Geschmack von Instant, und am Rand schwammen winzige Klümpchen Kaffeepulver herum. »Haben Sie Milch dafür?«

»Oh, klar, tut mir leid.« Sie ging zum Kühlschrank und holte eine kleine Dose Kondensmilch heraus.

Das war nicht ganz das, was ich im Sinn gehabt hatte, aber ich tröpfelte trotzdem etwas davon in meinen Kaffee und beobachtete fasziniert, wie die Milch in einer Reihe kleiner, weißer Tupfen an die Oberfläche stieg. Ich fragte mich, ob ein Wahrsager aus dem Muster lesen konnte wie aus Teeblättern. Ich dachte, ich würde Verdauungsschwierigkeiten in meiner näheren Zukunft sehen, war mir aber nicht sicher.

»Daggett kann sehr charmant sein, wenn er will«, erzählte sie. »Aber geben Sie ihm ein paar Drinks und er ist der gemeinste Kerl der Welt.«

Diese Geschichte kam mir bekannt vor. »Warum haben Sie ihn nicht verlassen?«

»Weil er mir nachgegangen wäre, darum«, sagte sie heftig. »Sie kennen ihn nicht. Der hätte mich umgebracht, ohne auch nur einen zweiten Gedanken daran zu verschwenden. Wäre dasselbe gewesen, wenn ich die Bullen gerufen hätte. Geben Sie diesem Kerl Widerworte und der haut Ihnen ins Maul. Der haßt Frauen, das is mit ihm los. Klar, wenn er nüchtern wird, haut er mit seinem Charme alle um. Jedenfalls hoffe ich, daß der für immer weg is'. Hat Montagmorgen 'nen Anruf gekriegt und is wie der Blitz verschwunden. Seitdem hab ich nich mehr von ihm gehört. Aber das Telefon is' gestern auch abgestellt worden. Wüßte also nich, wie er sich mit mir in Verbindung setzen sollte, wenn er das wollte.«

»Warum reden Sie nicht mit seinem Bewährungshelfer?«

»Schätze, das könnte ich tun«, meinte sie zögernd. »Aber der stellt doch was an, sobald sich der andere umdreht. Hatte zwei Tage lang 'nen Job, aber den hat er hingeschmissen. Klar dürfte er nich' trinken. Ich glaub, er hatte zuerst vor, sich an die Vorschriften zu halten, aber das war zuviel.«

»Warum verschwinden Sie nicht, solange Sie die Chance haben?«

»Und wohin? Ich hab keinen Pfennig.«

»Es gibt Häuser für mißhandelte Frauen. Rufen Sie im Frauenzentrum an, dort wird man es wissen.«

Sie machte eine abweisende Geste. »Herrje, so Leute wie Sie gefallen mir. Sind Sie schon mal von 'nem Kerl verprügelt worden?«

»Nicht von einem, mit dem ich verheiratet war. Das würde ich mir nicht gefallen lassen.«

»Hab ich auch immer gedacht, Schwester, aber ich will Ihnen mal was sagen. So einfach kommt man da nich' raus. Nich' bei 'nem Kerl wie Daggett. Der hat geschworen, er würde mir bis ans Ende der Welt folgen, und das würde er.«

»Warum war er im Gefängnis?«

»Hat er nie gesagt, und ich hab nie gefragt. War auch doof. Aber zuerst war mir das egal. Ein paar Wochen lang war alles prima. Er war wie 'n Kind, verstehn Sie? Und so süß! Herrje, der is hinter mir hergelaufen wie 'n junger Hund. Wir konnten einfach nich' genug voneinander kriegen. War alles genau wie in den Briefen, die wir uns geschrieben haben. Und dann hat er eines Abends zu tief in die Flasche geguckt und die Scheiße ging los.«

»Hat er je den Namen Tony Gahan erwähnt?«

»Nee. Wer soll das sein?«

»Ich bin mir nicht sicher. Ein Kind, das ich für ihn finden sollte.«

»Womit hat er Sie bezahlt? Kann ich den Scheck mal sehen?«

Ich zog ihn aus der Handtasche und legte ihn auf die Anrichte. Ich hielt es für besser, den Bankscheck nicht zu erwähnen. Ich glaubte nicht, daß sie es gut aufnehmen würde, daß er sein Geld verschenken wollte. »Soviel ich weiß, ist Limardo ein künstlicher Name.«

Sie musterte den Scheck. »Ja, aber Daggett hatte wirklich ein bißchen Geld auf diesem Konto. Ich glaube, er hat es abgehoben, bevor er ging.« Sie sog erneut an ihrer Zigarette, als sie mir den Scheck zurückgab. Es gelang mir, den Kopf zu drehen, ehe sie mir wieder den Rauch ins Gesicht blasen konnte.

»Dieser Anruf, den er am Montag erhielt. Worum ging es da? Wissen Sie das?«

»Keine Ahnung. Ich war im Waschsalon. Kam heim, und er war noch am Telefon, sein Gesicht so grau wie der Putzlappen da. Er hat schnell aufgelegt und dann Zeug in seinen Reisesack gestopft. Hat die ganze Wohnung auf den Kopf gestellt, als er nach seinem Bankbuch suchte. Ich hatte schon Angst, er würde auf mich losgehen, weil er glaubte, ich hätte es genommen, aber wahrscheinlich war er so durcheinander, daß er überhaupt nicht an mich gedacht hat.«

»Hat er Ihnen das so gesagt?«

»Nein, aber er war eiskalt und nüchtern, und seine Hände haben übel gezittert.«

»Haben Sie eine Ahnung, wohin er gefahren sein könnte?«

Etwas blitzte in ihren Augen auf, ein Gefühl, das sie verbarg, indem sie die Augen niederschlug. »Er hatte nur einen einzigen Freund, und das war Billy Polo in Santa Teresa. Wenn er Hilfe brauchte, ist er immer zu ihm. Ich glaub, er hatte früher auch Familie dort, aber was aus denen geworden ist, weiß ich nicht. Darüber hat er nie viel gesprochen.«

»Dann ist Polo auch entlassen?«

»Ich hab gehört, er wär erst vor kurzem rausgekommen.«

»Na ja, vielleicht kann ich den aufspüren, da er die einzige Spur ist, die ich habe. Aber würden Sie mich anrufen, wenn Sie von einem der beiden hören?« Ich zog eine Karte raus und schrieb meine Privatadresse und Telefonnummer auf die Rückseite. »Machen Sie's als R-Gespräch.«

Sie betrachtete beide Seiten der Karte. »Was glauben Sie, was da los ist?«

»Ich weiß es nicht, und es ist mir auch ziemlich egal. Sobald ich ihn finde, bring ich diese Sache in Ordnung und *steige aus.*«

3

Da ich schon mal in der Gegend war, ging ich gleich noch bei der Bank vorbei. Die Frau am Beratungsschalter hätte kaum weniger hilfsbereit sein können. Sie hatte dunkles Haar, war Anfang Zwanzig und wohl neu dort. Das entnahm ich der Tatsache, daß sie auf jede einzelne meiner Fragen mit dem gequälten Blick eines Menschen reagierte, der sich über die Bestimmungen nicht sicher ist und deshalb zu allem nein sagt. Sie wollte »Alvin Limardos« Kontonummer nicht bestätigen, ebensowenig wie die Tatsache, daß das Konto gelöscht worden war. Sie wollte mir auch nicht sagen, ob es vielleicht ein anderes Konto unter John Daggetts Namen gab. Ich wußte, daß es eine Kopie der Kassenanweisung selbst geben mußte, aber sie weigerte sich, die Information zu bestätigen, die er selbst mir gegeben hatte. Ich glaubte immer noch, daß ich einen anderen Weg einschlagen konnte, vor allem, wo es um so viel Geld ging. Es konnte der Bank doch gewiß nicht gleichgültig sein, was mit fünfundzwanzigtausend Dollar geschah. Ich stand am Schalter und starrte die Frau an, und sie starrte zurück. Vielleicht hatte sie nicht begriffen.

Ich zog die Fotokopie meiner Lizenz hervor und zeigte darauf. »Schauen Sie her, sehen Sie das? Ich bin Privatdetektiv. Ich habe wirklich ein Problem. Ich wurde beauftragt, eine Kassenanweisung zuzustellen, aber jetzt kann ich den Mann nicht finden, der mir die Anweisung gegeben hat, und ich weiß nicht, wo sich die Person aufhält, die das Geld erhalten soll. Ich versuche doch nur, eine Spur ausfindig zu machen, damit ich tun kann, was man mir aufgetragen hat.«

»Das verstehe ich.«

»Aber Sie wollen mir keine der nötigen Informationen geben, richtig?«

»Das verstößt gegen die Bankvorschriften.«

»Verstößt es denn nicht gegen die Bankvorschriften, wenn Alvin Limardo mir einen ungedeckten Scheck ausstellt?«

»Doch.«

»Was soll ich dann damit tun?« Ich kannte die Antwort bereits ... vergessen Sie ihn ... aber ich fühlte mich stur und pervers.

»Bringen Sie ihn vor Gericht«, schlug sie vor.

»Aber ich kann den Mann nicht finden. Er kann nicht vor Gericht gestellt werden, wenn niemand weiß, wo er ist.«

Sie starrte mich nur stumm an.

»Was ist mit den fünfundzwanzigtausend Dollar?« wollte ich wissen. »Was soll ich damit tun?«

»Keine Ahnung.«

Ich starrte auf den Tisch. Als ich im Kindergarten war, war ich bissig, und ich kämpfe noch heute mit diesem Trieb. Es gibt einem einfach ein gutes Gefühl, verstehen Sie? »Ich möchte mit Ihrem Vorgesetzten sprechen.«

»Mr. Stallings? Der hat schon Feierabend.«

»Also schön, gibt es hier sonst irgend jemanden, der mir dabei helfen könnte?«

Sie schüttelte den Kopf. »Ich bin für den Kundendienst zuständig.«

»Aber Sie tun doch nichts. Wie können Sie das Kundendienst nennen, wenn Sie überhaupt nichts tun?«

Sie preßte die Lippen zusammen. »Bitte reden Sie nicht so mit mir. Das ist sehr beleidigend.«

»Was muß ich also tun, damit mir hier jemand hilft?«

»Haben Sie ein Konto bei uns?«

»Wenn ich es hätte, würde das helfen?«

»Nicht in diesem Fall. Es ist uns nicht gestattet, Informationen über unsere Kunden weiterzugeben.«

Das war nun wirklich albern. Ich entfernte mich von ihrem Schalter. Ich wollte eine beißende Bemerkung machen, aber mir fiel keine ein. Ich weiß, daß ich einfach wütend auf mich selbst war, weil ich diesen Job überhaupt angenommen hatte, aber ich hoffte, ein wenig Zorn an ihr auszulassen ... ein sinnloses Unterfangen. Ich kehrte zu meinem Wagen zurück und steuerte den Freeway an. Als ich Santa Teresa erreichte, war es 4 Uhr 35. Ich fuhr einfach am Büro vorbei und direkt nach Hause. Meine Laune besserte sich im selben Augenblick, als ich eintrat. Meine Wohnung war früher eine Einzelgarage und besteht jetzt aus einem Zimmer, sechs Meter jede Wand, mit einer schmalen Ausbuchtung zur Rechten, die als Kochnische dient und durch eine Anrichte vom Wohnbereich abgetrennt ist. Der Raum ist hervorragend genutzt: eine kombinierte Wasch-Trocken-Maschine neben dem Herd, Bücherregale, Schubladen und Vorratskammern in die Wand eingebaut. Alles ist sauber und ordentlich und genau das

Richtige für mich. Ich besitze ein ausziehbares Sofa, auf dem ich zur Zeit meistens nur schlafe, einen Schreibtisch, einen Stuhl, einen Beistelltisch und dicke Kissen, die als zusätzliche Sitzplätze dienen, wenn Besuch kommt.

Mein Badezimmer ist eine dieser vorgeformten Naßzellen, in die alles eingelassen ist, einschließlich Handtuchhalter, Seifenschale und ein Ausschnitt für das Fenster, das auf die Straße hinausgeht. Manchmal stehe ich in der Badewanne, die Ellbogen auf das Fensterbrett gestützt, und schaue den vorbeifahrenden Autos zu, denke, wie glücklich ich doch bin. Ich bin gern allein. Das ist fast so, als wäre man reich.

Ich ließ meine Handtasche auf den Schreibtisch fallen und hängte die Jacke an einen Haken. Dann setzte ich mich auf die Couch und zog die Stiefel aus, ehe ich zum Kühlschrank hinübertappte und eine Flasche Weißwein und einen Korkenzieher holte. Hin und wieder versuchte ich, mich zu benehmen, als hätte ich Stil, mit anderen Worten, ich trinke Wein aus einer Flasche und nicht aus einem Pappbehälter. Ich zog den Korken heraus und goß mir etwas in ein Glas. Dann ging ich zum Schreibtisch hinüber, holte das Telefonbuch aus der obersten Schublade und schleppte Telefon, Buch und Weinglas zum Sofa. Ich stellte das Weinglas auf den Beistelltisch und blätterte das Buch durch, um zu sehen, ob Billy Polo geführt wurde. Natürlich wurde er nicht. Ich schlug den Namen Gahan nach. Nichts. Ich trank etwas Wein und überlegte, was ich als nächstes tun könnte.

Aus einem Impuls heraus suchte ich nach Daggett. Lovella hatte erwähnt, daß er früher hier gelebt hatte. Vielleicht hatte er noch Verwandte in der Stadt.

Es waren vier Daggetts aufgeführt. Ich wählte sie der

Reihe nach an und sagte jedesmal dasselbe. »Hallo. Ich versuche, einen John Daggett zu erreichen, der früher hier in der Gegend gewohnt hat. Können Sie mir sagen, ob das die richtige Nummer ist?«

Die beiden ersten Anrufe brachten mich nicht weiter, aber bei dem dritten reagierte der Mann, der meine Frage entgegennahm, mit diesem sonderbaren Schweigen, das verrät, daß eine Information zu erwarten ist.

»Was wollen Sie von ihm?« fragte er. Er hörte sich an, als wäre er um die Sechzig, wählte seine Worte vorsichtig, achtete sorgsam auf meine Antwort, war aber unentschieden, wieviel er verraten sollte.

Er kam tatsächlich direkt auf den kitzligsten Teil der Sache zu sprechen. Nach allem, was ich über Daggett gehört hatte, war er ein Schurke. Also wagte ich nicht, mich als seine Freundin zu bezeichnen. Wenn ich zugab, daß er mir Geld schuldete, würde man am anderen Ende nur den Hörer auf die Gabel knallen. Für gewöhnlich erklärte ich in einer solchen Situation, daß ich Geld für *ihn* hätte, aber irgendwie hatte ich das Gefühl, das würde in diesem Fall nicht klappen. Die Leute kommen allmählich hinter diesen Mist.

Ich band ihm die erste Lüge auf, die mir einfiel. »Also, um die Wahrheit zu sagen, ich habe John nur einmal gesehen, aber ich versuche, einen gemeinsamen Bekannten zu finden, und ich glaube, John hat seine Adresse und Telefonnummer.«

»Wen wollten Sie denn sprechen?«

Das überraschte mich total, da ich mir darüber noch keine Gedanken gemacht hatte. »Wen? Äh ... Alvin Limardo. Hat John Alvin je erwähnt?«

»Nein, ich glaube nicht. Aber vielleicht sind Sie hier

doch nicht richtig. Der John Daggett, der hier gewohnt hat, ist derzeit im Gefängnis, und zwar seit, ich würde sagen, zwei Jahren.« Seine Art ließ einen Mann ahnen, der selbst noch aus einer falschen Verbindung interessante Möglichkeiten zieht. Trotzdem war es klar, daß ich ins Schwarze getroffen hatte.

»Das ist genau der, von dem ich rede. Er war in San Luis Obispo.«

»Ist er noch.«

»O nein. Er ist draußen. Er ist vor sechs Wochen entlassen worden.«

»John? *O nein,* Ma'am. Der ist noch im Gefängnis, und ich hoffe, er bleibt auch da. Ich will ja nichts Schlechtes von dem Mann sagen, aber er ist genau das, was ich einen problematischen Menschen nenne.«

»Problematisch?«

»Nun ja. So muß man das wohl sehen. John gehört zu der Sorte Menschen, die Probleme schaffen, und zwar für gewöhnlich ernsthafte.«

»Ach, wirklich? Das habe ich gar nicht gemerkt.« Es gefiel mir, daß der Mann bereit war zu schwatzen. Wenn ich ihn am Reden halten konnte, fiel mir vielleicht sogar noch ein, wie ich eine Verbindung zu Daggett herstellen könnte. Ich gab einen Schuß ins Blaue ab. »Sind Sie sein Bruder?«

»Ich bin sein Schwager, Eugene Nickerson.«

»Dann müssen Sie mit seiner Schwester verheiratet sein.«

Er lachte. »Nein, er ist mit *meiner* Schwester verheiratet. Sie war eine Nickerson, ehe sie eine Daggett wurde.«

»Dann sind Sie Lovellas Bruder?« Ich versuchte mir Geschwister mit einem Altersunterschied von vierzig Jahren vorzustellen.

»Nein, Essies.«

Ich hielt den Hörer ein Stück von meinem Ohr ab und starrte ihn an. Wovon redete er eigentlich? »Äh, Moment mal. Vielleicht bin ich ein wenig durcheinander. Vielleicht reden wir doch nicht von demselben Mann.« Ich gab ihm ein kurzes Porträt in Worten von dem John Daggett, den ich kannte. Ich konnte mir zwar nicht vorstellen, daß es zwei geben sollte, aber irgend etwas stimmte hier nicht.

»Das ist er schon. Wie, sagten Sie, haben Sie ihn kennengelernt?«

»Ich habe ihn letzten Samstag getroffen, hier in Santa Teresa.«

Das Schweigen am anderen Ende der Leitung wog schwer.

Schließlich unterbrach ich es. »Gibt es eine Möglichkeit, daß ich vorbeikomme, damit wir uns in Ruhe unterhalten können?« fragte ich.

»Ich glaube, das wäre das beste. Wie heißen Sie wieder?«

»Kinsey Millhone.«

Er erklärte mir, wie ich zu dem Haus kommen würde.

Es war ein weißes Haus mit einer kleinen Holzveranda, das sich in den Schatten des Capillo Hill auf der Westseite der Stadt duckte. Es war eine kurze Straße, nur drei Häuser auf jeder Seite, ehe der Teerbelag in den Kiesflecken überging, der neben dem Haus der Daggetts als Parkplatz diente. Auf der anderen Seite des Hauses wuchsen spärliche Bäume und Unterholz auf dem Hügel. Sonnenlicht drang niemals in den Hof. Ein durchhängender Zaun aus Maschendraht verlief entlang der Grundstücksgrenzen. In Intervallen waren Büsche eingepflanzt worden, waren aber nicht angegangen, so daß es jetzt nur Haufen getrockneter Zweige gab. Das Haus hatte einen Armesünderblick wie ein Streuner, der nur darauf wartete, daß die Hundefänger kommen.

Ich stieg die steilen Holzstufen empor und klopfte. Eugene Nickerson öffnete die Tür. Er war ziemlich genau so, wie ich ihn mir vorgestellt hatte: um die Sechzig, von mittlerer Größe, mit drahtigem, grauem Haar und zusammengezogenen Augenbrauen. Seine Augen waren klein und blaß, die Wimpern nahezu weiß. Schmale Schultern, dicke Taille, Hosenträger, Flanellhemd. In der linken Hand hielt er eine Bibel, den Zeigefinger zwischen den Seiten, um die Stelle nicht zu verlieren.

O-ho, dachte ich.

»Ich muß Sie noch einmal um Ihren Namen bitten«, sagte er, als er mich einließ. »Mein Gedächtnis ist auch nicht mehr, was es mal war.«

Ich schüttelte ihm die Hand. »Kinsey Millhone. Freut mich, Sie kennenzulernen, Mr. Nickerson. Ich hoffe, ich störe nicht.«

»Aber überhaupt nicht. Wir bereiten uns auf unsere Bibelstunde vor. Normalerweise treffen wir uns mittwochs abends, aber diese Woche liegt unser Pfarrer mit Grippe im Bett, und deshalb ist das Treffen verschoben worden. Das ist meine Schwester, Essie Daggett, Johns Frau.« Er zeigte auf die Frau, die auf dem Sofa saß. »Sie können mich Eugene nennen, wenn Sie wollen«, fügte er noch hinzu. Ich lächelte kurz als Zeichen meiner Zustimmung und konzentrierte mich dann auf sie.

»Hallo, wie geht es Ihnen? Ich danke Ihnen, daß ich so einfach kommen durfte.« Ich trat zu ihr und streckte ihr die Hand hin. Sie ließ es zu, daß ein paar Finger kurz in meiner Hand ruhten. Es war, als schüttelte man einen Gummihandschuh.

Sie hatte ein breites, farbloses Gesicht, das ergrauende Haar war ungünstig geschnitten, und sie trug eine Brille mit dicken Gläsern und einem schweren Plastikrahmen. Auf der rechten Seite ihrer Nase hatte sie einen Grützbeutel, der etwa so groß war wie ein Stückchen Popcorn. Ihr Unterkiefer ragte aggressiv vor, zeigte auf beiden Seiten aufragende Eckzähne. Sie roch stark nach Maiglöckchen.

Eugene bedeutete mir, Platz zu nehmen, und ich hatte die Wahl zwischen der Couch, auf der Essie saß, und einem Stuhl, aus dem eine Feder herausragte. Ich entschied mich für den Sessel und setzte mich ganz nach vorne, um nicht noch etwas kaputtzumachen. Eugene selbst nahm in einem Korbschaukelstuhl Platz, der unter seinem Gewicht knarrte. Er nahm das schmale, purpurfarbene Band, das aus der Bibel heraushing, kennzeichnete die Stelle, an der er war, und legte das Buch dann vor sich auf den Tisch. Essie hatte noch nichts gesagt, hielt den Blick starr auf ihren Schoß gerichtet.

»Kann ich Ihnen ein Glas Wasser holen?« bot er an. »Wir haben nie koffeinhaltige Getränke hier, aber ich kann Ihnen gern 7-Up anbieten.«

»Danke, ich möchte nichts«, sagte ich. Ich machte mir ernsthafte Gedanken. Wenn man mit strenggläubigen Christen zusammen ist, dann ist das ungefähr genauso wie mit ganz Reichen. Man spürt, daß gewisse Regeln befolgt werden, eine sonderbare Etikette, die man unabsichtlich verletzen könnte. Ich versuchte, nur harmlose Dinge zu denken, und hoffte, ich würde nicht mit einem Schimpfwort herausplatzen. Wie konnte John Daggett mit diesen beiden verwandt sein?

Eugene räusperte sich. »Ich habe Essie gerade das Durcheinander zu erklären versucht, wo sich John Daggett herumtreibt. Wir waren der Meinung, daß John noch im Gefängnis sitzt, aber Sie scheinen einen anderen Standpunkt zu vertreten.«

»Ich bin genauso verwirrt wie Sie.« Ich dachte schnell nach, fragte mich, wieviel Informationen ich erhalten konnte, ohne etwas zu verraten. So wütend ich auch auf Daggett war, wollte ich doch nicht indiskret werden. Nicht nur, daß er auf Bewährung entlassen war – da war auch noch Lovella. Ich wollte nicht diejenige sein, die aus der Schule plaudert und dieser Frau, die scheinbar noch mit ihm verheiratet war, von seiner neuen Braut erzählen. »Haben Sie zufällig ein Foto von ihm?« erkundigte ich mich. »Es wäre ja möglich, daß der Mann, mit dem ich gesprochen habe, einfach nur behauptet, Ihr Schwager zu sein.«

»Ich weiß nicht«, meinte Eugene zweifelnd. »Nach allem, was Sie erzählt haben, wie Sie ihn beschrieben haben – das hörte sich schon sehr nach ihm an.«

Essie streckte die Hand aus und griff nach einem Farbfoto im verzierten Silberrahmen. »Das ist an unserem fünfunddreißigsten Hochzeitstag gemacht worden«, erzählte sie. Ihre Stimme klang nasal, mit mürrischem Unterton. Sie gab das Foto an ihren Bruder weiter, als hätte er es nie zuvor gesehen und würde vielleicht auch gern einen Blick darauf werfen.

»Kurz ehe John nach San Luis mußte«, erläuterte Eugene und reichte mir das Foto. Seinem Ton nach hätte man glauben können, John befände sich auf einer Geschäftsreise.

Ich musterte das Bild. Das war wirklich Daggett. Er wirkte so verlegen wie jemand in einer dieser Buden, in denen man sich als Konföderierter oder viktorianischer Gentleman verkleiden kann. Sein Kragen sah zu eng aus, sein Haar zu schlüpfrig von der Pomade. Auch sein Gesicht wirkte verspannt, als wollte er jede Minute davonlaufen. Essie saß neben ihm, so ungerührt wie eine Grießschnitte. Sie trug etwas, das aussah wie ein violettes Crêpe-de-Chine-Kleid mit Schulterpolstern und Glasknöpfen und einem wuchtigen Orchideen-Schmuck auf der linken Schulter.

»Reizend«, murmelte ich und fühlte mich falsch und schuldbewußt. Es war ein schreckliches Bild. Sie sah aus wie eine Bulldogge und John wie jemand, der mühsam einen Furz unterdrückt.

Ich gab Essie das Bild zurück. »Welche Art Verbrechen hat er begangen?«

Essie holte hörbar Luft.

»Wir ziehen es vor, nicht davon zu sprechen«, warf Eugene ein. »Vielleicht sollten Sie uns erzählen, wie Sie selbst ihn kennengelernt haben.«

»Nun ja, ich kenne ihn natürlich nicht so gut. Ich glaube, das habe ich bereits am Telefon gesagt. Wir haben einen gemeinsamen Freund, und er ist derjenige, mit dem ich hoffte, Verbindung aufnehmen zu können. John hat erwähnt, daß er in dieser Gegend Verwandte hat, und da habe ich es einfach versucht. Ich vermute, Sie haben in letzter Zeit nicht mit ihm gesprochen.«

Essie rückte auf der Couch herum. »Wir haben, so lange wir konnten, zu ihm gehalten. Der Pfarrer sagt, seiner Meinung nach haben wir genug getan. Wir wissen nicht, womit John im Finstern seiner Seele ringt, aber es gibt Grenzen für das, was andere *hinnehmen* können.« Schärfe lag in ihrer Stimme, und ich fragte mich, woher sie rührte: Zorn, Beleidigung vielleicht, das Märtyrertum der Sanftmütigen unter den Händen der Elenden.

»Ich schätze, John ist eine harte Probe gewesen!«

Essie preßte die Lippen zusammen, verschränkte die Hände auf dem Schoß. »Nun, das ist genau, wie es in der Bibel steht. ›*Liebet* eure Feinde; *segnet*, die euch fluchen; tut *wohl* denen, die euch hassen, und bittet für die, so euch beleidigen und verfolgen!‹« Ihr Ton war anklagend. Sie begann, aufgeregt hin- und herzuwippen.

Himmel, dachte ich, diese Dame ist bereits auf 100.

Eugenes Stuhl knarrte, er selbst zog meine Aufmerksamkeit durch ein leises Räuspern auf sich. »Sie sagten, Sie hätten ihn am Samstag gesehen. Darf ich fragen, bei welcher Gelegenheit?«

Da wurde mir klar, daß ich der Geschichte, die ich erzählen wollte, viel mehr Zeit hätte widmen müssen, denn jetzt wußte ich nicht, was ich antworten sollte. Essie Daggetts Ausbruch hatte mich so entnervt, daß mein Hirn ganz leer war.

In diesem Augenblick beugte sie sich vor. »Sind Sie errettet worden?«

»Verzeihung, was?« Ich blinzelte sie an.

»Haben Sie Jesus in Ihrem Herzen aufgenommen? Haben Sie die *Sünde* verworfen? Haben Sie *Buße* getan? Sind Sie im Blut des Lammes gewaschen worden?«

Ein Tröpfchen Spucke landete auf meinem Gesicht, aber ich wagte nicht zu reagieren. »In letzter Zeit nicht«, sagte ich. Was habe ich nur an mir, daß ich Frauen wie sie anziehe?

»Hör mal, Essie, sie ist bestimmt nicht hergekommen, um über den Zustand ihrer Seele zu reden«, bemerkte Eugene. Er warf einen Blick auf seine Armbanduhr. »Herrje, ich glaube, es wird Zeit für deine Medizin.«

Ich ergriff die Gelegenheit, um mich zu erheben. »Ich

möchte Ihre Zeit nicht noch mehr in Anspruch nehmen«, entschuldigte ich mich. »Ich bin für Ihre Hilfe in dieser Angelegenheit wirklich dankbar, und wenn ich noch weitere Informationen benötige, werde ich Sie anrufen.« Ich suchte in meiner Tasche nach einer Visitenkarte und ließ sie auf dem Tisch zurück.

Essie lief inzwischen auf Hochtouren. »›Und sie werden mit Steinen werfen . . .‹«

»Also, noch mal vielen Dank«, rief ich auf dem Weg zur Tür. Eugene tätschelte Essies Hände, zu abgelenkt, um sich wegen meines Aufbruchs Gedanken machen zu können.

Ich schloß die Tür und trabte eilig zu meinem Wagen zurück. Es war dunkel, und die Nachbarschaft gefiel mir nicht.

4

Freitagmorgen stand ich um sechs Uhr auf und machte mich auf den Weg zum Strand, um zu laufen. Wegen einer Verletzung hatte ich während des größten Teils des Sommers nicht joggen können, aber seit ungefähr zwei Monaten hatte ich es wiederaufgenommen, und ich fühlte mich sehr wohl dabei. Ich habe mir nie sonderlich viel aus Sport gemacht und würde ihn meiden, wenn ich könnte, aber mir ist aufgefallen, daß mein Körper immer weicher wird, je älter ich werde, wie Butter, die bei Zimmertemperatur stehengelassen wird. Ich will nicht zusehen, wie mein Hintern schlaff wird und meine Schenkel aus der Form gehen wie Jodhpurs aus Fleisch. Im Interesse engsitzender Jeans – meiner Standardbekleidung – jogge ich täglich drei

Meilen auf dem Fahrradweg, der sich am Meer entlangwindet.

Die Morgendämmerung zog sich über den östlichen Horizont wie Wasserfarben auf einer Palette: Kobaltblau, Violett und Rosa verschmolzen in horizontalen Streifen ineinander. Dicke düstere Wolken waren draußen über dem Ozean sichtbar und trieben den Geruch von fernen Meeren über die Brandung heran. Es war kalt, und ich rannte nicht nur, um in Form zu bleiben, sondern auch, um mich warm zu halten.

Um 6 Uhr 25 kehrte ich in meine Wohnung zurück, duschte, zog Jeans, Sweatshirt und Stiefel an und aß eine Schüssel Haferflocken. Ich las die Zeitung von vorne bis hinten, bedachte die Wetterkarte mit besonderem Interesse, denn sie wies einen Sturm auf, der von Alaska zu uns herübergetrieben wurde. Eine achtzigprozentige Wahrscheinlichkeit für Regenfälle war für den Nachmittag angesagt, außerdem vereinzelte Schauer übers Wochenende und Aufklarung erst am Montagabend. In Santa Teresa ist Regen nichts Alltägliches, und er verbreitet fast so etwas wie Feststimmung, wenn er kommt. Ich habe immer Lust, mich einzuschließen und es mir mit einem guten Buch gemütlich zu machen. Ich hatte gerade einen neuen Roman von Len Deighton daheim und freute mich schon darauf, ihn zu lesen.

Um neun Uhr zerrte ich widerwillig eine Windjacke hervor, nahm meine Handtasche, sperrte die Wohnung ab und machte mich auf den Weg ins Büro. Die Sonne schien, brachte ein wenig Wärme, während die dunkle Wolkenbank langsam von den Inseln hereingekrochen kam. Ich stellte den Wagen auf dem Parkplatz ab und lief über die Hintertreppe nach oben, vorbei an der gläsernen Doppeltür der California Fidelity, wo man bereits mit der Arbeit angefangen hatte.

Ich schloß mein Büro auf und ließ die Tasche auf einen Stuhl fallen. Ich hatte wirklich nicht viel zu tun. Vielleicht würde ich ein paar Kleinigkeiten erledigen und dann wieder heimfahren.

Auf meinem Anrufbeantworter hatte niemand eine Nachricht hinterlassen. Ich sah die Post vom Vortag durch und tippte dann die Notizen zu meinen Besuchen bei Lovella Daggett, Eugene Nickerson und seiner Schwester Essie. Da niemand zu wissen schien, wo John Daggett war, beschloß ich, statt dessen Billy Polo zu suchen. Ich würde Informationen für eine effektive Suche benötigen. Als erstes rief ich in Santa Teresa Police Department an und ließ mich mit Sergeant Robb verbinden.

Ich hatte Jonah im Juni kennengelernt, als ich eine Vermißtenanzeige bearbeitete. Sein unberechenbarer Ehemann-Status ließ eine Beziehung zwischen uns von meinem Standpunkt aus nicht angeraten erscheinen, aber ich beäugte ihn noch immer mit Interesse. Er war, was man einen schwarzen Iren nennt: dunkle Haare, blaue Augen, (vielleicht) ein Hauch von Masochismus. Ich kannte ihn nicht gut genug, um entscheiden zu können, wieviel von seinem Leiden er sich selbst zufügte, und ich war mir nicht sicher, ob ich es herausfinden wollte. Manchmal glaube ich, daß eine nicht ausgelebte Affäre auf jeden Fall das klügste ist. Kein Zank, keine Fragen, keine Enttäuschungen, und beide Partner halten all ihre Neurosen unter Verschluß. Wie immer es nach außen hin auch erscheinen mag, die meisten Menschen sind mit einer verschlungenen, emotionellen Maschinerie ausgestattet. Mit der Intimität treten die Verwüstungen zutage, und man fügt sich Schaden zu, wenn die Leidenschaften aufeinanderprallen wie Güterzüge auf demselben Gleis. Ich hatte im Laufe der Jahre genug davon erlebt. Ich war auch nicht in besserer Verfassung als er, warum also das Leben schwierig machen?

Es läutete zweimal, dann wurde der Hörer abgenommen.

»Vermißtenstelle, Sergeant Robb.«

»Hallo, Jonah. Hier ist Kinsey.«

»Hallo, Kleines. Was kann ich für dich tun?«

Ich lächelte. »Wie wär's mit der Überprüfung von ein paar Exsträflingen?«

»Klar, kein Problem.«

Ich gab ihm beide Namen und das wenige, was ich an Informationen hatte. Er notierte es und versprach, sich wieder bei mir zu melden. Er würde ein Formular ausfüllen und die Anfrage über den *National Crime Information*-Computer laufen lassen, eigentlich ein Verstoß gegen das Gesetz, denn ich habe nicht das Recht auf einen derartigen Zugriff. Im allgemeinen hat ein Privatdetektiv nicht mehr Rechte als jeder durchschnittliche Bürger und muß sich auf seinen Scharfsinn, seine Geduld und seine Beziehungen verlassen, um die Tatsachen in Erfahrung zu bringen, die den Rechtsinstitutionen des Landes selbstverständlich zur Verfügung stehen. Ich kultiviere deshalb einfach meine Beziehungen zu Leuten, die an verschiedenen Stellen in dieses System eingebaut sind. Ich habe Kontakt zur Telefongesellschaft, der Kreditanstalt, der Southern California Gas, Southern Cal Edison (entsprechen unseren Stadtwerken, Anm. d. Ü.) und der Kfz-Zulassungsstelle. Manchmal kann ich einen Überfall auf gewisse Regierungsstellen machen, aber nur, wenn ich etwas Wertvolles im Tausch zu bieten habe. Was Informationen persönlicher Art angeht, so hänge ich da normalerweise von der menschlichen Neigung ab, sich gegenseitig zu verraten.

Ich stellte eine Checkliste für Billy Polo zusammen und machte mich an die Arbeit.

So, wie ich Jonah kannte, würde er beim Bewährungshelfer anrufen und sich Polos derzeitige Adresse geben lassen. Bis dahin wollte ich schon ein paar Dinge selbst herausfinden. Eine persönliche Suche bringt häufig unerwartete Erfolge. Ich wollte die Möglichkeit einer Überraschung nicht außer acht lassen, weil das soviel Spaß macht. Ich wußte, daß Polo nicht im neuesten Telefonbuch stand, aber ich versuchte es mit der Auskunft, weil ich dachte, er hätte vielleicht einen Anschluß beantragt. Aber es gab keine neue Eintragung für ihn.

Ich rief meine Quelle bei den Stadtwerken an und erkundigte mich nach einem möglichen Anschluß unter seinem Namen. Aber ihre Unterlagen brachten mich nicht weiter. Scheinbar hatte er weder Wasser noch Gas oder Strom auf seinen eigenen Namen beantragt. Natürlich war es möglich, daß er irgendwo ein Zimmer gemietet hatte und eine Pauschalmiete zahlte, in der die Nebenkosten bereits enthalten waren.

Ich rief fünf oder sechs billige Absteigen an. Polo war nicht eingetragen, und niemand schien seinen Namen auch nur gehört zu haben. Da ich schon mal dabei war, versuchte ich es auch gleich mit John Daggetts Namen – aber mit demselben Ergebnis.

Ich wußte, daß ich im örtlichen Büro der Sozialversicherung nicht einmal eine höfliche Absage bekommen würde, und ich bezweifelte, daß ich Billy Polos Namen in den Wählerlisten finden würde.

Was blieb also noch übrig?

Ich sah auf die Uhr. Erst dreißig Minuten waren vergangen, seit ich mit Jonah gesprochen hatte. Ich war mir nicht sicher, wie lange es dauern würde, bis er zurückrief, und ich wollte keine Zeit damit verlieren hier herumzusitzen, bis ich von ihm hörte. Ich schnappte mir meine Windjacke, schloß das Büro ab und ging über die Vordertreppe nach unten auf die State Street und dann zwei Blocks weiter in die öffentliche Bibliothek.

Ich fand einen leeren Tisch und zog mir die Telefonbücher von Santa Teresa von den letzten fünf Jahren heraus, ging sie Jahr um Jahr durch. Vier Bücher weiter hinten fand ich Polo. Prächtig. Ich notierte mir die Adresse in der Merced Street und fragte mich, ob er seitdem nicht mehr aufgeführt war, weil er sich im Gefängnis befand.

Dann ging ich in die Abteilung hinüber, die die Geschichte Santa Teresas beherbergte, und suchte mir das Stadtbuch des entsprechenden Jahres. Hier werden nicht nur die Namen alphabetisch aufgeführt, sondern zusätzlich auch die *Adressen.* Wenn man also eine Adresse hat und wissen möchte, wer dort wohnt, kann man die Straße und Hausnummer heraussuchen und findet den Namen des Bewohners und eventuell eine Telefonnummer. Im hinteren Teil sind die Telefonnummern der Reihe nach aufgeführt. Wenn Sie also nur eine Telefonnummer haben, verrät das Stadtbuch Ihnen einen Namen und eine Adresse. Mit Hilfe von Querverweisen stößt man dann wieder auf den Namen und die Namen aller Nachbarn in derselben Straße. Innerhalb von zehn Minuten hatte ich eine Liste von sieben Personen, die gleichzeitig mit Billy Polo in der Merced Street gewohnt hatten. Indem ich diese sieben im derzeitigen Buch nachschlug, stellte ich fest, daß zwei von ihnen noch dort wohnten. Ich notierte mir die beiden jetzigen Telefonnummern, schob die Bücher an ihren Platz zurück und machte mich auf den Rückweg in mein Büro.

Die Sonne wurde jetzt größtenteils von Wolken verdeckt, die sich am blauen Himmel geballt hatten und nun hier und da einen Fleck sehen ließen wie ein Loch in einer Decke. Die Luft kühlte rapide ab, und eine feuchte Brise zupfte an den Rocksäumen der Frauen. Ich blickte zum Meer hinüber und bemerkte diesen stummen grauen Schleier, der verrät, daß in ein paar Meilen Entfernung der Regen bereits fällt. Ich beschleunigte meine Schritte.

Wieder in meinem Büro, trug ich die neuen Informationen in die Akte ein, die ich angelegt hatte. Ich wollte gerade Feierabend machen, als ich ein Klopfen an der Tür hörte. Ich zögerte, durchquerte dann aber das Zimmer und öffnete.

Eine Frau stand im Flur, Ende Dreißig, ausdruckslos und blaß.

»Kann ich Ihnen helfen?« erkundigte ich mich.

»Ich bin Barbara Daggett.«

Hastig betete ich, daß es sich hier nicht um die Ehefrau Nummer drei handelte. Ich versuchte es auf die optimistische Art. »John Daggetts Tochter?«

»Ja.«

Sie war eine von diesen eiskalten Blondinen, mit einer Haut, so fein wie aus Perkal gewirkt. Sie war groß, kräftig gebaut, mit kurzem, festem Haar, das sie glatt aus dem Gesicht gekämmt trug. Sie hatte hohe Wangenknochen, eine zarte Stirn und den bohrenden Blick ihres Vaters. Ihr rechtes Auge war grün, ihr linkes blau. Ich hatte einmal eine weiße Katze gesehen, bei der war es genauso, und es hatte dieselbe beunruhigende Wirkung gehabt. Sie trug ein graues Wollkostüm und eine steife, weiße Bluse mit Stehkragen und einem Spitzenjabot am Hals. Ihre Schuhe waren aus burgunderfarbenem Leder und paßten zu ihrer Schultertasche. Sie sah aus wie eine Anwältin oder Börsenmaklerin, jemand jedenfalls, der daran gewöhnt ist, Macht auszuüben.

»Kommen Sie herein«, forderte ich sie auf. »Ich habe gerade versucht herauszufinden, wie ich mit ihm Verbindung aufnehmen könnte. Ich nehme doch an, daß Ihre Mutter Ihnen erzählt hat, daß ich bei ihr gewesen bin.«

Es war Small talk. Sie fiel nicht darauf herein. Sie setzte sich, wandte mir diese seltsamen Augen zu, als ich zu meiner Seite des Schreibtisches herumging und ebenfalls Platz nahm. Ich dachte daran, ihr einen Kaffee anzubieten, aber ich wollte wirklich nicht, daß sie so lange blieb. Selbst die Luft um sie herum schien eisig, und die Art, wie sie mich ansah, gefiel mir überhaupt nicht. Ich lehnte mich in meinem Drehstuhl zurück. »Was kann ich für Sie tun?«

»Ich möchte wissen, warum Sie meinen Vater suchen.«

Ich zuckte die Achseln, spielte cool, hielt mich an die Geschichte, mit der ich angefangen hatte. »Tue ich eigentlich nicht. Ich suche nach einem Freund von ihm.«

»Warum hat man uns nicht erzählt, daß Daddy aus dem Gefängnis entlassen wurde? Meine Mutter ist einem Zusammenbruch nahe. Wir mußten den Arzt rufen, damit er ihr ein Beruhigungsmittel gibt.«

»Es tut mir leid, das zu hören.«

Barbara Daggett schlug die Beine übereinander und strich den Rock glatt. Ihre Bewegungen waren erregt. »Leid? Sie wissen ja gar nicht, was Sie ihr damit angetan haben. Sie fing gerade an, sich sicher zu fühlen. Jetzt müssen wir herausfinden, daß er irgendwo in der Stadt ist, und sie ist schrecklich erregt. Ich verstehe nicht, was hier vorgeht.«

»Miss Daggett, ich bin kein Bewährungshelfer«, erklärte ich. »Ich weiß nicht, wann er entlassen wurde oder warum Sie nicht verständigt worden sind. Die Probleme Ihrer Mutter haben nicht erst gestern angefangen.«

Farbe schoß ihr in die Wangen. »Das ist wahr. Ihre Probleme begannen mit dem Tag, als sie ihn geheiratet hat. Er hat ihr Leben ruiniert. Er hat unser aller Leben ruiniert.«

»Beziehen Sie sich auf seine Trinkerei?«

Das wischte sie einfach beiseite. »Ich will wissen, wo er ist. Ich muß mit ihm reden.«

»Im Augenblick habe ich keine Ahnung, wo er ist. Wenn ich ihn finde, sage ich ihm, daß Sie sich für ihn interessieren. Mehr kann ich nicht für Sie tun.«

»Mein Onkel hat mir erzählt, Sie hätten ihn am Samstag getroffen.«

»Nur kurz.«

»Was hat er in der Stadt gemacht?«

»Darüber haben wir nicht gesprochen.«

»Aber worüber dann? Was könnte er mit einem Privatdetektiv für Geschäfte machen?«

Ich zog einen Block heran und zückte einen Kugelschreiber. »Gibt es eine Nummer, unter der ich Sie erreichen kann?«

Sie öffnete die Handtasche und holte eine Visitenkarte heraus, die sie mir über den Schreibtisch hinweg zuschob. Ihre Büroadresse lag nur drei Blocks entfernt an der State Street, und ihr Titel wies sie als Vorsitzende einer Gesellschaft namens FMS aus.

Wie als Antwort auf eine Frage sagte sie: »Ich entwickle Management-Software-Systeme für Herstellungsmaschinen. Das ist meine Büronummer. Ich stehe nicht im Telefonbuch. Wenn Sie mich daheim erreichen wollen ... das ist die Nummer.«

»Klingt interessant«, bemerkte ich. »Was haben Sie für eine Ausbildung?«

»Ich habe einen Abschluß in Mathe und Chemie von Stanford und außerdem einen Magister in Computer-Wissenschaft und -technik von der USC.«

Ich spürte, wie sich meine Brauen anerkennend hoben. Ich konnte keinen Hinweis darauf entdecken, daß Daggett *ihr* Leben ruiniert hatte, aber diese Beobachtung behielt ich für mich. Hinter Barbara Daggett steckte eindeutig mehr, als ihr Status erkennen ließ. Vielleicht war sie eine von den Frauen, die im Beruf erfolgreich sind, aber dafür in ihren Beziehungen zu Männern versagen. Da man mir selbst so etwas vorgeworfen hatte, beschloß ich, kein Urteil zu fallen. Wo steht geschrieben, daß es das Maß aller Dinge ist, Teil eines Paares zu sein?

Sie schaute auf ihre Uhr und stand auf. »Ich habe noch eine Verabredung. Bitte, lassen Sie es mich wissen, wenn Sie von ihm hören.«

»Darf ich fragen, was Sie von ihm wollen?«

»Ich habe meine Mutter gedrängt, die Scheidung einzureichen, aber bislang hat sie das abgelehnt. Vielleicht kann ich ihn statt dessen überreden.«

»Ich bin überrascht, daß sie sich nicht vor Jahren von ihm scheiden ließ.«

Ihr Lächeln war kalt. »Sie sagt, sie hat ihn geheiratet ›in guten wie in schlechten Zeiten‹. Bislang hat es keine ›guten‹ gegeben. Vielleicht hofft sie noch auf eine kleine Kostprobe davon, ehe sie aufgibt.«

»Was ist mit seinem Gefängnisaufenthalt? Warum ist er eingesperrt worden?«

Etwas zuckte über ihr Gesicht, und zuerst dachte ich, sie würde mir nicht antworten. »Fahrlässige Tötung mit dem Wagen«, erklärte sie schließlich. »Er war betrunken, und es hat einen Unfall gegeben. Fünf Personen kamen ums Leben, zwei davon Kinder.«

Mir fiel keine Erwiderung ein, und sie schien auch keine zu erwarten. Sie stand auf, beendete die Unterredung mit einem kräftigen Händedruck, und dann war sie fort. Ich konnte ihre hohen Absätze über den Flur klappern hören.

5

Als ich schließlich mein Büro abgeschlossen hatte und unten zu meinem Wagen kam, sahen die Wolken über mir aus wie dunkelgraue Flocken aus dem Staubsauger, und der Regen hatte angefangen, den Fußweg mit dicken Punkten zu übersäen. Ich schob Daggetts Akte auf den Beifahrersitz und fuhr rückwärts aus meiner Parklücke, bog vom Parkplatz nach rechts in die Cannon Street und dann wieder direkt in die Chapel ein. Drei Blocks weiter hielt ich an, schoß in den Supermarkt, um Milch, Diätcola, Brot, Eier und Toilettenpapier zu holen. Ich befand mich wieder einmal in Belagerungsstimmung und freute mich darauf, die Zugbrücke hochzuziehen und den Regen abzuwarten. Mit ein wenig Glück würde ich tagelang nicht rausgehen müssen.

Das Telefon klingelte, als ich meine Wohnung betrat. Ich stellte die Einkaufstüte ab und griff nach dem Hörer.

»Herrje, ich wollte es gerade aufgeben«, stöhnte Jonah. »Ich hab's schon im Büro versucht, aber nur den Anrufbeantworter erwischt.«

»Ich habe für heute Schluß gemacht. Ich kann auch daheim arbeiten, wenn ich in Stimmung bin. Bin ich aber nicht. Hast du den Regen gesehen?«

»Regen? Ach ja, ja. Ich hab noch nicht mal aus dem Fenster geschaut, seit ich gekommen bin. Himmel, das ist ja toll!« sagte er. »Aber jetzt hör zu, ich hab ein paar von den Informationen, die du haben wolltest. Der Rest muß eben warten. Woody hatte eine vordringliche Anfrage, und ich mußte raus. Aber ich arbeite morgen, da kann ich den Rest abrufen.«

»Du arbeitest Samstag?«

»Ich vertrete Sobel. Meine gute Tat der Woche. Hast du was zu schreiben? Von Polo hab ich 'ne Spur.«

Er rasselte Billy Polos Alter, Geburtsdatum, Größe, Gewicht, Augen- und Haarfarbe, seine Decknamen und einen kurzen Überblick über seine Vorstrafen herunter. Automatisch notierte ich alles. Er hatte den Namen von Billy Polos Bewährungshelfer herausgefunden, aber der Knabe war nicht im Büro und würde nicht vor Montagnachmittag zu erreichen sein.

»Danke. Ich werde in der Zwischenzeit noch auf eigene Faust Nachforschungen anstellen«, erklärte ich. »Ich wette, ich finde ihn vor dir.« Er lachte und legte auf.

Ich räumte die Einkäufe fort und setzte mich dann an meinen Schreibtisch, zog die kleine, tragbare Smith-Corona hervor, die ich dort aufbewahrte. Ich übertrug die Daten, die Jonah mir gegeben hatte, auf Index-Karten und saß dann da und starrte sie an. Billy Polo, geb. William Polokowski, war dreißig Jahre alt, eins siebzig groß und wog siebzig Kilo. Er hatte braunes Haar, braune Augen, keine Narben. Tätowierungen oder andere »auffällige Körpermerkmale«. Sein Vorstrafenregister hörte sich an wie ein

Quiz über das kalifornische Strafgesetz, mit Gefängnisstrafen für kleinere Vergehen sowie für Schwerverbrechen. Raub, Fälschung, Hehlerei, schwerer Diebstahl, Verstöße gegen das Drogengesetz. Einmal war er sogar wegen »Beschädigung eines öffentlichen Gefängnisses« angeklagt worden, einem kleineren Vergehen in diesem Staat. Wäre es im Zuge eines Ausbruchsversuchs gewesen, so hätte man ihn eines Schwerverbrechens angeklagt. Ich schätze, er war dabei erwischt worden, wie er schmutzige Worte in die Gefängniswände ritzte. Das war schon ein richtiger Profi, dieser Kerl.

Scheinbar war Billy Polo ziemlich vielseitig, wenn es darum ging, ein Gesetz zu brechen, und er hatte sich auch nie nur auf ein bestimmtes Gebiet festgelegt, um dort Erfahrungen zu sammeln. Er war sechzehnmal verhaftet worden, neunmal verurteilt, zweimal freigesprochen und fünfmal zur Bewährung ausgesetzt. Zweimal hatte man ihn gegen Kaution freigelassen, aber nichts schien sich auf sein Verhalten ausgewirkt zu haben, das in seiner Heftigkeit fast pathologisch schien. Der Mann war entschlossen, sich zu ruinieren. Seit seinem achtzehnten Lebensjahr hatte er alles in allem neun Jahre im Gefängnis verbracht. Ich hatte keine Ahnung, wie seine Jugendstrafen aussahen. Ich nahm an, daß seine Bekanntschaft mit John Daggett auf sein letztes Vergehen zurückging, einen bewaffneten Raubüberfall, für den er im kalifornischen Staatsgefängnis San Luis Obispo, einer Sicherheitseinrichtung, ungefähr neunzig Meilen nördlich von Santa Teresa, zwei Jahre und zehn Monate abgesessen hatte.

Ich holte noch einmal das Telefonbuch heraus und überprüfte die Eintragungen unter Polokowski. Nichts. Herrje, warum kann in diesem Job auch nichts einfach sein? Na schön. Im Augenblick wollte ich mir deshalb keine Sorgen machen.

Inzwischen konnte ich den Regen an den verglasten Windfang trommeln hören, der meine Wohnung mit Henry Pitts Haus verbindet. Er ist mein Vermieter, und das seit fast zwei Jahren. Bei trockenem Wetter stellt er eine alte Wiege, gefüllt mit Brotteig, in den Windfang. Wenn die Sonne scheint, wirkt der Gang wie ein Solarofen, warm und windgeschützt, und der Teig geht auf und steigt über den Rand der Wiege wie ein Federkissen. So kann er zwanzig Laibe auf einmal vorbereiten und sie dann in dem großen Industriebackofen backen, den er sich hat einbauen lassen, als er sich aus dem Geschäft zurückzog. Jetzt verkauft er frisches Brot und Teigwaren in der Nachbarschaft und bessert damit seine Rente auf. Außerdem verdient er sich noch etwas dazu, indem er Kreuzworträtsel entwirft, die er an ein paar dieser »Zeitschriften« verkauft, die man im Supermarkt bekommen kann. Henry Pitts ist einundachtzig, und jedermann weiß, daß ich halb in ihn verliebt bin.

Ich dachte kurz daran, bei ihm vorbeizuschauen, aber schon die paar Meter schienen bei dieser Nässe zuviel zu sein. Ich setzte Teewasser auf, griff mir ein Buch und streckte mich auf dem Sofa aus, eine Steppdecke über mir. So verbrachte ich den Rest des Tages.

Im Laufe der Nacht nahm der Regen noch zu, und ich wachte zweimal auf und hörte ihn an die Scheiben peitschen. Es hörte sich an, als würde jemand mit einem Schlauch die Wände abspritzen. Hin und wieder grollte der Donner in der Ferne, blaues Licht blitzte in den Fenstern, Äste tauchten kurz auf, ehe das Zimmer wieder schwarz wurde. Es war klar, daß ich meinen Lauf um sechs Uhr streichen mußte, ein erzwungener Tag der Ruhe. Also vergrub ich mich wie ein kleines Tier noch tiefer in meine Decke, entzückt von der Aussicht, lange zu schlafen.

Um acht Uhr wachte ich auf, duschte, zog mich an und aß ein weichgekochtes Ei auf Toast mit Unmengen von Lawry's Seasoned Salt. Ich werde nicht auf Salz verzichten. Mir ist es egal, was die Leute sagen.

Jonah rief an, als ich meinen Teller abwusch. »Hallo, rat mal, was passiert ist? Dein Freund Daggett ist aufgetaucht.«

Ich klemmte mir den Hörer zwischen Kopf und Schulter, drehte das Wasser aus und trocknete mir die Hände ab. »Was ist passiert? Ist er aufgegriffen worden?«

»Mehr oder weniger. Ein Penner hat ihn heute morgen mit dem Gesicht nach unten in der Brandung liegen gesehen, verfangen in einem Fischernetz. Ein Boot ist ungefähr zweihundert Meter weiter an Land getrieben. Wir sind ziemlich sicher, daß das zusammenpaßt.«

»Ist er gestern abend gestorben?«

»Sieht so aus. Der Arzt schätzt, er ist zwischen Mitternacht und fünf Uhr früh ins Wasser gegangen. Aber wir haben noch keinen Bericht über die Todesursache. Nach der Autopsie wissen wir sicher mehr.«

»Woher weißt du, daß es Daggett war?«

»Fingerabdrücke. Er lag als xy im Leichenschauhaus, bis wir den Computer gefüttert haben. Willst du ihn dir ansehen?«

»Ich komme sofort. Was ist mit den Verwandten? Sind Sie schon benachrichtigt worden?«

»Ja, ein Streifenbeamter ist hingegangen, nachdem wir ihn identifiziert hatten. Kennst du die Familie?«

»Nicht gut, aber ich hab sie kennengelernt. Bezieh dich

nicht auf mich, aber ich schätze, du wirst rausfinden, daß er Bigamist war. Da ist noch eine Frau unten in L. A., die auch behauptet, mit ihm verheiratet zu sein.«

»Reizend. Am besten kommst du kurz zu uns, wenn du St. Terrys verläßt«, sagte er und hängte ein.

Die Polizei von Santa Teresa hat kein eigenes Leichenschauhaus. Es gibt einen Sheriff, der gleichzeitig Leichenbeschauer ist, in diesem Staat eine gewählte Position, aber die eigentliche forensische Arbeit wird auf verschiedene Pathologen in diesem Gebiet verteilt. Die notwendigen Räumlichkeiten werden vom Santa Teresa Hospital (für gewöhnlich kurz St. Terrys genannt) und dem früheren County General Hospital zur Verfügung gestellt. Daggett lag offensichtlich im St. Terrys, und dahin fuhr ich, nachdem ich Regenmantel, Schirm und Handtasche zusammengesucht hatte.

Der Besucherparkplatz am Krankenhaus war halb leer. Es war Samstag, und die Ärzte würden ihre Runden wahrscheinlich erst später machen. Der Himmel war dick mit Wolken verhangen, und hoch oben konnte ich sehen, wie der Wind durch sie hindurchpeitschte und weißen Nebel durch das Grau trieb. Das Pflaster war mit kleinen Zweigen übersät, Blätter klebten flach am Boden. Überall hatten sich Pfützen gebildet, Regentropfen versahen sie mit kleinen Pockennarben. Ich parkte so dicht am Hintereingang, wie ich nur konnte, schloß dann meinen Wagen ab und rannte los.

»Kinsey!«

Ich drehte mich um, als ich den Schutz des Gebäudes erreichte. Barbara Daggett eilte von der anderen Seite des Platzes zu mir herüber, den Schirm gegen den Regen geneigt. Sie trug einen Regenmantel und Stiefel, das weißblonde Haar lag wie ein Heiligenschein um ihr Gesicht. Ich hielt die Tür für sie auf, und wir betraten das Foyer.

»Haben Sie das von meinem Vater gehört?«

»Deshalb bin ich ja hier. Wissen Sie, wie es passiert ist?«

»Nicht direkt. Onkel Eugene hat mich um Viertel nach acht angerufen. Ich schätze, die haben versucht, Mutter zu benachrichtigen, und er hat sich eingeschaltet. Der Arzt hat sie so mit Medikamenten vollgestopft, daß es überhaupt keinen Sinn hat, es ihr schon zu erzählen. Er macht sich Sorgen, wie sie es aufnehmen wird, so instabil, wie sie ist.«

»Kommt Ihr Onkel auch?«

Sie schüttelte den Kopf. »Ich sagte, ich würde das erledigen. Es besteht kein Zweifel daran, daß es Daddy ist, aber jemand muß unterschreiben, damit sie den Leichnam zur Bestattung freigeben können. Natürlich wird vorher noch die Autopsie gemacht. Wie haben Sie es herausgefunden?«

»Durch einen Polizisten, den ich kenne. Ich hatte ihm erzählt, daß ich versuchen wollte, eine Spur von Ihrem Vater zu bekommen, und deshalb hat er mich angerufen, als man ihn anhand der Fingerabdrücke identifiziert hatte. Ist es Ihnen gestern noch gelungen, ihn zu finden?«

»Nein, aber offensichtlich jemand anderem.« Sie schloß ihren Schirm und schüttelte ihn aus. Dann warf sie mir einen Blick zu. »Offen gesagt, ich vermute, daß ihn jemand umgebracht hat.«

»Lassen Sie uns keine voreiligen Schlüsse ziehen«, sagte ich, obwohl ich ihr insgeheim zustimmte.

Wir traten durch die innere Tür und auf einen Flur hinaus. Hier war die Luft wärmer und roch nach Farbe.

»Ich möchte, daß Sie die Sache für mich untersuchen, auf jeden Fall«, sagte sie.

»Hören Sie, dafür ist die Polizei zuständig. Ich habe nicht die Mittel dazu. Warum warten Sie nicht erst einmal ab, was sie dazu zu sagen haben?«

Sie musterte mich kurz und ging dann weiter. »Denen ist es doch egal, was mit ihm passiert ist. Warum sollte es sie kümmern? Er war ein Trunkenbold.«

»Ach, hören Sie auf. Die Polizisten müssen sich darum kümmern. Wenn es Mord war, müssen sie ihre Arbeit tun, und das werden sie gut machen.«

Als wir den Autopsieraum erreichten, klopfte ich, und ein junger, schwarzer Angestellter, in Chirurgengrün gekleidet, kam heraus. Sein Namensschild wies ihn als Hall Ingraham aus. Er war schlank, seine Haut hatte die Farbe von Pekanholz, das auf Hochglanz poliert ist. Sein Haar war kurz geschnitten und verlieh ihm das Aussehen einer Skulptur, das längliche Gesicht wirkte fast stilisiert in seiner Perfektion.

»Das ist Barbara Daggett«, stellte ich vor.

Er schaute in ihre Richtung, ohne ihrem Blick zu begegnen. »Sie können gleich hier draußen warten«, sagte er. Er ging zwei Türen weiter, und wir folgten ihm, warteten höflich, als er einen Monitorraum aufschloß und uns hineinführte.

»Es dauert nur eine Minute«, sagte er.

Er verschwand, und wir nahmen Platz. Das Zimmer war klein, vielleicht drei auf drei Meter, mit vier aus blauem Plastik gegossenen Stühlen, die unten miteinander verbunden waren, einem niedrigen Holztisch, auf dem alte Zeitschriften lagen, und einem Bildschirm, der schräg oben in einer Ecke des Zimmers befestigt war. Ich sah, wie ihr Blick hinaufwanderte.

»Sie zeigen ihn dort oben«, erklärte ich.

Sie nahm eine Zeitschrift und blätterte zerstreut darin. »Sie haben mir nie erzählt, warum er Sie eigentlich angeheuert hat«, meinte sie. Eine Anzeige hatte scheinbar ihre Aufmerksamkeit erregt, und sie betrachtete sie jetzt, als wäre meine Antwort nur nebensächlich.

Mir fiel kein Grund ein, warum ich es ihr jetzt nicht erzählen sollte, aber ich merkte, daß ich mir Beschränkungen auferlegte, eine alte Angewohnheit. Ich halte gern etwas zurück. Wenn man eine Information erst mal gegeben hat, kann man sie nicht zurücknehmen. Also ist es besser, Vorsicht zu üben, ehe man den Mund aufmacht. »Er wollte, daß ich ein Kind namens Tony Gahan für ihn finde«, berichtete ich.

Dieser bemerkenswerte zweifarbige Blick wurde auf mich gerichtet, und ich ertappte mich bei dem Versuch zu entscheiden, welche Augenfarbe ich vorzog. Das Grün war ungewöhnlicher, aber das Blau war klar und kräftig. Die beiden zusammen ergaben einen Gegensatz wie eine Ampel an einer Straßenecke, auf der gleichzeitig Rot und Grün aufblitzen.

»Kennen Sie ihn?« fragte ich.

»Seine Eltern und eine jüngere Schwester waren es, die bei dem Unfall ums Leben gekommen sind, zusammen mit zwei anderen Personen, die mit ihnen im Wagen saßen. Was hat Daddy von ihm gewollt?«

»Er hat erzählt, Tony Gahan hätte ihm einmal geholfen, als er auf der Flucht vor den Cops war. Er wollte sich bei ihm bedanken.«

Ihr Blick war ungläubig. »Aber das ist doch albern!«

»Das dachte ich auch«, stimmte ich zu.

Sie hätte mich vielleicht weiter nach Informationen ausgequetscht, aber der Bildschirm flimmerte in diesem Augenblick weiß auf und schaltete dann auf eine Großaufnahme von John Daggett. Er lag auf einer Bahre, ein Tuch war säuberlich bis zu seinem Hals hinaufgezogen. Er hatte den leeren Plastikausdruck, den der Tod manchmal mit sich bringt; als wäre das menschliche Gesicht nicht mehr als ein leeres Blatt, auf dem die Linien von Gefühlen und Erfahrungen erst markiert und dann wieder ausgelöscht worden sind. Er wirkte eher wie zwanzig als wie fünfundfünfzig, mit einem Stoppelbart und unordentlichen Haaren. Sein Gesicht wies keine Spuren von Gewalt auf.

Barbara starrte ihn an, ihr Mund öffnete sich, ihr Gesicht lief rosa an. Tränen traten ihr in die Augen, blieben dort hängen, gefangen im Brunnen ihres Unterlids. Ich wandte mich von ihr ab, wollte nicht aufdringlicher sein, als ich mußte. Die Stimme des Angestellten erreichte uns über die Gegensprechanlage.

»Lassen Sie mich wissen, wenn Sie soweit sind.«

Barbara wandte sich abrupt ab.

»Danke, es ist schon genug«, rief ich. Der Monitor wurde dunkel ...

Kurz darauf klopfte es an der Tür, und er tauchte wieder auf, mit einem verschlossenen großen Umschlag und einem Klemmbrett in der Hand.

»Wir müssen wissen, welche Anordnungen Sie zu treffen wünschen.« Er sprach in diesem Ton einstudierter Neutralität, den ich schon oft bei denen gehört habe, die mit Hinterbliebenen zu tun haben. Die Wirkung ist unpersönlich und tröstlich, ermöglicht es, Geschäftliches zu regeln, ohne von störenden Emotionen gehindert zu werden. Er hätte sich keine Sorgen zu machen brauchen. Barbara Daggett war Geschäftsfrau, dazu erzogen, die ehrfurchtgebietende Haltung zu bewahren, die Männer so aus der Fassung bringt, weil sie an weibliche Unterwürfigkeit gewöhnt sind. Ihr Verhalten war jetzt glatt, ihr Ton so gleichgültig wie seiner.

»Ich habe mit Wynington-Blake gesprochen«, erklärte sie und bezog sich damit auf eines der Bestattungsinstitute in der Stadt. »Wenn Sie dort Bescheid geben, nachdem die Autopsie abgeschlossen ist, werden sie sich um alles kümmern. Ist dieses Formular für mich?«

Er nickte und hielt ihr das Brett mit dem daran befestigten Stift entgegen. »Eine Empfangsbestätigung seiner persönlichen Habe«, erklärte er.

Sie kritzelte eine Unterschrift so schwungvoll, als würde sie ein Autogramm geben. »Wann haben Sie die Ergebnisse der Autopsie vorliegen?«

Er reichte ihr den Umschlag, der scheinbar Daggetts persönliche Habe enthielt. »Wahrscheinlich am späten Nachmittag.«

»Wer macht das?« erkundigte ich mich.

»Dr. Yee. Er hat sie für halb drei angesetzt.«

Barbara Daggett warf mir einen Blick zu. »Sie ist Privatdetektivin. Ich wünsche, daß ihr alle Informationen zugänglich gemacht werden. Muß ich dafür eine gesonderte Vollmacht ausstellen?«

»Das weiß ich nicht. Wahrscheinlich gibt es da etwas, aber für mich ist das neu. Ich kann es überprüfen und Sie später anrufen, wenn Sie wünschen.«

Sie klemmte ihre Visitenkarte auf das Brett, als sie es ihm zurückgab. »Tun Sie das.«

Zum ersten Mal begegneten sich ihre Blicke, und ich konnte sehen, wie er die unterschiedlichen Farben ihrer Augen wahrnahm. Sie rauschte an ihm vorbei aus dem Zimmer. Er starrte ihr nach. Die Tür fiel zu.

Ich streckte die Hand aus. »Ich bin Kinsey Millhone, Mr. Ingraham.«

Er lächelte zum ersten Mal. »Ah ja. Ich habe durch Kelly Borden von Ihnen gehört. Freut mich, Sie kennenzulernen.«

Kelly Borden arbeitete ebenfalls im Leichenschauhaus, wo ich bei der Untersuchung eines Mordes im August zu tun gehabt hatte.

»Angenehm. Was können Sie mir in diesem Fall erzählen?«

»Ich kann Ihnen da nicht viel sagen. Sie haben ihn gegen sieben gebracht, als ich gerade zur Arbeit kam.«

»Haben Sie eine Ahnung, wie lange er da schon tot war?«

»Ich weiß es nicht sicher, aber lange kann es noch nicht gewesen sein. Der Körper war nicht aufgedunsen, und es hatte auch noch keine Verwesung eingesetzt. Nach allem, was ich an Ertrunkenen gesehen habe, würde ich sagen, er ist spät letzte Nacht ins Wasser gefallen. Aber berufen Sie sich dabei nicht auf mich. Die Armbanduhr, die er trug, war um 2 Uhr 37 stehengeblieben, aber die kann auch kaputt gewesen sein. Es ist eine billige Uhr, und sie sieht recht mitgenommen aus. Ist bei seinen anderen Sachen. Himmel, was weiß ich? Ich bin bloß ein kleiner Helfer, der kleinste der Kleinen. Dr. Yee haßt es, wenn wir so mit den Leuten reden.«

»Glauben Sie mir, ich werde nichts sagen. Ich frage nur für mich selbst. Was ist mit seiner Kleidung? Wie war er angezogen?«

»Jackett, Hose, Hemd.«

»Schuhe und Strümpfe?«

»Na ja, Schuhe schon. Aber Socken hatte er keine an, und er hatte auch keine Brieftasche oder so bei sich.«

»Irgendwelche Anzeichen einer Verletzung?«

»Keine, die ich gesehen hätte.«

Mir fiel nichts ein, was ich noch hätte fragen können. So bedankte ich mich bei ihm und erklärte, ich würde in Kontakt bleiben.

Dann ging ich hinaus, um nach Barbara Daggett zu suchen. Wenn ich für sie arbeiten sollte, dann mußten wir das Geschäftliche regeln.

6

Ich fand sie in der Eingangshalle. Sie stand am Fenster und starrte auf den Parkplatz hinaus. Der Regen fiel mit monotonem Geräusch, gelegentlich rauschte der Wind in den Baumwipfeln. In allen Gebäuden, die den Parkplatz umgaben, brannte gemütlich aussehendes Licht, das die Feuchtigkeit und Kälte draußen nur noch unterstrich. Eine Krankenschwester, deren weiße Uniform zwischen den Teilen ihres dunkelblauen Regenmantels aufblitzte, näherte sich der Tür, indem sie über Pfützen sprang wie ein Kind, das Himmel und Hölle spielt. Ihre weißen Strümpfe hatten fleischfarbene Flecken an den Stellen, wo der Regen durchgedrungen war, und die weißen Schuhe waren schlammbespritzt. Sie erreichte den Eingang, und ich hielt ihr die Tür auf.

Sie schenkte mir ein strahlendes Lächeln. »Wow! Danke. Ist ja der reinste Hindernislauf hierher.« Sie schüttelte das Wasser von ihrem Regenmantel und tappte den Gang entlang. Die Kreppsohlen hinterließen ein Muster feuchter Fußspuren.

Barbara Daggett stand wie angewurzelt. »Ich muß zu

Mutter fahren«, sagte sie. »Jemand muß es ihr sagen.« Sie drehte sich um und sah mich an. »Wieviel verlangen Sie für Ihre Dienste?«

»Dreißig die Stunde plus Spesen, das ist Standard hier. Wenn Sie es ernst meinen, kann ich heute nachmittag einen Vertrag in Ihr Büro bringen.«

»Wie ist es mit einer Anzahlung?«

Ich überschlug es schnell. Normalerweise verlange ich immer einen Vorschuß, vor allem in einer Situation wie dieser, wenn ich weiß, daß ich mit den Polizisten reden muß. Zwischen einem Privatdetektiv und seinem Klienten gibt es kein Konzept von Vorrechten, aber zumindest macht ein Vorschuß klar, wo meine Loyalität liegt.

»Vierhundert sollten genügen«, sagte ich. Ich fragte mich, ob mir die Zahl wegen Daggetts geplatztem Scheck einfiel. Seltsamerweise hatte ich das Gefühl, ihn beschützen zu müssen. Er hatte mich hereingelegt – daran bestand kein Zweifel –, aber ich *hatte* eingewilligt, für ihn zu arbeiten, und ich fühlte mich ihm immer noch verpflichtet. Natürlich hätte mich wahrscheinlich nicht soviel Menschenliebe gepackt, wenn er noch gelebt hätte, aber die Toten sind wehrlos, und irgend jemand auf dieser Welt muß sich um sie kümmern.

»Ich lasse gleich Montag früh von meiner Sekretärin einen Scheck für Sie ausstellen«, sagte sie. Dann drehte sie sich um, starrte durch die Doppeltür in die Dämmerung. Sie lehnte den Kopf ans Glas.

»Ist alles in Ordnung?«

»Sie haben keine Ahnung, wie oft ich mir gewünscht habe, er wäre tot. Haben Sie je mit einem Alkoholiker zu tun gehabt?«

Ich schüttelte den Kopf.

»Sie machen einen wahnsinnig. Ich habe ihn immer angeschaut und war überzeugt, er könnte zu trinken aufhören, wenn er nur wollte. Ich weiß nicht, wie oft ich mit ihm geredet habe, ihn angefleht habe aufzuhören. Ich dachte, er würde nicht begreifen. Ich dachte, er wäre sich einfach nicht klar darüber, was wir durchmachten, meine Mutter und ich. Ich kann mich noch an den Ausdruck in seinen Augen erinnern, wenn er betrunken war. Es waren kleine, rosige Schweinsäuglein. Sein ganzer Körper strahlte den Geruch aus. Bourbon. Großer Gott, ich hasse das Zeug. Er roch, als hätte jemand eine Flasche Fusel in einen Heizlüfter geschüttet ... Wogen von diesem Geruch. Er stank danach aus allen Poren.«

Sie schaute zu mir her, die Augen trocken und mitleidslos. »Ich bin vierunddreißig, und ich habe ihn mit jeder Faser meines Körpers gehaßt, so lange ich zurückdenken kann. Und jetzt klebt es an mir. Er hat gewonnen, nicht wahr? Er hat sich nie verändert, ist uns nie auch nur einen Zentimeter entgegengekommen. Er war ein solches Arschloch. Ich hätte Lust, diese Glastür zu zerschmettern. Ich weiß nicht einmal, warum es mich interessiert, wie er gestorben ist. Ich sollte erleichtert sein, aber ich bin verärgert. Die Ironie daran ist, daß er mein Leben wahrscheinlich immer noch beherrscht.«

»Wie das?«

»Sehen Sie doch, was er bereits aus mir gemacht hat. Ich denke an ihn, sobald ich überhaupt denke. Ich denke an ihn, wenn ich mich entscheide, *nichts* zu trinken. Wenn ich nur einen Mann *kennenlerne,* der trinkt, oder wenn ich einen Penner auf der Straße sehe oder Bourbon rieche und wenn ich mit jemandem zusammen bin, der zuviel getrunken hat, dann halte ich es nicht aus. Seine Entschuldigungen und sein falscher Charme, seine Heulerei, wenn der Alkohol dann seine Wirkung bei ihm tat. Die Zeiten, wo er stürzte, wo er ins Gefängnis kam, wo er jeden Pfennig ausgab, den wir hatten. Als ich zwölf war, fand Mutter ihre Religion, und ich weiß nicht, was schlimmer war. Daddy wachte jedenfalls an den meisten Tagen auf und war ganz in Ordnung. Sie hatte Jesus zum Frühstück, Mittagessen und Abendessen. Es war grotesk. Und dann kam noch die Freude dazu, ein Einzelkind zu sein.«

Sie brach abrupt ab und schien sich zu schütteln. »Ach zum Teufel. Was macht das schon für einen Unterschied? Ich weiß, ich klinge nach Selbstmitleid, aber es war so schrecklich, und ein Ende ist nicht abzusehen.«

»Ehrlich gesagt sieht es so aus, als hätten Sie sich ganz gut gehalten«, bemerkte ich.

Sie wandte ihren Blick wieder dem Parkplatz zu, und ich konnte ihr schwaches, bitteres Lächeln sehen, das sich im Glas spiegelte. »Sie kennen doch sicher den Spruch, daß die beste Rache darin besteht, gut zu leben. Ich habe es geschafft, weil es die einzige Verteidigung war, die ich hatte. Flucht war die motivierende Kraft in meinem Leben. Fort von ihm, fort von ihr, das Haus hinter mir lassen. Das komische ist, daß ich keinen Zentimeter weiter gekommen bin, und je mehr ich renne, desto schneller gleite ich zu ihnen zurück. Es gibt Spinnen, die so arbeiten. Sie begraben sich selbst und schaffen eine kleine Tasche aus losem Sand. Wenn dann ihre Beute vorüberkommt, gibt der Boden nach, und das Opfer rutscht in die Falle. Es gibt Gesetze für alles, nur nicht für den Schaden, den Familien anrichten.«

Sie drehte sich um, schob die Hände in die Taschen ihres Regenmantels. Mit dem Hinterteil stieß sie die Tür auf, kalte Luft strömte herein. »Was ist mit Ihnen? Gehen Sie auch? Oder bleiben Sie noch?«

»Ich schätze, ich fahre noch im Büro vorbei, wenn ich schon mal draußen bin«, meinte ich.

Sie drückte auf einen Knopf am Griff ihres Schirmes, und mit einem gedämpften Klack sprang er auf. Sie hielt ihn für mich, und zusammen gingen wir zu meinem Wagen. Die Regentropfen, die auf den Schirmstoff fielen, klangen erstickt wie Popcorn in einer Pfanne mit Deckel.

Ich schloß den Wagen auf und stieg ein, während sie zu ihrem weiterging und über die Schulter zurückrief: »Versuchen Sie, mich im Büro zu erreichen, sobald Sie etwas gehört haben. Ich bin wohl gegen zwei dort.«

Das Haus, in dem ich mein Büro habe, lag verlassen da. California Fidelity ist an den Wochenendtagen geschlossen, also waren ihre Büros dunkel. Ich schloß mir auf, hob den Packen Morgenpost auf, der durch den Schlitz geschoben worden war. Auf meinem Anrufbeantworter gab es keine Nachrichten. Ich zog einen Vertrag aus meiner Schreibtischschublade und verbrachte ein paar Minuten damit, ihn auszufüllen. Ich schaute auf Barbara Daggetts Visitenkarte nach, ob die Adresse stimmte, schloß dann wieder ab und ging über die Vordertreppe nach unten.

Ich ging die drei Blocks zu Fuß und gab den Vertrag in ihrem Büro ab, ehe ich zum Polizeirevier von Floresta fuhr. Die Kombination aus Wochenende und schlechtem Wetter verlieh dem Gebäude dasselbe verlassene Aussehen wie meinem Bürohaus. Verbrechen halten sich nicht an die Vierzigstundenwoche, aber es gibt Tage, an denen selbst den Verbrechern nicht danach ist, was auf die Beine zu stellen. Auf dem Linoleum zeichnete sich ein Muster aus nassen Fußabdrücken ab, das aussah wie Tanzschritte, die zu schwierig waren, um sie zu lernen. Es roch nach Zigarettenrauch und feuchten Uniformen. Ich konnte einen Regenhut sehen, den jemand aus Zeitungspapier gefaltet hatte und der jetzt auf der Holzbank gleich hinter der Tür lag.

Einer der Beamten rief Jonah an, und er kam zur verschlossenen Eingangstür und ließ mich ein.

Er sah nicht gut aus. Im Laufe des Sommers hatte er zwanzig Pfund Übergewicht abgebaut, und er hatte mir erzählt, daß er noch immer in der Sporthalle arbeitete, daran konnte es also nicht liegen. Aber sein dunkles Haar wirkte schlecht geschnitten, und die Falten unter seinen Augen traten deutlich hervor. Außerdem strahlte er Kummer aus.

»Was ist denn mit dir passiert?« fragte ich, als wir in sein Büro zurückgingen. Er lebt seit Juni wieder mit seiner Frau zusammen, nach einem Jahr Trennung, aber nach allem, was ich sah, schien es nicht gut zu laufen.

»Sie will eine offene Beziehung«, erklärte er.

»Ach, hör auf«, meinte ich ungläubig.

Das brachte mir ein müdes Lächeln ein. »Das sind die Worte der Dame.« Er hielt mir die Tür auf, und wir traten in einen L-förmigen Raum, der mit großen, hölzernen Schreibtischen ausgestattet war.

Die Vermißten-Abteilung gehört zur Abteilung »Delikte am Menschen«, die ihrerseits zusammen mit der Abteilung »Eigentumsdelikte, Rauschgiftkriminalität und Sonderkommissionen« zur Fahndung gehört. Der Raum war im Augenblick verlassen, aber in Abständen kamen und gingen Leute. Aus dem Verhörraum konnte ich eine schrille Frauenstimme hören, mal leiser, mal lauter, und ich vermutete, daß ein Verhör im Gange war. Jonah schloß die

Flurtür, schirmte automatisch die internen Angelegenheiten ab.

Er füllte zwei Kunststoffbecher mit Kaffee, brachte sie rüber und gab mir Tütchen mit Milch und Zucker. Das war genau das, was ich jetzt brauchte, eine Tasse mit heißen Chemikalien. Wir vollzogen die nötigen Handgriffe, um den Kaffee aufzupäppeln, der roch, als hätte er zu lange auf der Platte gestanden.

Dann nahm ich mir ein paar Minuten, um die Daggett-Angelegenheit darzustellen. Zu dieser Zeit hatten wir noch keine Ergebnisse der Autopsie vorliegen, und so war die Vermutung eines Mordes reine Theorie. Trotzdem erzählte ich Jonah, was bislang geschehen war, und gab ihm eine kurze Beschreibung der wichtigsten Charaktere. Ich sprach zu ihm als zu einem Freund, nicht zu einem Polizisten, und er hörte als interessierter, aber nicht offizieller Teilnehmer zu.

»Wie lange war er also hier, ehe er starb?« wollte Jonah wissen.

»Vermutlich seit Montag. Es ist möglich, daß er erst woanders war, aber Lovella schien zu glauben, daß er sich direkt an Billy Polo wenden würde, wenn er Hilfe brauchte.«

»Hat die Information über Polo dir weitergeholfen?«

»Noch nicht, aber das kommt noch. Ich will nur abwarten, was wir bereits in der Hand haben, ehe ich weitermache. Selbst wenn sein Tod ein Unfall war, vermute ich, daß Barbara Daggett wünscht, daß ich ihn untersuche. Ich meine, mal zuallererst, was hat er mitten in einem Sturm in einem Boot gemacht? Und wo hat er die ganze Zeit gesteckt?«

»Wo hast *du* gesteckt?« fragte Jonah.

Ich starrte ihn an und begriff, daß er das Thema gewechselt hatte. »Wer, ich? Ich war immer da.«

Er nahm einen Stift hoch und fing an, damit auf die Tischkante zu schlagen wie ein Mann, der bei einer winzigen Bluesband vorspielt. Er warf mir einen Blick zu, den ich schon früher gesehen hatte, voll Hitze und Spekulationen. »Hast du einen neuen Freund?«

Ich schüttelte lächelnd den Kopf. »Die einzigen guten Männer, die ich kenne, sind verheiratet.« Ich flirtete, und das schien ihm zu gefallen.

Seine blauen Augen bohrten sich in meine, und Farbe stieg ihm ins Gesicht. »Was machst du auf sexuellem Gebiet?«

»Ich jogge, am Strand. Und du?«

Er lächelte, unterbrach den Blickkontakt. »Mit anderen Worten, es geht mich nichts an.«

Ich lachte. »Ich weiche der Frage nicht aus. Ich habe die Wahrheit gesagt.«

»Wirklich komisch. Ich habe mir immer vorgestellt, du würdest ziemlich loslegen.«

»Vor ein paar Jahren hab ich das gemacht, aber inzwischen mag ich das nicht mehr. Sex ist etwas Bindendes. Ich achte sorgfältig darauf, mit wem ich eine Verbindung eingehe. Außerdem hast du scheinbar keine Ahnung, wie es auf dem Markt aussieht. Ein One-Night-Stand ist mehr so etwas wie ein Ringkampf mit ein paar schnellen Rückenlagen. Ziemlich demoralisierend. Da bin ich schon lieber allein.«

»Ich weiß, was du meinst. Ich bin auch losgezogen, in dem Jahr, als sie fort war, aber ich hab's nie so richtig hingekriegt. Ich ging in 'ne Bar, und so 'n Mädchen hat sich an mich rangemacht, aber ich hab mich einfach nie richtig verhalten. Ein paarmal haben mir Frauen gesagt, ich wäre grob, wenn ich dachte, ich würde mich einfach unterhalten.«

»Es ist noch schlimmer, wenn du Erfolg dabei hast«, sagte ich. »Sei froh, daß du es nie richtig gelernt hast. Ich kenne ein paar Jungs da draußen, und die sind hart wie Stahl. Unglücklich. Feindselig Frauen gegenüber. Die kriegen 'n Aufriß, aber das ist auch alles, was sie kriegen.«

Hinter ihm trat Lieutenant Becker ein und setzte sich an einen Schreibtisch auf der anderen Seite des Zimmers. Jonahs Bleistift fing wieder an zu klopfen, hörte dann auf. Er legte ihn beiseite und kippte auf seinem Stuhl nach hinten.

»Ich wünschte, das Leben wäre einfach«, meinte er.

Ich bemühte mich, meinen Ton so mild wie möglich zu halten. »Das Leben *ist* einfach. Du bist es, der es schwierig macht. Soweit ich das beurteilen kann, hast du es gut ohne Camilla geschafft. Aber sie winkt mit dem kleinen Finger, und schon rennst du zurück. Und jetzt kannst du dir nicht denken, was schiefgegangen ist. Hör endlich auf, dich wie ein Opfer zu benehmen, wenn du selbst dran schuld bist.«

Diesmal lachte er. »Ach, Kinsey. Warum sagst du nicht einfach, was du denkst.«

»Also schön, ich kann es einfach nicht verstehen, wenn jemand freiwillig leidet. Wenn du unglücklich bist, dann ändere was. Wenn du's nicht zum Laufen kriegst, dann steig aus. Was ist daran so schwer?«

»Hast du es so gemacht?«

»Nicht ganz. Ich hab den ersten sitzenlassen, und der zweite hat mich sitzenlassen. Aber bei beiden hab ich mein Teil gelitten. Aber wenn ich jetzt so zurückschau, weiß ich wirklich nicht, warum ich es so lange ausgehalten habe.

Das war dumm. Es war eine riesige Zeitverschwendung, und es hat mich viel gekostet.«

»Ich hab nie gehört, daß du die Knaben auch nur erwähnt hättest.«

»Äh, eines Tages erzähl ich dir von ihnen.«

»Wollen wir zusammen was trinken gehen, wenn ich mit der Arbeit fertig bin?«

Ich sah ihn kurz an und schüttelte den Kopf. »Das würde im Bett enden, Jonah.«

»Darum geht's doch, oder?« Er lächelte und zuckte mit den Brauen wie Groucho Marx.

Ich lachte und brachte das Thema wieder auf Daggett, als ich aufstand. »Ruf mich an, wenn Dr. Yee Ergebnisse hat.«

»Nicht nur dann.«

»Bring erst mal dein Leben in Ordnung.«

Als ich ging, starrte er mir immer noch nach. Ich konnte nichts weiter tun, als dort verschwinden. Ich verspürte diesen besorgniserregenden Drang, hinzulaufen und auf seinen Schoß zu springen, lachend sein Gesicht mit Küßen zu übersäen – aber ich fürchtete, das Department würde nie wieder das alte sein. Als ich mich kurz umdrehte, sah ich, wie Becker uns einen nachdenklichen Blick zuwarf, während er so tat, als würde er seinen Eingangskorb durchsehen.

7

Daggetts Tod wurde als Unfall eingestuft. Jonah rief mich um vier Uhr an, um mir die Neuigkeiten mitzuteilen. Den Nachmittag verbrachte ich wieder in meine Decke gehüllt, in der Hoffnung, mein Buch zu Ende zu lesen. Ich hatte gerade frischen Kaffee gemacht und mich unter die Decke gekuschelt, als das Telefon klingelte. Als er es mir erzählte, war ich verwirrt, aber ich war nicht überzeugt. Ich wartete auf die Pointe, aber es kam keine.

»Ich begreife das nicht. Kennt Yee den Hintergrund?«

»Baby, Daggetts Alkoholspiegel lag bei drei-fünf. Das bedeutet akute Alkoholvergiftung, fast schon Koma.«

»Und das war die Todesursache?«

»Na ja, nein, er ist ertrunken, aber Yee erklärt, es gibt keine Anzeichen für Foul Play. Überhaupt keine. Daggett ist im Boot aufs Meer gefahren, hat sich in einem Fischernetz verfangen und ist über Bord gefallen, zu betrunken, um sich selbst in Sicherheit zu bringen.«

»Quatsch!«

»Kinsey, es gibt Leute, die durch einen Unfall sterben. Das ist eine Tatsache.«

»Ich glaube es nicht. Nicht in diesem Fall.«

»Die Spurensicherung hat nichts erbracht. Nicht einmal einen *Hinweis.* Was kann ich noch dazu sagen? Du kennst die Jungs. Die sind so gut wie nur was. Wenn du glaubst, es wäre Mord, dann mußt du Beweise liefern. Solange nennen wir es einen Unfall. Was uns angeht, so ist der Fall abgeschlossen.«

»Was hat er stockbesoffen auf einem Boot gemacht?« fragte ich. »Der Mann war pleite, und es regnete in Strömen. Von wem soll er da das Boot gemietet haben?«

Ich konnte Jonah seufzen hören. »Hat er ja nicht. Anscheinend hat er ein kleines Skiff am Dock von Marina Eins entwendet. Der Hafenmeister hat das Boot identifiziert, und man kann deutlich sehen, wo die Leine durchgeschnitten worden ist.«

»Wo haben sie es gefunden?«

»Am Strand, in der Nähe des Piers. Es gab keine brauchbaren Abdrücke.«

»Das gefällt mir nicht.«

»Hör mal, ich verstehe ja, was du sagen willst, und du könntest auch recht haben. Ich neige sogar dazu, dir zuzustimmen, wenn du dich dann besser fühlst, aber wer fragt uns schon? Sieh es doch als Geschenk an. Wenn man es für Mord halten würde, könntest du nicht einmal in die Nähe kommen. Aber so hast du einen Freischein für deine Erkundungen ... in Grenzen natürlich.«

»Weiß Dolan, daß ich interessiert bin?« Lieutenant Dolan war ein leitender Angestellter der Division und ein alter Gegner von mir. Er haßte es, wenn sich Privatdetektive in polizeiliche Untersuchungen einmischten.

»Es ist Feldmanns Fall. Dem ist das egal. Soll ich mit ihm reden?«

»Ja, mach das. Und wenn du schon dabei bist, klär es mit Dolan. Ich hab es satt, daß mir immer auf die Finger geklopft wird.«

»Okay. Ich ruf dich gleich Montag morgen wieder an«, versprach Jonah. »Wenn sich irgendwas Neues ergibt, ruf mich an, ja?«

»Mach ich. Danke.«

Ich rief Barbara Daggett an und wiederholte die Information, die ich soeben erhalten hatte. Als ich fertig war, blieb sie stumm.

»Was meinen Sie dazu?« fragte sie mich schließlich.

»Lassen Sie es mich mal so ausdrücken: *Ich* bin nicht zufrieden, aber es ist Ihr Geld. Wenn Sie wollen, kann ich noch ein paar Tage herumschnüffeln, und wenn sich nichts ergibt, lassen wir die ganze Sache fallen, und Sie müssen eben einfach damit leben.«

»Wie stehen die Chancen?«

»Keine Ahnung. Ich kann nur einen Faden aufnehmen und sehen, wohin er führt. Vielleicht haben wir sechs Sackgassen vor uns, aber zumindest wüßten Sie, daß wir es versucht haben.«

»Dann machen wir's.«

»Prima. Ich melde mich.«

Ich schob die Decke beiseite und stand auf. Ich hoffte, daß Billy Polo noch in der Gegend war. Ich wußte nicht, wo ich sonst anfangen sollte.

Ich zog den Stecker der Kaffeemaschine heraus, füllte den Rest Kaffee in eine Thermoskanne, machte mir dann ein Sandwich mit Erdnußbutter und Dill Pickle, das ich in eine braune Papiertüte schob wie ein Schulkind. Ich hatte auch fast dasselbe Gefühl im Bauch ... diese dumpfe Angst, die ich gespürt habe, als ich mit acht Jahren zur Woodrow-Wilson-Grundschule getrabt bin. Ich wollte nicht in den Regen hinaus. Ich wollte nicht mit Billy Polo zusammentreffen, der wahrscheinlich ein Mann war, vor dem mir schaudern würde. Er hörte sich genauso an wie einer der Jungs aus der höheren Klasse, vor dem ich solche Angst gehabt hatte ... böse und gemein, außerhalb jeder Kontrolle.

Ich wühlte in meinem Kleiderschrank, bis ich meinen Regenmantel und einen Schirm gefunden hatte. Ich ließ meine warme Wohnung hinter mir und fuhr zu Billy Polos alter Adresse in der Merced Street hinüber. Es war Viertel nach vier und wurde schon vorzeitig dunkel. Die Gegend war früher einmal wahrscheinlich recht hübsch gewesen, aber jetzt wurde sie mehr und mehr von Apartmenthäusern bestimmt und war nur noch ein glückloses Gemisch aus den Verwahrlosten und den Nichtssagenden. Die kleinen Lebkuchenhäuschen klemmten zwischen dreistöckigen verputzten Schachteln mit Tiefgaragen, und überall gab es Hinweise auf die geschmacklose Nichtachtung der Vergangenheit.

Ich parkte unter einem Mastixbaum und nutzte die überhängenden Zweige als Schutz, während ich meinen Schirm aufspannte. Ich sah noch einmal die Namen und Hausnummern der früheren Nachbarn nach, in der Hoffnung, daß einer von ihnen mir einen Hinweis darauf geben konnte, wo sich Polo jetzt aufhielt.

Die erste Tür, an die ich klopfte, wurde von einer älteren Frau im Rollstuhl geöffnet. Ihre Beine waren bandagiert und in Schuhe gestopft, aus denen an den Seiten Stücke herausgeschnitten waren, um Platz für ihre entzündeten Fußballen zu schaffen. Ich stand auf der Veranda und redete durch die Außentür mit ihr, die sie verriegelt hielt. Sie konnte sich noch vage an Billy erinnern, hatte aber keine Ahnung, was aus ihm geworden oder wohin er gegangen war. Sie verwies mich auf ein kleines Mietshaus auf der Rückseite des Nachbaranwesens. Dabei handelte es sich nicht um eine der Adressen, die ich aus dem Stadtbuch aufgeschrieben hatte. Sie erklärte, Billys Familie hätte im Vorderhaus gewohnt, während das Hinterhaus noch immer von einem alten Herrn namens Talbot bewohnt wurde, der schon seit dreißig Jahren dort lebte. Ich bedankte mich und ging über die vom Regen schlüpfrigen Stufen nach unten und dann die Auffahrt zurück.

Das Vorderhaus mußte eines der ersten Häuser in dieser Gegend gewesen sein – anderthalb Stockwerke aus weißem Holz, ein spitzes Dach, zwei Türmchen und eine Veranda vor dem Haus, die jetzt mit Fliegengitter abgeschlossen und mit Trödel vollgestopft war. Ich konnte die

Wicklungen auf der Rückseite eines alten Kühlschranks sehen und daneben etwas, das wie ein Haufen Milchtüten aussah, die mit Taschenbüchern gefüllt waren. Bougainvillea rankten sich wirr an der Seite des Hauses hoch, und der Ablauf von der Regenrinne ergoß einen Schwall Wasser auf die Auffahrt und zwang mich, einen weiten Bogen nach rechts zu machen.

Das Rückgebäude sah aus, als wäre es ursprünglich ein Werkzeugschuppen gewesen, mit einem Anbau auf der linken Seite und einem winzigen Autostellplatz auf der rechten. Ein Wagen war nirgends zu sehen, und den größten Teil des geschützten Platzes nahm Feuerholz ein, das an die Wand gestapelt war. Es war vielleicht noch genug Platz für ein Fahrrad vorhanden, aber viel mehr auch nicht.

Das Gebäude bestand aus weißem Gebälk und Ziegelsteinen, mit einem Fenster zu beiden Seiten der Mitteltür und einem winzigen Schornstein, der sich durchs Dach bohrte. Es sah genauso aus wie die Zeichnung, die wir alle in der Volksschule gemalt hatten, sogar Rauch kringelte sich aus dem Schornstein.

Ich klopfte, und ein alter, verhutzelter Mann ohne Zähne öffnete mir. Sein Mund bildete einen breiten Strich, der die Nasenspitze kaum von dem nach vorn und oben gereckten Kinn trennte. Als er mich sah und begriff, daß ich niemand war, den er kannte, verließ er kurz die Tür und kehrte mit seinem Gebiß zurück, lächelte ein wenig, als er es zurechtrückte. Die falschen Zähne verursachten ein knirschendes Geräusch, wie ein Pferd, das auf seiner Trense kaut. Er schien um die Siebzig zu sein, wirkte gebrechlich, die blasse Haut zeigte rote und blaue Flecken. Das weiße Haar hatte er vorne zu einer Tolle gebürstet, über den Ohren war es spärlich und ausgefranst, und hinten reichte es bis zum

Nacken hinab. Er trug ein Hemd, das von vielen Jahren des Waschens weich geworden zu sein schien, und eine Jacke, die wahrscheinlich irgendwann einmal einer Frau gehört hatte. Die Knöpfe waren Straßsteine, und die Knopflöcher saßen auf der falschen Seite. Mit zitternder Hand strich er sein Haar glatt und wartete ab, was ich wollte.

»Sind Sie Mr. Talbot?«

»Kommt drauf an, wer das wissen will.«

»Ich bin Kinsey Millhone. Die Frau nebenan meinte, ich sollte mit Ihnen sprechen. Ich suche Billy Polo. Seine Familie hat vor ungefähr fünf Jahren im Vorderhaus gewohnt.«

»Ich kenne Billy ganz gut. Warum suchen Sie ihn?«

»Ich brauche ein paar Auskünfte über einen Freund von ihm«, antwortete ich und gab ihm dann eine kurze Erklärung. Ich sah keinen Grund dafür, ihn zu belügen, und nannte deshalb einfach meine Aufgabe und beließ es dabei.

Er blinzelte mich an. »Billy Polo ist ein sehr schlimmer Kerl. Ich frage mich, ob Sie das wohl wissen.« Seine Stimme klang belegt, und ich bemerkte, daß er zitterte und daß sein Kopf wackelte, wenn er sprach. Ich vermutete, daß er an einer Form der Parkinsonschen Krankheit litt.

»Doch, das weiß ich. Soviel ich weiß, war er im Männergefängnis von Kalifornien, bis vor kurzem erst. Ich glaube, da hat er auch den Mann kennengelernt, um den es hier geht. Haben Sie eine Ahnung, wo ich ihn erreichen könnte?«

»Nun ja, wissen Sie, das Haus hat seiner Mutter gehört«, erzählte er und nickte zum Vorderhaus hinüber. »Sie hat es vor ungefähr zwei Jahren verkauft, als sie wieder geheiratet hat.«

»Wohnt sie noch hier in der Stadt?«

»Ja, ich glaube, in der Tranvia Street. Sie heißt jetzt Christopher. Wenn Sie 'ne Minute warten, gebe ich Ihnen die Adresse.« Er schlurfte davon und kam kurz darauf mit einem Adreßbuch in der Hand zurück. »Sie ist 'ne reizende Frau. Schickt mir jedes Jahr zu Weihnachten eine Karte. Ja, da ist sie. Bertha Christopher. Wird Betty gerufen. Wenn Sie sie zufällig sehen, grüßen Sie sie von mir.«

»Das mach ich gern, Mr. Talbot. Und vielen Dank.«

Tranvia stellte sich als eine breite, baumlose Straße im Osten der Stadt heraus. Einstöckige Häuser auf kleinen Grundstücken mit Drahtzäunen und ungestutzten, mannshohen Büschen, die vom Regen niedergedrückt waren, und mit durchweichtem Kinderspielzeug, das auf gepflasterten Auffahrten herumlag. Die Häuser waren unterschiedlich gut erhalten, aber die Adresse, die ich jetzt von Bertha Christopher hatte, gehörte zu einem der gepflegteren Häuser des Blocks, senffarben mit einem dunkelbraunen Rand. Ich parkte meinen VW auf der gegenüberliegenden Straßenseite, ungefähr fünfzig Meter entfernt, so daß ich darin sitzen und das Haus unauffällig beobachten konnte. Die meisten der abgestellten Wagen waren schäbig, so daß meiner gut dazupaßte.

Es war jetzt fünf Uhr vorbei, und das Licht verblaßte schnell, die Kälte in der Luft wurde deutlicher spürbar. Der Regen hatte etwas nachgelassen, und so ließ ich meinen Schirm, wo er war. Ich schnappte mir meinen gelben Regenmantel und schlüpfte hinein, stülpte die Kapuze über. Dann verschloß ich den Wagen und überquerte die Straße, platschte durch Pfützen, die das Leder meiner Stiefel dunkel färbten. Der Regen trommelte mit einem pochenden Geräusch gegen den Stoff des Regenmantels, das mir das Gefühl gab, in einem Pfadfinderzelt zu liegen.

Den Besitz der Christophers umgab eine niedrige Steinmauer aus melonengroßen Sandsteinblöcken, die von Beton zusammengehalten wurden. Pflanzen in Hängeampeln schirmten die Fenster auf der Vorderseite gegen die Straße ab, und ein gläsernes Windspiel in einer Ecke der Veranda klirrte leise im Wind. Zu beiden Seiten eines Metalltisches standen zwei leichte Aluminiumstühle. Alles war naß und roch nach feuchtem Gras.

Es gab keine Klingel, aber ich klopfte an die Scheibe in der Haustür, legte eine Hand daran, um hineinsehen zu können. Das Hausinnere lag im Schatten, auch von hinten fiel kein Licht nach vorne. Ich trat an das Verandageländer und schaute zu den angrenzenden Häusern hinüber, die beide ebenfalls dunkel waren. Ich nahm an, daß viele der Leute hier bei der Arbeit waren. Nach ein paar Minuten kehrte ich zu meinem Wagen zurück.

Ich ließ den Motor an und schaltete für eine Weile die Heizung ein. Schließlich waren die Scheiben so beschlagen, daß ich kaum sehen konnte. Ich rubbelte in der Mitte der Windschutzscheibe einen Fleck frei und saß dann da und starrte hinaus. Die Straßenlampen gingen an. Um Viertel vor sechs aß ich mein Sandwich, nur, um etwas zu tun. Um Viertel nach sechs trank ich etwas Kaffee und schaltete mein Autoradio an, hörte zu, wie ein Talkshow-Moderator ein Medium interviewte. Fünfzehn Minuten später, gleich nach den 6-Uhr-30-Nachrichten, näherte sich ein Wagen, verlangsamte das Tempo und bog in die Auffahrt der Christophers ein.

Eine Frau stieg aus, schwach von einer Straßenlampe beleuchtet. Sie blieb stehen, als wollte sie einen Schirm aufspannen, entschied sich dann aber scheinbar dagegen. Ich sah zu, wie sie die Auffahrt entlangeilte und um das

Haus herumlief. Augenblicke später gingen nacheinander die Lampen an ... zuerst im linken Raum auf der Rückseite, wahrscheinlich einer Küche, dann im Wohnzimmer und schließlich das Licht auf der vorderen Veranda. Ich ließ ihr ein paar Minuten Zeit, um ihren Mantel aufzuhängen, und kehrte dann an ihre Haustür zurück.

Ich klopfte wieder. Ich konnte sehen, wie sie von der Rückseite des Hauses in den Gang spähte und sich dann der Haustür näherte. Sie starrte mich verständnislos an, beugte dann den Kopf näher an die Scheibe, um besser sehen zu können.

Sie schien um die Fünfzig zu sein, mit einer dunklen Haut und tiefen Falten. Ihr Haar war zu einheitlich braun, um natürlich zu sein. Sie trug es an der Seite gescheitelt, mit einem dicken Pony über der faltigen Stirn. Ihre Augen hatten die Größe und Farbe alter Pennystücke, und ihr Make-up sah aus, als müßte es um diese Tageszeit dringend aufgefrischt werden. Sie trug eine Uniform, die ich schon einmal gesehen hatte, eine braune Hose und eine braun-gelb-karierte Tunika. Aber ich konnte die Aufmachung nicht sofort unterbringen.

»Ja?« rief sie durch die Scheibe.

Ich hob die Stimme, um das Geräusch des Regens zu übertönen. »Ich suche Billy. Ist er schon zurück?«

»Der wohnt nicht hier, Süße, aber er hat gesagt, er würde um acht Uhr kommen. Wer sind Sie?«

Ich nannte aufs Geratewohl einen Namen. »Charlene. Sind Sie seine Mutter?«

»Charlene was?«

»Ein Freund von ihm hat gesagt, ich sollte ihn besuchen, wenn ich mal nach Santa Teresa kommen würde. Ist er zur Arbeit?«

Sie warf mir einen merkwürdigen Blick zu, als wäre ihr niemals der Gedanke gekommen, Billy könnte arbeiten. »Er sucht bei den Gebrauchtwagenhändlern nach 'nem Auto.«

Sie hatte eines dieser Gesichter, die immer quälend vertraut erscheinen, und mit Verspätung dämmerte es mir, daß sie eine der Kassiererinnen in dem Supermarkt war, in dem ich hin und wieder einkaufe. Wir hatten uns sogar mal darüber unterhalten, daß ich Privatdetektivin bin. Ich zog mich vorsichtig aus dem Schein der Verandabeleuchtung zurück und hoffte, daß sie mich nicht im selben Augenblick erkannt hatte wie ich sie. Ich hielt eine Ecke meines Regenmantels hoch, als wollte ich mein Gesicht vor dem Wind schützen.

Sie schien zu begreifen, daß etwas Merkwürdiges vorging. »Warum suchen Sie ihn?«

Ich ignorierte ihre Frage, tat so, als könnte ich sie nicht hören. »Ich komme wieder, wenn er daheim ist. Sagen Sie ihm nur, Charlene wäre dagewesen«, brüllte ich. »Ich komme wieder, wenn ich kann.«

»Schön«, stimmte sie zögernd zu. Ich winkte ihr zu, als ich mich umdrehte. Dann lief ich die Verandatreppe hinab ins Dunkle und spürte, daß sie mir mißtrauisch nachsah. Dann muß ich wohl aus ihrem Blickfeld verschwunden sein, denn sie schaltete das Licht auf der Veranda aus.

Als ich zu meinem Wagen zurückkam, schüttelte mich einer dieser heftigen Schauer, die einen von Kopf bis Fuß erbeben lassen. Wenn ich Billy erwischte, würde ich vielleicht zugeben, wer ich war und was ich von ihm wollte, aber im Augenblick wollte ich nichts verraten. Ich warf einen Blick auf meine Uhr und schickte mich an zu warten. Schon jetzt kam es mir wie ein langer Abend vor.

8

Vier Stunden vergingen. Der Regen hörte auf. Es wurde offensichtlich, daß Billy sich nicht nur verspätete, sondern möglicherweise überhaupt nicht mehr kommen würde. Vielleicht hatte er einen Wagen gekauft und ihn aus der Stadt geschafft, oder vielleicht hatte er irgendwann seine Mutter angerufen und beschlossen, den Besuch fallenzulassen, als er von »Charlene« hörte. Ich trank den ganzen Kaffee aus der Thermoskanne, mein Kopf zersprang fast von all dem Koffein. Wenn ich rauchen würde, hätte ich wahrscheinlich eine Schachtel leer gemacht. So hörte ich noch achtmal die Nachrichten, den Farm-Bericht und eine Stunde spanische Musik. Ich dachte über die Möglichkeit nach, die spanische Sprache einfach dadurch zu lernen, daß man diesen sentimentalen Liedern zuhörte. Ich dachte über Jonah und die Ehemänner nach, die ich kennengelernt hatte. Wenn mein Herz noch mal brechen sollte, dann würde sich das gewiß genauso anhören, obwohl die Texte, nach allem, was ich verstand, von Würmern und Hernien handelten, Dingen also, die nur durch hochtrabende Harmonien so seelenvoll klangen. Alles in allem war ich nahe daran, mich mit meinen geistigen Prozessen zu Tode zu langweilen, und so war ich wirklich erleichtert, als ich einen Wagen näher kommen und am Bordstein vor dem Haus auf der anderen Straßenseite halten sah. Es sah aus wie ein 67er Chevrolet, weiß, mit einem vorübergehenden Kennzeichen an der Windschutzscheibe. Ich konnte nicht viel von dem Knaben erkennen, der ausstieg, aber ich beobachtete interessiert, wie er mit zwei Sätzen die Verandastufen erreichte und klopfte.

Betty Christopher ließ ihn ein. Alle beide verschwanden. Einen Moment später sah ich Schatten vor dem Küchenlicht. Ich stellte mir vor, daß sie sich hinsetzten, um ein paar Bier zu trinken und sich zu unterhalten. Doch schon öffnete sich die Haustür wieder, und er kam heraus. Ich rutschte auf dem Autositz nach unten, bis meine Augen auf einer Höhe mit der Unterkante des Fensters waren. Die Wolkendecke war noch immer schwer, verdunkelte den Mond, und die Wagen am Straßenrand schufen noch tiefere Schatten. Er starrte auf die Straße hinaus, musterte die Reihe der geparkten Autos eines nach dem anderen. Ich spürte, wie mein Herz zu hämmern anfing, als ich beobachtete, wie er langsam die Treppe herabkam und in meine Richtung ging.

Mitten auf der Straße blieb er stehen. Er trat an einen Lieferwagen, der zwei Wagen vor meinem stand. Er ließ eine Taschenlampe aufleuchten und öffnete die Tür auf der Fahrerseite, scheinbar, um das Kennzeichen zu überprüfen. Ich verlor ihn aus den Augen. Einige Zeit verstrich. Ich beobachtete die Schatten, fragte mich, ob er sich auf die andere Seite geschlichen hatte und zu meiner Rechten auftauchen würde. Ich hörte ein ersticktes Geräusch, als er die Tür des Lieferwagens schloß. Der Strahl seiner Taschenlampe glitt über den Wagen vor mir, blitzte gegen meine Windschutzscheibe, aber das Licht war zu zerstreut, um viel zu erhellen, als es mich erreichte. Er schaltete die Lampe aus. Wartete, beobachtete die Straße auf beiden Seiten. Offensichtlich entschied er, daß es keinen Grund zur Beunruhigung gab. Er ging zum Haus zurück. Als er die Veranda erreichte, kam sie heraus, hielt einen Morgenmantel vor sich zusammen. Sie sprachen ein paar Minuten miteinander, und dann stieg er in seinen Wagen und fuhr davon. Sobald sie ins Haus ging, ließ ich meinen VW an, wendete und machte mich an die Verfolgung. Ich hoffte, daß nicht nur alles eine kunstvolle List war, um mich aus der Deckung zu locken.

Er war bereits nach links abgebogen, dann wieder rechts, als ich ihn endlich zwei Blocks vor mir entdeckte. Wir fuhren durch Nebenstraßen, in denen es keine Ampeln gab, nur hin und wieder ein Stop-Schild, um unser Vorankommen zu verlangsamen. Ich mußte aufschließen oder riskierte, ihn aus den Augen zu verlieren. Eine »einsame« Verfolgung ist praktisch sinnlos, außer Sie wissen, wem Sie folgen und wohin er will. Um diese Zeit waren nur wenige Autos unterwegs, und wenn er weit fuhr, würde er schnell begreifen, daß die Gegenwart meines VW kein Zufall war.

Ich dachte, sein Ziel wäre die Schnellstraße, aber ehe er die nördliche Auffahrt erreichte, verlangsamte er schon das Tempo und bog nach rechts ab. Da war ich nur noch einen halben Block von ihm entfernt, also schoß ich an den Randstein und parkte, würgte den Motor ab. Ich schloß den Wagen ab und ging zu Fuß, lief schräg über das Eckgrundstück. Einen halben Block weiter vorn sah ich gerade noch die Heckleuchten. Der Wagen machte eine Linkskurve in eine schäbige Wohnwagenstadt.

Puente ist eine schmale Straße, die parallel zum Highway 101 auf der Ostseite der Stadt verläuft. Die Wohnwagenstadt selbst quetschte sich in den freien Platz zwischen den beiden Straßen, vom Highway durch einen drei Meter hohen Bretterzaun und Unmengen von Oleander geschützt. Ich hastete weiter. Die Häuser, an denen ich vorüberkam, waren dunkel, alte Autos standen in den Auffahrten, die meisten von ihnen hatten Beulen. Die Straßenbeleuchtung war spärlich, aber vor mir bemerkte ich Spuren von Licht, das von den Wohnanhängern herüberkam. Über dem Eingang zur Wohnwagenstadt hing eine Reihe bunter Glühbirnen.

Als ich endlich den Eingang erreichte, war von dem Chevrolet nichts mehr zu sehen. Aber der Platz war klein, und ich hielt es nicht für schwer, den Wagen zu finden. Die Straße, die sich zwischen den Anhängern hindurchwand, war zweispurig. Der Asphalt schimmerte noch feucht vom Regen, und Wasser tropfte aus den Eukalyptusbäumen, die in Abständen emporragten. Überall standen Schilder: LANGSAM FAHREN. PARKEN NUR FÜR MIETER. DURCHGANG FREIHALTEN.

Die meisten Anhänger waren viereinhalb bis sechs Meter lang, von der Art, wie man sie früher tatsächlich an sein Auto hängen und darin herumreisen konnte. Nomad, Airstream und Concord schienen am häufigsten vertreten zu sein. Jeder hatte ein numeriertes Pappschild im Fenster, auf dem die Nummer des Platzes angegeben war, auf dem er stand. Einige standen auf kleinen Grasflecken, vorübergehende Campingplätze für Wohnwagen auf der Durchreise, aber viele waren auch auf Dauer dort und sahen aus, als wären sie schon vor Jahren hier abgestellt worden. Die Abstellplätze waren nichts weiter als aus Beton gegossene Vierecke, umgeben von weißen Holzzäunen, etwas über einen halben Meter hoch, oder aber durch Bambusmatten voneinander abgegrenzt. Die Höfe, so es welche gab, beherbergten eine Ansammlung von Plastikhirschen und Flamingos.

Es war fast elf, und viele der Anhänger waren dunkel. Hier und da konnte ich das blaugraue Flackern eines Fernsehers sehen. Ich fand den Chevrolet, mit noch warmer Motorhaube und tickendem Motor, neben einem dunkelgrünen, schäbigen Anhänger mit zerrissener Markise und zur Hälfte abgerissener Aluminium-Scheuerleiste. Aus dem Innern konnte ich das dumpfe Dröhnen von Rock 'n' Roll-Musik hören, die in einem zu kleinen Raum zu laut gespielt wird.

Die Fenster waren Ovale aus heißem, gelbem Licht, ungefähr dreißig Zentimeter über Augenhöhe. Ich schlich auf die rechte Seite hinüber, so nahe heran, wie ich konnte, und sah mich um, um festzustellen, ob einer der Nachbarn mich bemerkt hatte. Der Anhänger gleich nebenan hatte ein Schild ZU VERMIETEN an der Seite, und bei dem auf der gegenüberliegenden Straßenseite waren die Vorhänge zugezogen. Ich kehrte ans Fenster zurück und stellte mich auf die Zehenspitzen, um hineinzuschauen. Das Fenster stand einen Spaltbreit auf. Die Luft, die herausdrang, war heiß und roch nach gebratenen Zwiebeln. Die Vorhänge bestanden aus alten Baumwollgeschirrtüchern über einer Messingstange an einem Ende. Sie hingen schief genug, daß ich Billy Polo und die Frau, mit der er sprach, deutlich sehen konnte. Sie saßen beide an einem Klapptisch, tranken Bier und bewegten die Lippen, aber die Worte waren über dem Lärm der Musik nicht zu verstehen. Das Innere des Wagens war eine deprimierende Collage aus billig getäfelten Wänden, schmutzigem Geschirr, Trödel, aufgerissenen Polstern, Zeitungen und Konserven, die sich auf Regalen stapelten. Ein Aufkleber über der Eingangstür verriet: ICH WAR IN ALLEN 48 STAATEN!

Auf einer Pappschachtel thronte ein kleiner Schwarzweißfernseher, der auf das Ende eines uralten Krimis eingestellt zu sein schien. Das Tempo der Handlung nahm zu. Ein Wagen schoß los, geriet außer Kontrolle, überschlug sich x-mal, ehe er über eine Klippe stürzte und mitten in der Luft explodierte. Das Bild wechselte, zeigte jetzt zwei Männer in einem Büro, von denen einer telefonierte. Weder Billy noch die Frau schienen zuzusehen, und die Musik muß es auch für sie unmöglich gemacht haben, überhaupt etwas vom Dialog zu hören.

Ich spürte, wie sich in meiner rechten Wade ein Krampf entwickelte. Ich schaute mich nach irgend etwas um, auf das ich mich stellen konnte, um die Anstrengung zu verringern. Der Nebenhof war ein Dschungel aus wildwucherndem Gestrüpp, und der Parkplatz war mit Abfällen übersät. Unter der Tür zum Wohnwagen stand eine kurze Holztreppe. Ich zwängte mich durch die Büsche, meine Jeans und Stiefel wurden dabei klatschnaß. Ich verließ mich darauf, daß die laute Musik den Lärm übertönen würde, den ich machte, als ich den Tritt packte, mich durch das Gestrüpp zurückzwängte und die Stufen unter das Fenster stellte.

Vorsichtig stieg ich hinauf und schaute wieder hinein. Billy Polo hatte ein überraschend jungenhaftes Gesicht für einen Mann, der die gesamten dreißig Jahre seines Lebens als Gauner verbracht hatte. Sein Haar war dunkel, eine lockige Masse, die sein Gesicht umgab. Die Nase war schmal, der Mund großzügig, und er hatte ein Grübchen am Kinn, das aussah wie eine kleine Wunde. Er war kein großer Mann, aber seine drahtige Muskulatur ließ auf Kraft schließen. Er hatte etwas Manisches, seine Bewegungen ließen Anspannung ahnen. Seine Augen waren ruhelos, und er neigte dazu, zur Seite zu starren, wenn er sprach, als würde direkter Blickkontakt ihn ängstigen.

Die Frau war Anfang Zwanzig, mit breitem Mund, kräftigem Kinn und einer Stupsnase, die aussah, als wäre sie aus Wachs gemacht. Sie war ungeschminkt, ihr blondes Haar war dicht, eine Reihe fester Locken, die sie schulterlang trug, spröde und schlecht geschnitten. Ihre Haut war sehr hell und von Sommersprossen übersät. Sie trug den übergroßen, seidenen Morgenrock eines Mannes und war offensichtlich erkältet. In ihrer Tasche hatte sie ein zerknülltes Tempo, in das sie von Zeit zu Zeit trompetete. Sie war mir so nah, daß ich sehen konnte, wo das häufige Naseputzen die Haut an Nase und Oberlippe gerötet hatte. Ich fragte mich, ob sie eine alte Freundin von Billy war. Man spürte keine Sexualität in der Art, wie sie miteinander umgingen, und doch war da eine sonderbare Intimität. Vielleicht eine alte Liebe, die mit der Zeit schal geworden war.

Die ständige Rock 'n' Roll-Musik machte mich verrückt. Ich würde nie hören, was sie redeten, wenn dieses Zeug über den ganzen Platz schallte. Ich stieg die Treppe hinab und ging zur Vordertür auf der anderen Seite des Anhängers. Das Fenster rechts stand weit offen, aber die Vorhänge waren zugezogen.

Ich wartete, bis eine kurze Pause entstand. Dann holte ich tief Luft und hämmerte an die Tür. »He! Stellt den verdammten Lärm ab«, brüllte ich. »Wir versuchen hier zu schlafen!«

Aus dem Anhänger schrie die Frau zurück »'tschuldigung!« Die Musik brach abrupt ab, und ich ging wieder auf die andere Seite zurück, um zu sehen, wieviel ich von ihrer Unterhaltung aufschnappen konnte.

Die Ruhe war himmlisch. Sie mußten die Lautstärke am Fernseher ganz klein gestellt haben, denn die Werbung, die jetzt lief, war komisch ohne Ton, und ich konnte tatsächlich Bruchstücke von dem auffangen, was sie sagten, wenngleich sie unbarmherzig nuschelten.

»'türlich sagt sie das. Was hast du denn erwartet?« fragte sie.

»Mir gefällt der Druck nicht. Es gefällt mir nicht, wenn sie mir im Nacken sitzt...« Er sagte noch etwas, das ich nicht verstehen konnte.

»Was macht das schon für einen Unterschied? Niemand hat sie gezwungen. Scheiße, sie ist frei, weiß und einundzwanzig... es geht darum... damit sie nicht denkt... die ganze Sache, richtig?«

Ihre Stimme war leiser geworden, und als Billy antwortete, hielt er eine Hand vor den Mund, so daß ich ihn überhaupt nicht verstehen konnte. Er hörte ohnehin nur mit halbem Ohr zu, sprach zu ihr, während sein Blick immer wieder zum Fernseher wanderte. Es muß 11.00 gewesen sein, weil die Lokalnachrichten gebracht wurden. Da war die übliche Einführung, ein langer Schwenk auf den Nachrichtentisch mit zwei männlichen Sprechern, einem Schwarzen und einem Weißen, die da in ihren Anzügen saßen wie ein komplettes Set. Beide sahen angemessen ernst aus. Die Kamera schwenkte zu dem Kopf des Schwarzen. Hinter ihm erschien kurz ein Foto von John Daggett. Dann tauchte flüchtig der Strand auf. Ich brauchte einen Augenblick, um zu begreifen, daß das die Stelle sein mußte, an der man Daggetts Leichnam gefunden hatte. Im Hintergrund konnte ich die Mündung des Hafens sehen.

Billy fuhr hoch, packte die Frau am Arm. Sie wirbelte herum, um zu sehen, worauf er zeigte. Der Sprecher redete weiter, schob mit einer glatten Bewegung das oberste Blatt beiseite. Die Kamera fuhr auf den zweiten Sprecher, und das Bild zeigte jetzt das Standfoto einer Müllhalde.

Billy und die Frau tauschten einen langen, besorgten

Blick aus. Billy fing an, die Knöchel knacken zu lassen. »Herrje!«

Die Frau packte die Zeitung und warf sie ihm zu. »Ich hab dir doch gesagt, daß er es war, sobald ich gelesen hatte, daß man einen Säufer gefunden hat, der an den Strand gespült worden ist. Großer Gott, Billy! Immer geht alles schief, was du anfängst. Du hältst dich für so schlau. Du hast an alles gedacht. Na klar doch! Und dann stellt sich raus, daß du überhaupt nicht weißt, wovon du redest.«

»Die wissen nicht mal, daß wir ihn kennen. Woher sollten sie das auch wissen?«

Sie schenkte ihm einen bösen Blick, wütend, weil er versuchte, sich zu verteidigen. »Ein bißchen Grips kannst du den Bullen schon zugestehen! Wahrscheinlich haben sie ihn mit Hilfe seiner Fingerabdrücke identifiziert, oder? Dann wissen sie also auch, daß er in San Luis draußen war. Man muß nicht gerade ein Genie sein, um dahinterzukommen, daß du mit ihm zusammen gegessen hast. Als nächstes wird dann jemand bei uns klopfen. ›Wann haben Sie den Mann zum letzten Mal gesehen?‹ All dieser Mist.«

Er stand abrupt auf. Dann ging er zum Küchenschrank und öffnete ihn. »Hast du Black Jack?«

»Nein, ich hab keinen Black Jack. Du hast gestern alles ausgetrunken.«

»Zieh dir was an. Dann gehen wir rüber ins Hub.«

»Billy, ich hab Schnupfen! Ich gehe jetzt nicht mehr raus. Du kannst ja gehen. Warum mußt du überhaupt was trinken?«

Er langte nach seiner Jacke, fuhr hinein. »Hast du Geld? Ich hab bloß noch einen Dollar.«

»Such dir 'nen Job. Zahl selbst für dich. Ich hab es satt, dir immer nur Geld zu geben.«

»Ich hab doch gesagt, du kriegst es wieder. Warum machst du dir Sorgen? Mach schon, los.« Er schnippte ungeduldig mit den Fingern.

Sie ließ sich Zeit dabei, aber sie suchte doch in ihrer Geldbörse und förderte schließlich eine zerknüllte 5-Dollar-Note zutage, die er kommentarlos entgegennahm.

»Kommst du wieder?« wollte sie wissen.

»Ich weiß noch nicht. Möglich. Sperr nicht ab.«

»Gut, aber sei leise, ja? Ich fühle mich verdammt schlecht und will nicht geweckt werden.«

Er legte die Hände auf ihre Arme. »Hehe, beruhig dich. Du machst dir zuviel Sorgen.«

»Weißt du, was dein Problem ist? Du glaubst, du mußt nur solchen Mist reden, und dann wäre alles in Ordnung. Aber so funktioniert die Welt nicht. Hat sie nie getan.«

»Na ja, es gibt immer ein erstes Mal. Dein Problem ist, daß du so pessimistisch bist . . .«

An dieser Stelle hielt ich es für besser, mich auszuklinken und zu meinem Wagen zurückzukehren. Ich verließ meinen Horchposten, überlegte kurz, ob ich die Stufen zurückbringen oder einfach stehenlassen sollte. Besser, sie fortzubringen. Ich hob sie hoch, zwängte mich geschickt durch das Gestrüpp bis zu einem Platz, wo der Trödel gestapelt war. Ich stellte die Stufen ab und marschierte dann über den dunklen Platz und hinauf auf die Straße.

Ich lief zu meinem Auto, ließ es an und wendete erneut, erwartete, daß Billy auf demselben Weg zurückfahren würde, wie er gekommen war. Und da sah ich im Rückspiegel auch schon den Chevrolet auf die Hauptstraße einbiegen, sah, wie er hinter mir herkam. Anderthalb Block lang hing er an meinen Heckleuchten wie im Film. Mit einem ungeduldigen Hupen überholte er mich, bog mit quietschenden Reifen noch einmal nach links ab und brauste davon, Richtung Milagro. Ich wußte, wohin er wollte, also ließ ich mir Zeit. Es gibt da eine Bar, Hub, ungefähr drei Blocks weiter. Ich betrat sie vielleicht zehn Minuten nach ihm. Seinen Jack Daniel's hatte er sich schon gekauft und nahm sich jetzt seiner an, während er Poolbillard spielte.

9

Das *Hub* ist eine Bar mit dem Ambiente eines umgebauten Warenhauses. Sie ist zu geräumig für Kameradschaft, die Luft zu kühl für Entspannung. Die Decke ist hoch, schwarz gestrichen und von einem Netzwerk aus Rohren und elektrischen Leitungen überzogen. Die Tische im Hauptraum sind spärlich verteilt, an den Wänden hängen alte Schwarzweißaufnahmen der Bar und ihrer wechselnden Kunden aus den vergangenen Jahren. Durch einen breiten Torbogen gelangt man in einen kleineren Raum mit vier Billardtischen. Die Musicbox ist massig, mit gelben, grünen und kirschroten Streifen und blinkenden Lichtern. Für einen Samstagabend war die Bar erstaunlich leer. Eine Willie-Nelson-Platte lief, aber es war keine, die ich kannte.

Ich war die einzige Frau in der Bar und konnte spüren, wie die Aufmerksamkeit der Männer sich voll spröder Vorsicht mir zuwandte. Ich blieb stehen, kam mir vor, als würde ich beschnuppert, als wäre ich ein Hund in einer fremden Nachbarschaft. Zigarettendunst hing in der Luft, und man sah in dem trüben Licht die Silhouetten der Männer, die sich mit ihren Queues über die Billardtische beugten. Ich erkannte Billy Polo an dem großen Wust von

Haaren um seinen Kopf. Aufgerichtet war er größer, als ich es mir vorgestellt hatte, mit breiten, harten Schultern und schmalen Hüften. Er spielte mit einem mexikanischen Jugendlichen von vielleicht zweiundzwanzig Jahren, der ein hageres Gesicht, tätowierte Arme und eine kümmerliche Brust hatte, von der man einen Streifen sehen konnte, da er sein Hawaiihemd bis zur Taille offen trug. Er präsentierte stolz ungefähr sechs Brusthaare in einer seichten Vertiefung in der Mitte seines Brustbeins.

Ich ging zum Tisch hinüber, stand da und wartete, daß Billy sein Spiel beendete. Er warf einen kurzen, desinteressierten Blick zu mir herüber und brachte den Spielball auf eine Linie mit dem Sechserball, den er geschickt in eine Seitentasche spielte. Ohne eine Pause einzulegen, ging er um den Tisch herum und feuerte den Zweierball wie eine Kugel in die Ecktasche. Er rieb seinen Queue mit Kreide ein und betrachtete den Dreierball. Er prüfte einen Winkel, verwarf ihn und stieß schließlich so zu, daß der Dreierball wie eine Rakete in die Seitentasche schoß, während der Fünferball zur Seite bis kurz vor die Ecktasche rollte, dort hing und schließlich hineinfiel. Die Spur eines Lächelns zeigte sich auf Billys Gesicht, aber er blickte nicht auf.

Währenddessen stand der kleine Mexikaner auf sein Queue gestützt da und grinste mich an. Er formte mit den Lippen die Worte »Ich liebe dich«. Einer seiner Schneidezähne war in Gold gefaßt wie in einen Bilderrahmen, und an seinem Kinn prangte ein blauer Kreidefleck. Hinter ihm räumte Billy den Tisch ab und stellte sein Queue zurück in das Regal an der Wand. Im Vorbeigehen zupfte er einen 20-Dollar-Schein aus der Hemdtasche des Jünglings und stopfte ihn in seine eigene. Mit abgewandtem Gesicht meinte er dann: »Sind Sie die Braut, die mich vorhin bei meiner Mom gesucht hat?«

»Richtig. Ich bin eine Freundin von John Daggett.«

Er legte den Kopf schief, kniff die Augen zusammen und legte eine Hand hinter sein Ohr. »Von wem?«

Ich lächelte nur. Wir spielten scheinbar Scharade. Ich wurde lauter, als ich erneut verkündete: »Daggett. John.«

»Ach so, der. Wie geht's dem so?« Er fing an, leicht mit den Fingern im Takt der Musik zu schnippen, die von Willie Nelson zu George Benson gewechselt hatte.

»Er ist tot.«

Ich mußte ihm ein Kompliment machen. Er brachte, ohne zu übertreiben, eine hübsche Imitation leichter Überraschung zustande. »Sie wollen mich wohl auf den Arm nehmen. Daggett und tot? Zu schade. Was ist dem Kerl denn passiert, Herzanfall?«

»Ertrunken. Ist erst gestern nacht passiert, unten im Jachthafen.« Ich wies mit dem Daumen über die Schulter in Richtung auf den Strand, damit er wußte, welchen Jachthafen ich meinte.

»Hier in der Stadt? He, das ist hart. Das hab ich nicht gewußt. Das letzte, was ich hörte, war, daß er in L. A. ist.«

»Ich bin überrascht, daß Sie es nicht in den Nachrichten gehört haben.«

»Na ja, ich achte nie auf diesen Blödsinn, wissen Sie. Regt mich bloß auf. Ich kann mit meiner Zeit was Besseres anfangen.«

Sein Blick wanderte überall herum, den Körper hatte er halb abgewandt. Ich mußte vermuten, daß er damit beschäftigt war, herauszufinden, wer ich war und was ich wollte. Er warf mir einen flüchtigen Blick zu. »Tut mir leid. Ich hab Ihren Namen nicht mitbekommen.«

»Kinsey Millhone.«

Er musterte mich oberflächlich. »Ich dachte, meine Mom hätte gesagt, Sie heißen Charlene.«

Ich schüttelte den Kopf. »Wie kommt sie denn darauf.«

»Und was tun Sie?«

»Nachforschungen betreiben. Freiberuflich. Warum?«

»Sie sehen nicht aus wie 'ne Freundin von Daggett. Der war, wie soll ich sagen, Unterschicht. Sie haben zu viel Klasse für Abschaum wie den.«

»Ich habe nicht gesagt, daß wir uns nahestanden. Ich habe ihn kürzlich durch den Freund einer Freundin kennengelernt.«

»Warum erzählen Sie das mir? Das kümmert mich einen Dreck.«

»Tut mir leid, das zu hören. Daggett hat gesagt, wenn ihm irgendwas passiert, soll ich mit Ihnen reden.«

»Mit mir? Nee«, staunte er. »Das ist wirklich komisch. Sie müssen mich mit jemand anderem verwechseln. Ich meine, ich kannte Daggett, aber ich habe ihn nicht richtig *gekannt,* verstehn Sie?«

»Seltsam. Er hat mir erzählt, Sie wären die besten Freunde gewesen.«

Er lächelte und schüttelte den Kopf. »Da hat der alte Daggett Ihnen einen Bären aufgebunden, Süße. Ich hab keine Ahnung. Ich kann mich nicht mal mehr erinnern, wann ich ihn das letzte Mal gesehn hab. Ist lange her.«

»Bei welcher Gelegenheit war das?«

Er schaute zu dem mexikanischen Jüngling hinüber, der schamlos die Ohren spitzte. »Dich krieg ich später, Mann«, sagte er zu ihm. Dann leise und voller Abscheu: »Paco.« Scheinbar war das eine generelle Beleidigung, die für alle hispanischen Bürger galt.

Er berührte mich am Ellbogen und steuerte mich in den anderen Raum.

»Diese Bohnenfresser sind doch alle gleich«, vertraute er mir an. »Glauben, sie wüßten, wie man Billard spielt, und dabei haben sie keine Ahnung. Ich red nicht gern vor Mexen über persönliche Dinge. Darf ich Sie zu 'nem Bier einladen?«

»Klar.«

Er wies auf einen leeren Tisch und rückte einen Stuhl für mich zurecht. Ich hängte meinen Regenmantel über die Lehne und setzte mich. Er fing den Blick des Barkeepers auf und hielt zwei Finger hoch. Der Mann zog zwei Bierflaschen hervor, öffnete sie und stellte sie auf die Bar.

»Wollen Sie sonst noch was? Kartoffelchips? Die machen hier auch wirklich gute Pommes. Bißchen fett, aber gut.«

Ich schüttelte den Kopf und beobachtete ihn mit Interesse. Aus der Nähe strahlte er merkwürdig viel Charisma aus ... eine grobe Sinnlichkeit, deren er sich wahrscheinlich nicht einmal bewußt war. Ich treffe manchmal solche Männer, und dieses Phänomen überrascht mich immer wieder.

Er schlenderte hinüber und holte die Flaschen, ließ ein paar zerknitterte Geldscheine auf die Bar fallen. Dann sagte er etwas zu dem Barkeeper und wartete, während der Knabe ein Glas auf jede Flasche hängte und dabei ein schiefes Lächeln in meine Richtung schickte.

Billy kam zum Tisch zurück und setzte sich. »Himmel, wenn man in dieser Kneipe nach 'nem Glas fragt, behandeln die einen, als wär man plötzlich hochnäsig. Primitive Typen das. Ich häng nur hier herum, weil meine Schwester dreimal die Woche hier arbeitet.«

Aha, dachte ich, die Frau aus dem Wohnwagen.

Er schenkte ein Bier ein, schob das Glas zu mir herüber und ließ sich Zeit damit, sein eigenes einzuschenken. Seine Augen lagen tief in den Höhlen, und er hatte Grübchen, die zu beiden Seiten seines Mundes eine Falte bildeten.

»Hören Sie, ich seh Ihnen an, daß Sie entschieden haben, ich wüßte was, was ich wirklich nicht weiß. Die Wahrheit ist, ich mochte Daggett nicht sonderlich, und ich glaube, er mochte mich auch nicht. Ich hab keine Ahnung, woher Sie diesen Blödsinn haben, ich wäre 'n Freund von ihm gewesen, aber von ihm bestimmt nicht.«

»Sie haben ihn doch Montag morgen angerufen, oder?«

»Hmhm. Ich nicht. Warum sollte ich ihn anrufen?«

Ich fuhr fort, als hätte er überhaupt nichts gesagt. »Ich weiß nicht, was Sie ihm erzählt haben, aber er hatte Angst.«

»Tut mir leid, da kann ich Ihnen nicht helfen. Muß jemand anders gewesen sein. Was hat er überhaupt hier gemacht?«

»Ich weiß nicht. Seine Leiche wurde heute morgen mit der Brandung angespült. Ich dachte, den Rest könnten Sie mir vielleicht erzählen. Haben Sie eine Ahnung, wo er gestern abend war?«

»Nee, überhaupt nicht.« Er interessierte sich für ein Staubkorn im Schaum auf seinem Bier, und das mußte er jetzt herauspicken.

»Wann haben Sie ihn zuletzt gesehen? Ich glaube, das haben Sie mir noch nicht gesagt.«

Sein Ton wurde witzig. »Oje, ich hab meinen Terminkalender nicht bei mir. Andernfalls könnte ich es nachschlagen. Wir könnten zusammen gegessen haben, in einem kleinen, etwas abseits gelegenen Ort, nur er und ich.«

»San Luis vielleicht?«

Eine kurze Pause entstand, und sein Lächeln wurde um ein paar Watt dunkler. »Ich war zusammen mit ihm in San Luis«, sagte er vorsichtig. »Ich und dreitausendsiebenhundert andere. Also?«

»Ich dachte, Sie wären vielleicht in Verbindung geblieben.«

»Ich sagte doch schon, ich kannte Daggett nicht so gut. Mit ihm zusammenzusein ist genauso, als wenn Sie mit Hundescheiße am Schuh rumlaufen, verstehn Sie? Nicht grade das, was man sich wünscht.«

»Wen kannte er sonst noch hier in der Stadt?«

»Da kann ich Ihnen nicht weiterhelfen. Nicht meine Aufgabe, jemandem auf der Spur zu bleiben.«

»Was ist mit Ihrer Schwester? Kannte er sie?«

»Coral? Wirklich nicht. Die treibt sich nicht mit solchen Nichtsnutzen rum. Ich würd ihr den Hals umdrehen. Ich begreife nicht, warum Sie immer weiterbohren müssen. Ich hab Ihnen doch gesagt, ich weiß überhaupt nichts. Ich hab ihn nicht gesehen, nichts von ihm gehört. Warum glauben Sie mir nicht einfach?«

»Weil ich nicht glaube, daß Sie die Wahrheit sagen.«

»Wer sagt das? Ich meine, Sie sind doch hierhergekommen und haben mich gesucht, oder? Ich muß nicht mit Ihnen reden. Ich tue Ihnen einen Gefallen. Ich weiß nicht, wer Sie sind. Ich weiß nicht mal, was Sie überhaupt vorhaben.«

Ich schüttelte den Kopf und lächelte leicht. »Großer Gott, Billy. So ein Unsinn. Ich hätte nicht gedacht, daß Sie mit Frauen so umgehen. Ich bin entsetzt.«

»Jetzt machen Sie sich wohl über mich lustig, was?« Er musterte mein Gesicht. »Sind Sie bei der Polizei?«

Ich fuhr mit dem Daumennagel an der Flasche entlang,

riß einen Streifen des Etiketts dabei ab. »Bin ich tatsächlich.«

Er schnaubte. Jetzt hatte er genug gehört. »Ach, kommen Sie.«

»Ich bin Privatdetektiv.«

»Quatsch.«

»Tatsache.«

Er lehnte sich auf seinem Stuhl zurück, amüsiert, weil ich versuchte, ihm eine solche Lüge aufzutischen. »Himmel, das ist zuviel. Was glauben Sie eigentlich, mit wem Sie reden? Ich mag blind und taub sein, aber ich bin nicht von gestern. Ich kenne die Privatdetektive in der Stadt, und Sie sind keiner davon, also versuchen Sie's mit was anderem.«

Ich lachte. »Also schön, bin ich nicht. Vielleicht bin ich einfach bloß ein neugieriges Huhn, das mehr vom Tod eines Mannes erfahren will, den ich einmal getroffen habe.«

»Also, das würd ich Ihnen ja noch abnehmen, aber es erklärt auch nicht, warum Sie sich in meinen Fall verbeißen.«

»Sie haben ihn doch mit Lovella bekannt gemacht, nicht wahr?«

Das ließ ihn momentan verstummen. »Sie kennen Lovella?«

»Klar doch. Hab sie in L. A. kennengelernt. Sie hat eine Wohnung in der Sawtelle Street.«

»Wann war das?«

»Vorgestern.«

»So was. Und die hat Ihnen gesagt, Sie sollten zu mir kommen?«

»Woher sollte ich sonst wissen, wo Sie waren?«

Er starrte mich an, kämpfte innerlich mit sich.

Ich dachte, etwas List und Tücke könnte vielleicht seine

Zunge lösen. »Sind Sie sich im klaren darüber, daß Daggett sie halbtot geprügelt hat?«

Das machte ihn unruhig, und er schlug die Augen nieder. »Äh, nun, Lovella ist ein großes Mädchen. Sie muß lernen, selbst für sich zu sorgen.«

»Warum helfen Sie ihr nicht?«

Er lächelte bitter. »Ich kenne Leute, die würden bei der Vorstellung lachen, daß ich jemand helfen soll«, meinte er. »Außerdem ist die hart im Nehmen. Die sollten Sie nicht unterschätzen.«

»Kennen Sie sie schon lange?«

Sein Knie hatte zu zucken angefangen. »Sieben, acht Jahre vielleicht. Hab sie kennengelernt, als sie siebzehn war. Wir haben 'ne Weile zusammengelebt, aber das ging nicht gut. Sind uns zu oft in die Haare geraten. Sie ist echt stur, aber ich hab sie geliebt. Dann flog ich auf, Diebstahl, und sie und ich, Himmel, ich weiß nicht, was es war. Wir haben uns noch 'ne Weile geschrieben, aber man kann so was nicht wieder aufleben lassen, wenn es erst mal tot ist, nicht wahr? Auf jeden Fall sind wir jetzt wohl Freunde. Zumindest mag ich sie. Ich weiß nicht, wie sie über mich denkt.«

»Haben Sie sie in letzter Zeit gesehen?«

Das Knie beruhigte sich. »Nein. Aber was ist mit Ihnen? Warum sind Sie dahin gefahren?«

»Hab nach Daggett gesucht. Das Telefon war abgeschaltet.«

»Was hat sie genau gesagt?«

Ich zuckte die Achseln. »Nicht viel. Ich war nicht lange da, und sie hat sich nicht so gut gefühlt. Hatte ein dickes, blaues Auge.«

»Herrje.« Er kippte mit seinem Stuhl nach hinten. »Verraten Sie mir eins. Wieso machen Frauen so was? Lassen es zu, daß die Jungs ihnen eine reinhau'n?«

»Keine Ahnung.«

Er trank sein Glas leer und stellte es hin. »Ich wette, Sie lassen sich von niemandem so was gefallen. Stimmt's?«

»Wir lassen uns alle von irgend jemandem was gefallen.«

Billy stand auf. »Tut mir leid, daß ich das Gespräch beenden muß, aber ich muß gehen.« Er drehte sich um und stopfte sein Hemd fester in seine Hose. Seine Körpersprache sagte aus, daß er bereits gegangen war und hoffte, daß seine Kleider ihn einholen würden, bis er auf die Straße trat.

Ich stand auf und griff nach meinem Regenmantel. »Sie verlassen doch nicht die Stadt, oder?«

»Was geht das Sie an?«

»Scheint mir keine gute Idee zu sein, wo Daggett tot ist. Wenn die Cops jetzt mit Ihnen reden wollen.«

»Worüber?«

»Zum Beispiel, wo Sie gestern abend waren.«

Seine Stimme wurde schrill. »Wo *ich* war? Wovon reden Sie überhaupt?«

»Sie könnten was über die Verbindung zwischen Ihnen und Daggett wissen wollen.«

»Welche Verbindung? So 'ne Scheiße! Ich weiß wirklich nicht, wo Sie das hernehmen.«

»Meinetwegen brauchen Sie sich keine Sorgen zu machen. Auf die Cops kommt es an.«

»Welche Cops?«

Ich schüttelte den Kopf. »Sie wissen, wie Ihre freundlichen Cops sind. Wenn jemand denen Flausen in den Kopf setzt, braten Sie bald auf dem elektrischen Stuhl.«

Er war nur noch wütend. »Warum sollten Sie mir das antun?«

»Weil Sie nicht offen mit mir sind, William.«

»*Doch* bin ich das! Ich hab Ihnen alles gesagt, was ich weiß.«

»Das glaube ich nicht. Ich denke, Sie wußten von Daggetts Tod. Und ich glaube, Sie haben ihn noch diese Woche gesehen.«

Er stemmte die Hände in die Hüften und schaute durch den Raum, schüttelte den Kopf. »Mann, das hat mir gerade noch gefehlt. Das ist keine Lüge. Ich bin ehrlich gewesen. Ich kümmere mich um meine eigenen Angelegenheiten und tue, was man mir sagt. Ich wußte nicht mal, daß der Kerl hier ist.«

»Wenn Sie wollen, können Sie bei diesem Märchen bleiben«, sagte ich. »Aber ich gebe Ihnen einen guten Rat: Ich habe die Zulassungsnummer von dem Wagen, den Sie gekauft haben. Wenn Sie abhauen, rufe ich sofort Lieutenant Dolan von der Mordkommission an.«

Er schien gleichermaßen verwirrt und bestürzt zu sein. »Was soll das denn? Erpressung? Geht es darum?«

»Was gibt es da zu erpressen? Sie haben keinen Cent. Ich will Informationen, das ist alles.«

»Ich *habe* keine Informationen. Wie oft soll ich das noch sagen?«

»Hören Sie«, meinte ich geduldig, »denken Sie noch mal in Ruhe über alles nach, und dann unterhalten wir uns noch einmal.«

»Ach, lecken Sie mich am Arsch!«

Ich zog meinen Regenmantel an, hängte mir die Tasche über die Schulter. »Danke für das Bier. Das nächste Mal geht es auf meine Rechnung.«

Er machte eine abwehrende Bewegung mit der Hand, zu wütend, um zu antworten. Er ging zur Tür, und ich sah ihm nach. Ich warf einen Blick auf meine Uhr. Es war schon weit nach Mitternacht, und ich war müde. Mein Kopf fing an zu schmerzen, und ich wußte, daß alles an mir nach abgestandenem Zigarettenrauch stank. Ich wollte heim, wollte mich ausziehen und duschen und dann unter meine Steppdecke kriechen. Statt dessen holte ich tief Luft und ging ihm nach.

10

Ich ließ ihm einen gehörigen Vorsprung und folgte ihm dann zurück zum Wohnwagen. Die Temperatur schien auf ungefähr zehn Grad gefallen zu sein. Die Eukalyptusbäume berieselten mich noch immer gelegentlich, wenn der Wind hindurchfuhr, aber im übrigen war die Nacht klar. Über mir konnte ich sehen, wie sich blasse Regenwolken zurückzogen und große Fetzen sternenübersäten Himmels durchbrachen. Ich parkte einen halben Block entfernt und trabte zu Fuß in die Wohnwagenstadt, wie ich es auch beim ersten Mal getan hatte. Billys Wagen parkte neben dem Anhänger. Ich fing an, mich zu langweilen, aber ich mußte sichergehen, daß er nicht wieder fortging, um sich mit einem Verbündeten zu beraten, von dessen Existenz ich nichts wußte.

In der Küche brannte noch immer dieselbe Lampe, aber auch im rückwärtigen Teil des Anhängers schimmerte jetzt ein schwaches Licht. Ich vermutete, daß sich dort das Bett befand. Ich bahnte mir einen Weg durch die Büsche, bis ich an dieses Ende kam. Die Vorhänge waren zugezogen, aber durch das Belüftungssystem drang eine gedämpfte Unterhaltung nach draußen. Ich hangelte mich an der zerrissenen

Markise entlang und lehnte den Kopf gegen das Aluminium. Ich konnte Zigarettenrauch riechen, wahrscheinlich von Coral.

»... möchte wissen, warum die jetzt aufgetaucht ist«, sagte sie gerade. »Darüber müssen wir uns Gedanken machen. Nach allem, was wir wissen, können sie gemeinsame Sache machen.«

»Schön, aber wobei? Das würde ich gern wissen.«

»Was hat sie gesagt? Wann rührt sie sich wieder?«

»Gar nichts. Hat gesagt, ich sollte über die Situation nachdenken. Herrje. Wie ist sie bloß so schnell hinter den Chevy gekommen? Das macht mir angst. Ich hatte den Wagen ganze zwei Stunden!«

»Vielleicht ist sie dir gefolgt, Dummkopf.«

Die Stille war tief. »Verdammt«, brummte er schließlich.

Ich hörte Schritte zum vorderen Teil des Wagens poltern. Als die Tür aufgestoßen wurde, hangelte ich mich gerade ums Ende herum. Ich spähte zum Autoabstellplatz hinüber. Die Spitze des Chevy war ungefähr anderthalb Meter weit entfernt, Trödel und Abfall füllte den Raum zu beiden Seiten aus.

Die Tür des Anhängers war aufgeflogen. Licht drang heraus und ergoß sich bis zu der Stelle, wo der Asphalt begann. Nach einem schnellen Blick über die Schulter watete ich in den Abfall hinaus, suchte mir meinen Weg auf die andere Seite des Wagens, duckte mich dahinter und lauschte angespannt. Manchmal habe ich das Gefühl, ich würde mein halbes Leben so verbringen. Ich hörte, wie Billy um das Schlafzimmerende des Anhängers stolperte, genau wie ich es getan hatte.

»Herrje!« zischte er.

Coral schaute aus dem Seitenfenster und flüsterte heiser: »Was ist denn los?«

»Halt's Maul! Nichts. Hab mir das Schienbein an diesem verdammten Anhänger gestoßen. Warum räumst du diesen Krempel nicht weg?«

Ganz meine Meinung.

Coral lachte, und der Vorhang fiel wieder an seinen Platz zurück.

Billy tauchte am anderen Ende des Autoabstellplatzes auf, rieb sich das linke Schienbein. Er schaute sich eilig um, scheinbar überzeugt, daß niemand in der Nähe herumlungerte. Er schüttelte den Kopf, polterte die Treppe hoch und schlug die Tür hinter sich zu. Es wurde dunkel. Ich atmete aus.

Ich konnte sie noch murmeln hören, aber inzwischen war es mir ziemlich egal, was sie noch besprachen. Sobald ich überzeugt war, daß es sicher war, kroch ich auf die Straße hinaus und machte mich auf den Weg zu meinem Wagen.

Der Sonntagmorgen war trübe. Sogar die Luft sah grau aus, und Feuchtigkeit schien aus der Erde aufzusteigen wie Nebel. Ich brachte meine übliche Morgenroutine hinter mich und lief drei Meilen, bevor sich der Himmel wieder öffnete. Um neun Uhr rief ich bei Barbara Daggett zu Hause an. Ich brachte sie auf den neuesten Stand und erzählte ihr von meinen nächtlichen Aktivitäten.

»Was jetzt?« fragte sie.

»Ich lasse Billy Polo ein, zwei Tage schmoren, und dann gehe ich wieder hin.«

»Wie kommen Sie darauf, daß er nicht durchbrennen wird?«

»Nun, er ist auf Bewährung entlassen, und ich hoffe, daß er das nicht verwirken will. Außerdem erscheint es mir wie Geldverschwendung, wenn ich dafür bezahlt werde, daß ich den ganzen Tag hier sitze.«

»Ich dachte, Sie hätten gesagt, er wäre die einzige Spur, die Sie haben.«

»Vielleicht nicht«, meinte ich vorsichtig. »Ich habe über Tony Gahan und die anderen Leute nachgedacht, die bei dem Unfall ums Leben gekommen sind.«

»Tony Gahan?« Sie war überrascht. »Wie kann er damit zu tun haben?«

»Ich weiß nicht. Ihr Vater hat mich ursprünglich angestellt, um ihn ausfindig zu machen. Vielleicht hat er den Jungen selbst gefunden und war Anfang der Woche dort.«

»Aber, Kinsey, warum sollte Daddy versuchen, ihn zu finden? Dieser Junge muß ihn doch hassen. Seine ganze Familie ist ausgelöscht worden.«

»Eben.«

»Oh.«

»Haben Sie eine Ahnung, wo ich ihn finden kann? Ihr Vater hatte eine Adresse am Stanley Place, aber das Haus war offensichtlich leer. Ich kann keinen Gahan im Telefonbuch finden.«

»Er lebt jetzt bei seiner Tante, ich glaube, irgendwo in Colgate. Mal sehen, ob ich seine Adresse habe.«

Colgate ist das Wohnviertel, das sich an Santa Teresa anschließt. Die beiden sind ungefähr gleich groß, aber Santa Teresa hat Charakter, und Colgate hat bezahlbare Häuser sowie Geschäfte, Lackfabriken, Kegelbahnen und Autokinos.

Eine Pause entstand, und ich hörte das Rascheln von Papier. Dann kam sie ans Telefon zurück. »Hab mich geirrt. Sie wohnen in der Nähe des Museums. Ihr Nachname ist Westfall. Ramona.«

»Ich frage mich, warum Ihr Vater nichts von ihr gewußt hat.«

»Ich weiß nicht. Sie war zur Verhandlung da. Ich kann mich daran erinnern, weil jemand sie mir gezeigt hat. Ich habe ihr später geschrieben, daß wir natürlich alles tun würden, was wir könnten, um zu helfen, aber ich habe nie eine Antwort bekommen.«

»Wissen Sie sonst noch etwas über sie? Ist sie verheiratet?«

»Ich glaube ja. Ihr Mann ist irgendwie in der Industrie tätig. Warten Sie, wenn ich so nachdenke . . . ja, sie *hat* in diesem Haushaltswarengeschäft in der Capilla Street gearbeitet. Ich habe sie dort gesehen, als ich vor ein paar Monaten etwas gekauft habe. Vielleicht können Sie sie da heute nachmittag erwischen, wenn sie noch da arbeitet.«

»Am Sonntag?«

»Ja. Die haben von zwölf bis fünf geöffnet.«

»Ich werde es versuchen. Mal sehen, ob es mich weiterbringt«, sagte ich. »Wie geht es Ihrer Mutter? Wie trägt sie es?«

»Überraschend gut. Sie geht mit dem Tod um wie ein Champion. Ich dachte, sie würde ausflippen, aber scheinbar hat es sie wieder auf die Füße gebracht. Sie hat Frauen aus der Kirche, die bei ihr sitzen, und der Pfarrer ist auch da. Auf dem Küchentisch stapeln sich Schokoladenkuchen und Thunfischkasserollen. Ich weiß nicht, wie lange es anhalten wird, aber im Augenblick ist sie in ihrem Element.«

»Wann ist die Beerdigung?«

»Dienstag nachmittag. Der Leichnam ist zum Bestattungsinstitut gebracht worden. Ich glaube, sie haben gesagt, ab heute nachmittag kann man ihn sehen. Kommen Sie?«

»Ja, ich denke schon. Dann kann ich Ihnen auch sagen, ob ich mit dieser Frau Westfall oder dem Jungen gesprochen habe.«

Jorden's ist der Traum eines jeden Gourmetkoches. Es gibt dort alles, was man sich zum Zubereiten einer Speise nur vorstellen kann. Regale über Regale angefüllt mit Kochgeräten, Utensilien, Kochbüchern, Gewürzen, Kaffeesorten; Körbe, exotische Essig- und Ölsorten, Messer, Backformen, Glas und Porzellan. Einen Moment lang blieb ich im Eingang stehen, staunte über die An- und Vielzahl der Geräte, die in irgendeiner Beziehung zu Nahrungsmitteln stehen. Nudelmaschinen, Cappuccino-Automaten, Kaffeemühlen, Eismaschinen. Die Luft duftete nach Schokolade und weckte in mir den Wunsch nach einer Mutter. Ich entdeckte drei Verkäuferinnen, alle in Schürzen aus Drillich, auf deren Latz in kastanienfarbenen Lettern der Name des Geschäfts gestickt war.

Ich fragte nach Ramona Westfall und wurde nach hinten verwiesen. Sie war offensichtlich mit einer Inventur beschäftigt. Ich fand sie auf einem kleinen Holzschemel hockend, ein Klemmbrett in der Hand, auf dem sie einzelne Posten auf einer Liste abhakte, die den größten Teil der nicht elektrischen Gegenstände aufzuführen schien. Sie sah eine Kiste durch, die offensichtlich mit kleinen Schneidebrettern aus rostfreiem Stahl mit einer Klinge in der Mitte gefüllt war, die scharf genug schien, um einem den Zarten abzuschneiden.

»Was ist das denn?« erkundigte ich mich.

Sie schaute mit einem angenehmen Lächeln zu mir auf.

Sie schien Ende Vierzig zu sein, mit kurzem, hellbraunem Haar mit grauen Strähnen und haselnußbraunen Augen, die mich über die Gläser einer Halbbrille hinweg ansahen, die sie auf der Nasenspitze trug. Sie benutzte wenig, wenn überhaupt Make-up, und selbst im Sitzen konnte ich erkennen, daß sie klein und schlank war. Unter der Schürze trug sie eine weiße, langärmelige Bluse mit einem Peter-Pan-Kragen, einen grauen Tweedrock, Strumpfhose und flache Schuhe.

»Das ist eine Mandoline. Wird in Westdeutschland hergestellt.«

»Ich dachte, eine Mandoline wäre ein Musikinstrument.«

»Nein, nein. Das Gerät hier dient zum Schneiden von rohem Gemüse.«

»Tatsächlich?« Ich hatte plötzlich Visionen von selbstgemachten Pommes frites, die ich noch nie zubereitet hatte. »Wieviel kostet so was?«

»Einhundertundzehn Dollar. Mit dem Schneideschutz einhundertachtunddreißig. Soll ich es Ihnen vorführen?«

Ich schüttelte den Kopf, da ich nicht bereit war, wegen einer Kartoffel soviel Geld auszugeben. Sie stand auf und strich die Schürze glatt. Sie war einen halben Kopf kleiner als ich und roch wie die Duftprobe eines Parfüms, die ich eine Woche zuvor mit der Post bekommen hatte. Lavendel und Jasmin. Mich hatte der Preis des Zeugs beeindruckt, nicht der Duft. Ich hatte es in eine Schublade gestopft, und jetzt schlägt mir der Duft jedesmal entgegen, wenn ich frische Unterwäsche nehme.

»Sie sind Ramona Westfall?«

Ihr Lächeln veränderte sich zu einem Ausdruck der Erwartung. »Richtig. Kennen wir uns?«

Ich schüttelte den Kopf. »Ich bin Kinsey Millhone. Ich bin Privatdetektiv hier in der Stadt.«

»Kann ich Ihnen irgendwie helfen?«

»Ich suche Tony Gahan. Soviel ich weiß, sind Sie seine Tante.«

»Tony? Du lieber Himmel, warum denn?«

»Ich wurde gebeten, ihn in einer persönlichen Angelegenheit ausfindig zu machen. Ich wußte nicht, wie ich sonst mit ihm in Verbindung treten kann.«

»Welche persönliche Angelegenheit? Das verstehe ich nicht.«

»Ich wurde gebeten, ihm etwas zuzustellen. Einen Scheck von einem Mann, der kürzlich verstorben ist.«

Einen Moment starrte sie mich verständnislos an. Dann dämmerte es in ihren Augen. »Sie sprechen von John Daggett, nicht wahr? Jemand hat mir erzählt, daß es gestern abend in den Nachrichten gekommen ist. Ich dachte, er wäre noch im Gefängnis.«

»Er ist vor sechs Wochen entlassen worden.«

Röte stieg ihr ins Gesicht. »Das ist doch wieder typisch«, schimpfte sie. »Fünf Menschen tot, und der läuft wieder frei herum.«

»Nicht ganz«, berichtigte ich. »Können wir uns irgendwo in Ruhe unterhalten?«

»Worüber? Über meine Schwester? Sie war achtunddreißig, eine schöne Frau. Sie wurde verstümmelt, als er eine Ampel überfuhr und in sie hineinraste. Ihr Ehemann wurde getötet. Tonys Schwester zerschmettert. Sie war sechs, fast noch ein Baby . . .« Sie brach abrupt ab, merkte plötzlich, daß sie mit lauter Stimme gesprochen hatte. Mehrere Leute in der Nähe blieben stehen und starrten zu uns herüber.

»Wer waren die anderen? Kannten Sie sie?« fragte ich.

»Sie sind doch Detektiv. Finden Sie es heraus.«

Eine dunkelhaarige Frau im Nachbargang fing ihren Blick auf. Sie machte nicht den Mund auf, aber ihre Miene fragte: »Ist alles in Ordnung?«

»Ich mache eine Pause«, erklärte Ramona ihr. »Ich bin hinten, wenn Tricia mich braucht.«

Die dunkelhaarige Frau warf mir einen kurzen Blick zu und schlug dann die Augen nieder. Ramona ging auf eine Tür am anderen Ende des Raumes zu. Ich folgte ihr. Die anderen Kunden verloren das Interesse, aber ich hatte das Gefühl, eine unangenehme Szene vor mir zu haben.

Als ich schließlich das Hinterzimmer betrat, fummelte Ramona mit zitternden Händen in ihrer Handtasche herum. Sie öffnete eine Reißverschlußtasche und holte ein Tablettenröllchen hervor. Sie schüttelte eine Tablette heraus und zerbrach sie in der Mitte, spülte sie mit einem Schluck kalten Kaffees aus einem weißen Becher mit ihrem Namen an der Seite herunter. Nach kurzem Nachdenken schluckte sie dann auch die zweite Hälfte ihrer Tablette.

»Hören Sie, es tut mir leid, daß ich das angeschnitten habe . . .«, fing ich an.

»Sie brauchen sich nicht zu entschuldigen. Das hilft auch nichts«, schleuderte sie mir entgegen. Sie suchte in ihrer Tasche und förderte eine Schachtel Winston zutage. Sie zog eine Zigarette heraus, klopfte sie mehrmals an ihren Daumennagel und zündete sie dann mit einem Einwegfeuerzeug an, das sie in ihre Schürzentasche geschoben hatte. Mit dem linken Arm umspannte sie ihre Taille, stützte den rechten Ellbogen darauf, so daß sie ihre Zigarette dicht ans Gesicht halten konnte. Ihre Augen schienen dunkler geworden zu sein, und sie fixierte mich mit einem leeren, groben Blick. »Was wollen Sie?«

Ich konnte fühlen, wie mein Gesicht heiß wurde. Plötzlich war das Geld nebensächlich geworden und schien sowieso eine viel zu kleine Summe zu sein. »Ich habe einen Bankscheck für Tony. John Daggett hat mich gebeten, ihn zuzustellen.«

Ihr Lächeln war gräßlich. »Oh, einen *Scheck*. Nun, über wieviel ist er denn ausgestellt? Gilt er pro Kopf oder ist es eine Art Pauschalzahlung per Wagenladung?«

»Mrs. Westfall«, sagte ich geduldig.

»Sie können mich Ramona nennen, meine Liebe, da es doch hier um so intime Dinge geht. Wir sprechen über die Menschen, die ich mehr als alles andere auf der Welt geliebt habe.« Sie inhalierte kräftig und blies den Rauch dann an die Decke.

Ich zügelte mein Temperament, beherrschte mich in meiner Antwort. »Ich verstehe ja, daß es ein schmerzhaftes Thema für Sie ist. Ich weiß, es gibt nichts, was Sie entschädigen könnte, aber John Daggett hat eine Geste gemacht, und ganz egal, wie Ihre Meinung dazu ist, könnte es doch möglich sein, daß Tony für das Geld Verwendung hat.«

»Wir sorgen gut für ihn, vielen Dank. Wir brauchen nichts von John Daggett oder seiner Tochter oder von *Ihnen*.«

Ich ging weiter vor, tauchte in ihren Zorn wie ein Schwimmer in die Brandung. »Lassen Sie mich zuerst noch etwas sagen. Daggett kam letzte Woche mit einem Scheck zu mir, der auf Tony ausgestellt war.«

Sie setzte zum Sprechen an, aber ich hob eine Hand. »Bitte«, sagte ich.

Sie gab nach, ließ mich weitersprechen.

»Ich habe den Scheck in einen Tresor geschlossen, bis ich ihn übergeben könnte. Sie können ihn meinetwegen in den Abfall werfen. Aber ich möchte gern tun, was ich versprochen habe, und das heißt, daß ihn Tony Gahan bekommt. Theoretisch bleibt es allein Tony überlassen, zu entscheiden, was er damit machen will. Ich wäre Ihnen also dankbar, wenn Sie mit ihm reden würden, ehe Sie irgend etwas anderes tun.«

Sie dachte darüber nach, ihre Augen in meine gebohrt. »Wieviel?«

»Fünfundzwanzigtausend. Das ist ein gutes Stück Ausbildung für Tony, oder eine Reise ins Ausland ...«

»Ich hab schon kapiert«, unterbrach sie mich. »Vielleicht gestatten Sie, daß ich jetzt auch mal was sage. Dieser Junge ist jetzt seit fast drei Jahren bei uns. Er ist fünfzehn Jahre alt, und ich glaube nicht, daß er seit dem Unfall auch nur ein einziges Mal volle acht Stunden geschlafen hat. Er hat Migräne und kaut Fingernägel. Seine Noten sind schlecht, die Teilnahme am Unterricht gleich Null. Wir sprechen von einem Kind mit einer überdurchschnittlichen Intelligenz. Tony ist ein Wrack, und John Daggett hat ihm das angetan. Es gibt nichts ... *nichts,* was irgend jemand tun kann, um Tony für das zu entschädigen, was dieser Mann getan hat.«

»Ich verstehe das.«

»Nein, das tun Sie nicht.« Ihre Augen füllten sich plötzlich mit Tränen. Sie verstummte, ihre Hände zitterten jetzt so heftig, daß sie die Zigarette kaum an die Lippen brachte. Es gelang ihr, noch einmal daran zu ziehen, sie kämpfte um Beherrschung. Das Schweigen dehnte sich aus. Sie schien zu schaudern, und ich konnte fast sehen, wie die Beruhigungspille wirkte. Sie wandte sich abrupt ab, ließ die Zigarette fallen und trat sie aus. »Geben Sie mir eine Nummer, wo ich Sie erreichen kann. Ich spreche mit meinem Mann; mal sehen, was er sagt.«

Ich reichte ihr meine Karte, nachdem ich meine Privatadresse und Telefonnummer auf die Rückseite geschrieben hatte, für den Fall, daß sie mich dort erreichen wollte.

11

Nachdem ich Ramona Westfall verlassen hatte, fuhr ich zu meiner Wohnung und zog mich um, Stumpfhose, flache Schuhe und mein Kleid-für-alle-Fälle. Dieses Kleid, das ich jetzt seit fünf Jahren besitze, ist aus einem Zauberstoff, der nicht kraust und auf dem kein Schmutz zu sehen ist. Es kann auf die Größe eines Regenhutes zusammengedrückt werden, ich kann es unten in meine Handtasche stopfen, ohne daß es Schaden nimmt. Es kann auch im Waschbekken ausgewaschen und über Nacht zum Trocknen aufgehängt werden. Es ist schwarz, leicht, mit langen Ärmeln, einem Reißverschluß im Rücken und sollte wahrscheinlich mit Accessoires aufgewertet werden, ein Konzept bei Frauenmode, das ich nie verstanden habe. Ich trage das Kleid pur, und es sieht für mich immer okay aus. Hin und wieder sehe ich diesen erkennenden Blick bei jemandem, aber vielleicht ist das nur die Überraschung, mich in etwas anderem als Jeans und Stiefel zu sehen.

Das Wynington-Blake-Bestattungsinstitut – Beerdigungen, Feuer- und Schiffsbestattungen, alle Glaubensrichtungen – befindet sich auf der Ostseite der Stadt in einer Seitenstraße mit ausreichenden Parkmöglichkeiten. Ursprünglich war es als Residenz erbaut, und es vermittelt noch immer den Eindruck eines vornehmen Einfamilienhauses. Jetzt ist das Erdgeschoß natürlich umgebaut worden, besteht praktisch aus sechs geräumigen Wohnräumen, von denen jeder einzelne mit Metallklappstühlen ausgestattet und mit einem ernsten Spruch versehen ist.

Der Herr, der mich empfing, ein Mr. Sharonson, trug einen Anzug aus dezentem, marineblauem Material, einen neutralen Gesichtsausdruck und die Stimme eines Angestellten in einer öffentlichen Bibliothek zur Schau. John Daggett war im »Meditation« aufgebahrt, einfach den Gang entlang und dann zur Linken. Die Familie, murmelte er, befand sich in der Sunrise-Kapelle, wenn ich bitte warten würde. Ich unterschrieb, und Mr. Sharonson entfernte sich diskret. Nun konnte ich tun, was mir gefiel. Der Raum war von Stühlen gesäumt, der Sarg befand sich am Giebel. Es gab weiße Gladiolen, die irgendwie aussahen, als wären sie vom Bestattungsinstitut zur Verfügung gestellt worden, anstelle von Kränzen derjenigen, die um Daggett trauerten. Orgelmusik erklang leise, eine unauffällige Aufforderung, sich Gedanken über das Leben zu machen.

Auf Zehenspitzen ging ich durchs Zimmer, um einen Blick auf ihn zu werfen. Farbe und Struktur seiner Haut erinnerten mich an eine Puppe, die ich als Kind gehabt hatte. Seine Züge wirkten flach, ich vermutete, eine Folge der Autopsie. Es dürfte schwer sein, jemandem das Gesicht aufzurollen und es dann anschließend genauso wieder hinzubekommen, wie es war. Daggetts Nase wirkte schief, wie ein Kopfkissenbezug, bei dem die Naht verrutscht war.

Ich hörte ein Rascheln hinter mir, und Barbara Daggett tauchte zu meiner Rechten auf. Wir standen einen Moment wortlos nebeneinander. Ich weiß nicht, warum die Leute immer so dastehen und die Toten mustern müssen. Das ergibt ungefähr soviel Sinn, als wenn man dem Pappkarton, in dem die Lieblingsschuhe einst verpackt waren, die letzte Ehre erweist. Schließlich murmelte sie etwas und wandte sich ab, ging zu dem Eingang hinüber, durch den Eugene Nickerson und Essie Daggett gerade eintraten.

Essie trug ein dunkelblaues Kleid aus Rayon-Jersey, das bleiche Fleisch an den massigen Armen bildete kleine Ein- und Ausbuchtungen. Ihr Haar schien frisch »gemacht« zu sein, dick und aufgeplustert, mit Spray zu einem Turban in häßlichem Grau aufgetürmt. Eugene in einem dunklen Anzug steuerte sie am Ellbogen, betätigte ihren Arm wie das Ruder an einem Schiff. Sie warf einen Blick auf den Sarg, und ihre dicken Knie gaben nach. Barbara und Eugene fingen sie auf, bevor sie tatsächlich zu Boden stürzte. Sie führten sie zu einem Polsterstuhl und drückten sie in den Sitz. Sie suchte nach einem Taschentuch, das sie an die Lippen preßte, als wollte sie sich chloroformieren.

»Sweet Jesus Lord«, heulte sie, mit fromm nach oben gerichtetem Blick. »Großer, gnadenvoller Herr . . .« Eugene fing an, ihre Hand zu tätscheln, und Barbara setzte sich neben sie, legte beschützend einen Arm um sie.

»Soll ich ihr ein Glas Wasser bringen?« erbot ich mich.

Barbara nickte, und ich ging zur Tür. Mr. Sharonson hatte die Unruhe gespürt und war aufgetaucht, sein Gesicht eine einzige Frage. Ich gab die Bitte weiter, und er nickte. Er verließ das Zimmer, und ich kehrte an Mrs. Daggetts Seite zurück. Sie hatte jetzt einen großen Moment, rollte den Kopf von einer Seite zur anderen und zitierte mit hoher, schriller Stimme Bibelverse. Barbara und Eugene bemühten sich, sie zurückzuhalten, und ich begriff, daß Essie den starken Wunsch ausgedrückt hatte, sich zu ihrem Geliebten in den Sarg zu werfen. Ich hätte sie am liebsten geschubst.

Mr. Sharonson kehrte mit einem Papierumschlag mit Wasser zurück, den Barbara entgegennahm und an Essies Lippen hielt. Diese riß den Kopf nach hinten, unwillig, auch nur diesen kleinen Trost anzunehmen. »Des Nachts auf meinem Lager suchte ich, den meine Seele liebt«, brabbelte sie. »Ich suchte, aber ich fand ihn nicht. Ich will aufstehen und in der Stadt umgehen auf den Gassen und Straßen und suchen, den meine Seele liebt. Es fanden mich die Wächter, die in der Stadt umgehen ... Gütiger Herr im Himmel ... o Gott ...«

Überrascht stellte ich fest, daß sie Fragmente aus dem Hohelied Salomons zitierte, die ich aus der Zeit meiner Sonntagsschulbesuche bei den Methodisten erkannte. Kleinen Kindern war es nicht erlaubt, diesen Teil der Bibel zu lesen, weil er als zu schmutzig galt, aber ich war wirklich interessiert an einem Mann mit Beinen wie Marmorsäulen auf Füßen aus feinem Gold. Dann war da auch noch die Rede von Schwertern und Schenkeln, die ebenfalls meine Aufmerksamkeit erregten. Ich glaube, ich blieb drei Sonntage, bis meine Tante aufgefordert wurde, mich ans andere Ende der Straße zu den Presbyterianern zu bringen.

Essie verlor rapide die Beherrschung, peitschte sich selbst in einen Zustand solcher Hysterie, daß Eugene und Mr. Sharonson ihr auf die Füße helfen und sie aus dem Raum führen mußten. Ich konnte hören, wie ihre Schreie schwächer wurden, als sie den Gang entlanggeführt wurde. Barbara rieb sich müde das Gesicht. »O Gott, mit Mutter kann man wirklich rechnen«, murmelte sie. »Wie war Ihr Tag?«

Ich setzte mich neben sie. »Scheint nicht gerade der beste Augenblick für ein Gespräch«, gab ich zu bedenken.

»Machen Sie sich keine Sorgen. Sie wird sich schon beruhigen. Hat ihn ja jetzt zum ersten Mal gesehen. Oben gibt es eine Art Ruheraum. Da kann sie sich ein Weilchen hinlegen, dann wird es ihr wieder bessergehen. Was ist mit Ramona Westfall? Haben Sie mit ihr gesprochen?«

Ich berichtete von meinem kurzen Gespräch und brachte das Thema dann auf meine eigentliche Frage an dieser Stelle, die mit den beiden anderen Opfern des Unfalls zu tun hatte. Barbara schloß die Augen. Das Thema berührte sie sichtlich schmerzlich.

»Eines war eine kleine Freundin von Hilary Gahan. Ihr Name war Megan Smith. Ich bin sicher, daß ihre Eltern noch hier in der Gegend wohnen. Ich werde die Adresse und Telefonnummer nachsehen, wenn ich heimkomme. Der Name ihres Vaters ist Wayne, den Straßennamen habe ich vergessen. Aber sie stehen sicher im Telefonbuch.«

Ich notierte mir den Namen. »Und das fünfte Opfer?«

»Irgendein Kind, das als Anhalter mit ihnen unterwegs war. Sie haben den Jungen an der Auffahrt zur Schnellstraße aufgelesen, wollten ihn mit in die Stadt nehmen.«

»Und wie hieß der?«

»Doug Polokowski.«

Ich starrte sie an. »Sie machen Witze.«

»Warum? Kennen Sie ihn?«

»Polokowski ist Billy Polos richtiger Familienname. Steht auf seinem Führungszeugnis.«

»Glauben Sie, die sind verwandt?«

»Müssen sie fast sein. Es gibt nur eine Familie Polokowski in der Stadt. Es muß sich um einen Cousin oder Bruder handeln, *irgend so etwas*.«

»Aber ich dachte, Billy Polo soll Daddys bester Freund gewesen sein. Das ergibt doch keinen Sinn.«

Mr. Sharonson kehrte ins Zimmer zurück und suchte ihren Blick. »Ihre Mutter fragt nach Ihnen, Miss Daggett.«

»Gehen Sie nur«, forderte ich sie auf. »Ich habe im Augenblick ohnehin genug zu tun. Ich rufe Sie später daheim an.«

Barbara folgte Mr. Sharonson, während ich ins Foyer eilte und ein Telefonbuch suchte. Wayne und Marilyn Smith wohnten im Tupelo Drive draußen in Colgate, gleich um die Ecke vom Stanley Place, wenn mein Gedächtnis mich nicht täuschte. Zuerst wollte ich anrufen, aber dann war ich doch neugierig, wie sie auf die Tatsache von Daggetts Tod reagieren würden, falls die Nachricht sie noch nicht erreicht hatte. Ich tankte meinen VW auf und fuhr dann auf die Schnellstraße.

Das Haus der Smith' war das einzige in einem Kreis von zwölf identischen Gebäuden, das aus dem Rahmen fiel, und ich schloß daraus, daß es sich hierbei um das ursprüngliche Farmhaus inmitten eines ehemaligen Zitrushaines handelte. Ich konnte noch immer Orangenbäume ausmachen, die in unregelmäßigen Reihen wuchsen, die jetzt jedoch von Straßen, Zäunen und einer Grundschule durchbrochen wurden. Der Briefkasten der Smith' war eine kleine Nachbildung des Hauses, und die Hausnummer war aus einem dicken Holzbrett geschnitzt worden, das dunkelfleckig über den Verandastufen hing. Das Haus selbst war ein zweistöckiges, weißes Holzgebäude mit hohen, schmalen Fenstern und einem Schindeldach. Hinter dem Haus erstreckte sich ein üppiger Gemüsegarten, und hinter diesem befand sich die Garage. Eine Reifenschaukel hing an einem Seil an einer der Platanen, die im Hof wuchsen. Orangenbäume erstreckten sich zu allen Seiten, wirkten verdorrt und knorrig, die Jahre, als sie noch Früchte trugen, waren längst vergangen. Wahrscheinlich war es billiger, sie dort zu lassen als auszureißen. Eine Sammlung von Knabenfahrrädern in einem Gestell auf der Veranda ließ auf die Gegenwart männlicher Nachkommen oder auf eine soeben stattfindende Versammlung eines Fahrradvereins schließen.

Die Klingel befand sich in der Mitte der Tür. Ich drückte sie einmal, und sie läutete schrill. Wie auch beim Haus der Christophers war der obere Teil der Tür hier aus Glas, was mir einen Blick aufs Innere ermöglichte – hohe Decken, gewachste Holzböden, Flickenteppiche und Antiquitäten aus der Gründerzeit Amerikas, die meinem Laienauge echt zu sein schienen. Die Wände bedeckten Patchwork-Dekken, deren Farben zu den heiligen Schattierungen von Lila und Blau verblichen waren. Zahlreiche Kinderjacken hingen an einer Reihe Haken zur Linken, und darunter waren Gummistiefel in Reih und Glied aufgestellt.

Eine Frau in Jeans und einem übergroßen, weißen T-Shirt trottete die Treppe herunter, wobei sie sich mit einer Hand am Geländer festhielt. Sie schenkte mir ein kurzes Lächeln und öffnete die Haustür.

»Hallo. Sind Sie Larrys Mom?« Aus meinem Ausdruck las sie augenblicklich, daß ich keine Ahnung hatte, wovon sie überhaupt sprach. Sie lachte kurz. »Scheinbar nicht. Die Jungs sind vor einer halben Stunde vom Kino zurückgekommen, und seitdem warten wir darauf, daß Larrys Mutter ihn abholt. Verzeihen Sie.«

»Aber das macht doch nichts. Ich bin Kinsey Millhone. Ich bin Privatdetektiv hier in der Stadt.« Ich reichte ihr meine Karte.

»Kann ich Ihnen denn irgendwie helfen?« Sie war Mitte

Dreißig, hatte das blonde Haar streng aus dem Gesicht gebürstet und zu einem großen Knoten geschlungen. Sie hatte dunkle Augen und den gebräunten schönen Teint eines Menschen, der viel im Freien arbeitet. Ich stellte mir vor, daß sie zu der Sorte Mutter gehörte, die ihren Kindern das Essen von Zucker verbot und die Fernsehsendungen auswählte, die sie sehen durften. Ob sich ein solches Verhalten bezahlt macht oder nicht, darüber bin ich mir nie im klaren. Ich neige dazu, Kinder auf eine Stufe mit Hunden zu stellen und dabei die ruhigen, schlauen und guterzogenen vorzuziehen.

»John Daggett wurde Freitag abend hier in der Stadt umgebracht.«

Etwas flackerte über ihr Gesicht, aber vielleicht war es nur die Erkenntnis, daß ein so schmerzliches Thema noch einmal angeschnitten werden sollte. »Das hatte ich noch nicht gehört. Was ist passiert?«

»Er ist aus einem Boot gefallen und ertrunken.«

Darüber dachte sie kurz nach. »Nun, das ist nicht das Schlimmste. Ertrinken soll doch ein ziemlich angenehmer Tod sein, oder?« Ihre Stimme war hell, ihr Gesicht freundlich. Es dauerte eine Weile, bis ich den wilden Gehalt ihrer Aussage begriff. Ich fragte mich, welche Art von Qual sie ihm wünschte.

»Die meisten von uns haben nicht die Chance, ihre Todesart auszusuchen«, sagte ich.

»Meine Tochter hat das bestimmt nicht getan«, sagte sie schroff. »War es ein Unfall, oder hat ihm jemand einen netten, kleinen Stoß versetzt?«

»Das versuche ich herauszufinden. Ich habe gehört, er wäre am Montag aus L. A. gekommen, aber niemand scheint zu wissen, wo er die Woche verbracht hat.«

»Hier jedenfalls nicht, das kann ich Ihnen versichern. Wenn er Wayne auch nur unter die Augen gekommen wäre, hätte er . . .« Ein schwaches Lächeln trat an die Stelle weiterer Worte, und ihr Ton wurde fast schmerzhaft. »Ich wollte sagen, er hätte ihn umgebracht, aber ich meinte das nicht wörtlich. Oder vielleicht doch. Ich glaube, ich sollte nicht für Wayne sprechen.«

»Wie ist es mit Ihnen? Wann haben Sie ihn das letzte Mal gesehen?«

»Keine Ahnung. Das ist mindestens zwei Jahre her.«

»Bei der Verhandlung?«

Sie schüttelte den Kopf. »Da war ich nicht. Wayne hat einen Tag lang teilgenommen, aber danach konnte er es nicht mehr ertragen. Er hat einmal, glaube ich, mit Barbara Daggett gesprochen, aber ich bin sicher, seitdem ist da nichts mehr gewesen. Irgendwie nehme ich an, daß der Mann umgebracht worden ist. Wollen Sie darauf hinaus?«

»Möglich ist es. Die Polizei scheint nicht so zu denken, aber ich hoffe, daß sie ihre Meinung ändern, wenn ich Beweise liefern kann. Ich habe den Eindruck, daß eine Menge Leute Daggetts Tod gewünscht haben.«

»Also, ich bestimmt. Ich freue mich über die Nachricht. Den hätte eigentlich schon jemand gleich bei der Geburt umbringen sollen. Möchten Sie hereinkommen? Ich weiß nicht, was ich Ihnen erzählen kann, aber wir können es uns ebensogut bequem machen.« Sie warf noch einmal einen Blick auf meine Visitenkarte, überprüfte den Namen und schob sie dann in die Tasche ihrer Bluse.

Sie hielt mir die Tür auf, und ich trat ein und blieb dann stehen, weil ich nicht wußte, wohin sie gehen wollte. Sie führte mich ins Wohnzimmer.

»Waren Sie und Ihr Mann Freitag abend daheim?«

»Warum? Verdächtigen Sie uns?«

»Es gibt noch keine offizielle Untersuchung«, beruhigte ich sie.

»Ich war hier. Wayne hat Überstunden gemacht. Er ist vereidigter Wirtschaftsprüfer.«

Sie wies auf einen Sessel, und ich setzte mich. Sie selbst nahm auf der Couch Platz, ganz entspannt. An ihrem rechten Handgelenk trug sie ein schmales goldenes Armband, das sie jetzt drehte und versuchte, die Glieder in der Kette zu richten. »Haben Sie John Daggett je persönlich kennengelernt?« fragte sie mich.

»Ja. Er kam am Samstag vor einer Woche in mein Büro.«

»Aha. Zweifellos auf Bewährung entlassen. Er muß seine zehn Minuten abgesessen haben.«

Ich gab keinen Kommentar ab, und so fuhr sie fort:

»Was hat er in Santa Teresa gemacht? Ist er an den Schauplatz des Gemetzels zurückgekehrt?«

»Er hat versucht, Tony Gahan ausfindig zu machen.«

Das schien sie lustig zu finden. »Zu welchem Zweck? Es geht mich wahrscheinlich nichts an, aber ich bin neugierig.«

Ihre Haltung, eine seltsame Mischung aus Haß und Heiterkeit, gefiel mir nicht. »Ich weiß nicht genau, welche Absichten er hegte«, sagte ich vorsichtig. »Die Geschichte, die er mir erzählt hat, war sowieso nicht wahr. Deshalb ist sie es wohl auch nicht wert, wiederholt zu werden. Ich hatte den Eindruck, er wollte etwas gutmachen.«

Ihr Lächeln verging, die dunklen Augen bohrten sich mit einem Blick in meine, der mir kalte Schauer den Rükken hinabjagte. »Es gibt keine Wiedergutmachung für das, was dieser Mann getan hat. Megan ist auf schreckliche Art gestorben. Fünfeinhalb Jahre alt. Hat Ihnen jemand die Einzelheiten erzählt?«

»Ich habe die Zeitungsausschnitte im Wagen. Außerdem habe ich auch mit Ramona Westfall gesprochen, und sie hat mir alles erzählt«, log ich. Ich wollte nichts über Megans Tod hören. Ich fürchtete, es nicht ertragen zu können, was immer es war. »Haben Sie noch Kontakt zu den anderen Familien?«

Einen Augenblick lang dachte ich, ich könnte sie nicht ablenken. Sie saß da und würde mir gleich eine Geschichte erzählen, die mir das Blut in den Adern gefrieren lassen würde und die ich niemals mehr vergessen würde. Grausame Bilder schienen über ihr Gesicht zu ziehen. Sie stockte, ihr Ausdruck durchlief diese Veränderung, die Tränen vorausgeht – ihre Nase rötete sich, der Mund veränderte die Form, Falten gruben sich auf beiden Seiten ein. Dann gewann sie ihre Selbstbeherrschung wieder und sah mich mit umwölkten Augen an. »Es tut mir leid. Wie, bitte?«

»Ich habe mich gefragt, ob Sie in letzter Zeit noch Kontakt zu den anderen gehabt hätten. Mrs. Westfall oder den Polokowskis.«

»Ich habe ja kaum mit Wayne gesprochen. Megans Tod hat uns geschafft.«

»Was ist mit Ihren anderen Kindern? Wie werden sie damit fertig?«

»Auf jeden Fall besser als wir. Die Leute sagen immer: ›Nun, ihr habt ja noch die Jungs.‹ Aber so ist das nicht. Man kann nicht ein Kind durch ein anderes ersetzen.« Erst jetzt zog sie ein Tempo aus der Tasche und putzte sich die Nase.

»Tut mir leid, daß ich das alles wieder aufwärmen mußte«, entschuldigte ich mich. »Ich habe nie Kinder gehabt, aber ich kann mir nichts Schmerzlicheres vorstellen, als eines zu verlieren.«

Ihr Lächeln kehrte zurück, flüchtig und verbittert. »Ich

will Ihnen sagen, was noch schlimmer ist: zu wissen, daß es da draußen einen Mann gibt, der ein paar Monate im Gefängnis absitzt, nachdem er fünf Menschen umgebracht hat. Wissen Sie, wie oft er wegen Trunkenheit am Steuer aufgegriffen worden ist vor diesem Unfall? Fünfzehnmal! Er hat ein paar Strafen bezahlt. Einmal hat er dreißig Tage abgesessen, aber die meiste Zeit . . .« Sie brach ab. Ihr Ton änderte sich. »Ach, zum Teufel. Was macht das noch für einen Unterschied? Es ändert sich ohnehin nichts, und aufhören wird das auch nie. Ich werde Wayne erzählen, daß Sie dagewesen sind. Vielleicht weiß er, wo Daggett war.«

12

Ich saß im Wagen und schauderte. Ich konnte mich nicht erinnern, wann mich eine Befragung so angestrengt hatte. Daggett *mußte* einfach umgebracht worden sein. Ich sah einfach nicht, wie es sonst gelaufen sein sollte. Was ich nicht wußte, war, wie ich meine Gedanken in Ordnung bringen sollte. Normalerweise ist bei mir moralisch alles klar, wenn es um Mord geht. Ganz gleich, was man dem Opfer vorwerfen kann, ein Mord ist falsch, und die Strafe, die man dem Täter auferlegt, sollte besser so hart sein, daß sie ein Gegengewicht zur Schwere des Verbrechens darstellt. Aber in diesem Fall schien das ein zu einfacher Standpunkt zu sein. Es war *Daggett,* der die Welt aus den Fugen gebracht hatte. Seinetwegen waren fünf Menschen gestorben, so daß sein Tod, durch welches Instrument auch immer, den Planeten wieder aufrichtete, eine moralische Ordnung herstellte. In diesem Augenblick wußte ich immer noch nicht, ob sein Wunsch zur Wiedergutmachung ernst gemeint oder nur Teil einer ausgeklügelten List war. Ich wußte nur, daß ich in einer Schlinge gefangen war und eine Rolle zu spielen hatte, obwohl ich keine Ahnung hatte, welche das war.

Ich ließ den Wagen an und fuhr zu meiner Wohnung zurück. Der Himmel bewölkte sich wieder. Es war fünf Uhr vorbei, und schon schien sich ein verfrühtes Dämmerlicht auf die Berge zu senken. Ich hielt vor meiner Wohnung und stellte den Motor ab. Ich warf einen Blick zu meinen Fenstern, die dunkel waren. Ich war nervös und angespannt und noch nicht bereit, nach Hause zu gehen. Aus einem Impuls heraus ließ ich den Wagen wieder an und fuhr zum Strand, angezogen von dem Geruch von Salz in der Luft. Vielleicht würde mir ein Spaziergang bei meiner Ratlosigkeit guttun.

Ich fuhr auf einen der öffentlichen Parkplätze, hielt, schlüpfte aus Schuhen und Strumpfhose und warf beides, zusammen mit meiner Handtasche, auf den Rücksitz. Ich schloß meine Windjacke und sperrte den Wagen ab, schob die Schlüssel in meine Jackentasche und überquerte den Fahrradweg auf dem Weg zum Strand. Der Ozean schimmerte silbrig, aber die heranschlagenden Wellen waren von einem schmutzigen Braun, und der Sand war übersät mit Steinen. So war der Winterstrand, immer mit der Bewegung des Sandes tauchten dunkle Brocken auf. Möwen zogen über meinem Kopf dahin, suchten in den donnernden Wogen nach Zeichen eßbaren Meereslebens.

Ich schlenderte über den feuchten Sand, den Wind im Rücken. Ein Windsurfer klammerte sich an den Baum vor einem hellgrünen Segel, stemmte sich gegen die Macht des Windes, sein Brett raste auf den Strand zu. Zwei große

Fischerboote stampften in den Hafen. Überall umgab mich ein Gefühl von Bedrohung und Dringlichkeit – das zerfetzte Weiß der Sturmbrandung, das dunkler werdende Grau des Himmels. Jenseits des Hafens griff der Ozean gnadenlos den Strand an, hämmerte mit grollender Monotonie gegen die Wellenbrecher. Gischt sprühte wuchtig nach oben. Ich konnte fast das Platschen hören, wenn eine Welle nach der anderen gegen die Betonmauer auf der Landseite schlug.

Ich kam am Eingang zur Werft vorbei. Vor mir wurde der Strand breiter, bog nach links ab, wo sich die kahlen Masten von Segelbooten wie Metronome im Wind neigten. Der Sand war hier weicher, auch tiefer, und das Gehen wurde anstrengend. Ich machte kehrt und ging ein paar Schritte rückwärts, versuchte, mich zu orientieren. Irgendwo hier am Strand war die Stelle, wo man Daggetts Leiche gefunden hatte. In den Nachrichten war das Bild der Stelle kurz gezeigt worden, und ich hoffte jetzt, daß ich sie wiedererkennen würde. Ich nahm an, daß es wahrscheinlich auf dieser Seite des Bootslips gewesen war. Vor mir und zu meiner Rechten befand sich der Kinderpark mit seinen Spielplätzen und einem eingezäunten, flachen Pool.

Im Fernsehen war ein Teil des Schwimmbaggers im Hintergrund zu sehen gewesen, unterbrochen von dem Wellenbrecher und einer Felsenlinie. Ich trabte weiter, bis ich die drei in derselben Art in einer Reihe hatte. Der trockene Sand war hier zertrampelt, und man konnte sehen, daß Fahrzeuge über den Strand gekommen waren. Dort, wo die Wellen ausgelaufen waren, hatten sie jegliche Spur von Aktivität ausgelöscht. Doch die Männer von der Spurensicherung hatten sicherlich alles so gründlich wie möglich untersucht. Ich überflog das ganze Gebiet, ohne zu erwarten, »Beweismittel« zu finden. Wenn man einen Mann ermordet, indem man ihn stockbetrunken aus einem Ruderboot wirft, dann gibt es anschließend keine verräterischen Spuren, die man beseitigen muß. Das Boot selbst hatte man einfach treiben lassen, und nach Jonahs Worten war es näher beim Pier angetrieben worden.

Ich atmete tief den schweren Geruch des Meeres ein, sah dem unruhigen Rauschen der Wellen zu, drehte mich langsam um, bis der Ozean in meinem Rücken lag und ich zu der Hotelreihe auf der anderen Seite des Boulevards hinschaute. Daggett war scheinbar irgendwann zwischen Mitternacht und fünf Uhr früh gestorben. Ich fragte mich, ob es etwas bringen würde, in der Nachbarschaft nach Zeugen zu suchen. Es war natürlich möglich, daß Daggett tatsächlich selbst die Leine des Bootes durchgeschnitten hatte, daß er allein aus dem Hafen gerudert war. Aber bei einem Alkoholpegel von 3,5 schien das unwahrscheinlich. Bei 4,0 Promille befindet sich ein Betrunkener in einem Zustand tiefer Bewußtlosigkeit und ist unfähig, ein Ruder zu bewegen. Er könnte natürlich erst aus dem Hafen gerudert sein, *dann* in dem schaukelnden Boot gesessen und sich betrunken haben, aber das konnte ich mir nicht vorstellen. Ich sah immer wieder jemanden bei ihm ... wartend, beobachtend ... der schließlich seine Füße packte und ihn rücklings über Bord warf. »Eine Lektion in der Rolle rückwärts, Daggett. Mist, du hast es nicht geschafft. Zu dumm, Bursche. Jetzt mußt du sterben.«

Ihn ins Boot zu locken war wohl mit einem Trick geschehen, so betrunken wie er war, aber der Rest dürfte eine Kleinigkeit gewesen sein.

Ich schaute nach rechts. Ein alter Penner mit einem

Einkaufswagen wühlte in einem Abfalleimer. Ich ging über den Sand auf ihn zu. Als ich näher kam, konnte ich sehen, daß seine Haut fast grau war von Schmutz, gebräunt vom Wind, mit einer Nuance Rosa darin von einem kürzlichen Sonnenbrand oder zuviel Mogen-David-Wein – unter Trebegängern besser bekannt als Mad Dog 20-20. Er sah aus, als wäre er über siebzig, und mehrere Schichten von Kleidung ließen ihn unförmig erscheinen. Er trug eine Schirmmütze, unter der sein graues Haar zottelig hervorhing. Er stank nach Moschus wie ein alter Büffel. Der Gestank ging in fast sichtbaren Wellenlinien von ihm aus wie in der Comiczeichnung eines Skunks.

»Hallo«, sagte ich.

Er ignorierte mich und ging weiter seiner Beschäftigung nach. Er zog ein Paar Schuhe hervor, inspizierte sie kurz, ehe er sie in eine seiner Plastiktüten stopfte. Eine zwei Tage alte Zeitung interessierte ihn nicht. Bierdosen? Ja, die schien er zu mögen. Eine Kentucky-Fried-Chicken-Tüte wurde verworfen. Ein Hemd? Er hielt es hoch, beäugte es mit kritischem Auge und stopfte es dann in die Tüte mit den Schuhen. Jemand hatte einen Ball mit einem Loch darin fortgeworfen. Der alte Mann legte ihn beiseite.

»Haben Sie von dem Mann gehört, den sie gestern hier in der Brandung gefunden haben?« Keine Antwort. Ich kam mir vor wie eine Erscheinung, die ihn aus dem Niemandsland anrief. Ich hob die Stimme. »Ich habe gehört, jemand hier unten hätte ihn entdeckt und die Bullen angerufen. Wissen Sie zufällig, wer das war?«

Ich schätzte, er hatte keine Lust, darüber zu sprechen. Resolut mied er jeglichen Blickkontakt. Ich hatte meine Handtasche nicht bei mir, also auch keine Visitenkarte oder einen Dollarschein als Empfehlung. Mir blieb keine andere

Wahl, als die Sache fallenzulassen. Ich ging davon. Inzwischen hatte er sich bis ganz nach unten gewühlt, sein Kopf war kaum noch zu sehen. Soviel zu meiner Befragungs-Technik.

Als ich schließlich zum Parkplatz zurückkehrte, war es noch dunkler geworden. So registrierte ich, daß etwas nicht in Ordnung war, lange ehe ich begriff, was es war. Die Tür auf der Beifahrerseite meines Wagens stand offen. Ich blieb wie angewurzelt stehen.

»O nein«, sagte ich.

Vorsichtig näherte ich mich, als könnte das Auto eine Falle sein. Es sah aus, als hätte jemand einen Kleiderbügel durch das kleine Dreiecksfenster geschoben, um das Schloß zu öffnen. Als das nicht gelang, hatte das Arschloch einfach das Fenster auf der Beifahrerseite eingeschlagen und die Tür geöffnet. Das Handschuhfach war offen, der Inhalt ergoß sich über den Vordersitz. Meine Handtasche fehlte. *Das* erweckte Zorn, dem aber schnell Furcht folgte. Ich schob den Sitz vor und angelte nach meinem Aktenkoffer. Der Riemen war durchgeschnitten, und meine Pistole war weg.

»O nein!« heulte ich. Ich fluchte. In der High-School hatte ich mich mit ein paar bösen Buben herumgetrieben, die mir beigebracht hatten, perfekt zu fluchen. Ich versuchte ein paar Kombinationen, an die ich seit Jahren nicht mehr gedacht hatte. Ich war wütend auf mich selbst, weil ich das Zeug so offen auf dem Sitz hatte liegen lassen, und wütend auf den Kerl, der mich beraubt hatte. Mein Wagen war einer der letzten auf dem Parkplatz, und wahrscheinlich war er so auffällig gewesen wie eine Boje. Ich knallte die Autotür zu und trabte über die Straße, noch immer barfuß. Dabei gestikulierte ich wild und murmelte vor mich hin wie eine Irre. Ich hatte nicht einmal genügend Kleingeld, um die Cops zu rufen.

In der Nähe gab es eine Hamburger-Bude, und ich konnte den Koch überreden, für mich anzurufen. Dann ging ich zurück und wartete, bis der Streifenwagen eintraf. Ich hatte die Streifenbeamten Pettigrew und Gutierrez (beziehungsweise Gerald und Maria) ein paar Monate vorher kennengelernt, als sie in meiner Nachbarschaft jemanden verhaftet hatten.

Jetzt nahm sie meinen Bericht auf, während er mitfühlende Töne von sich gab. Irgendwie gelang es den beiden, mich, soweit das möglich war, zu trösten. Sie baten um jemanden von der Spurensicherung, der freundlicherweise auch kam und nach Fingerabdrücken suchte. Wir wußten alle, daß es sinnlos war, aber trotzdem fühlte ich mich besser. Pettigrew versprach, im Computer nach der Seriennummer meiner Waffe zu suchen, die Gott sei Dank registriert war. Vielleicht würde sie später in einer Pfandleihe wiederauftauchen, und ich würde sie zurückbekommen.

Ich liebe meine kleine Halbautomatik, die ich schon seit Jahren besitze ... ein Geschenk der Tante, die mich nach dem Tod meiner Eltern aufzog. Diese Waffe war mein Vermächtnis, sie stellte das merkwürdige Band zwischen uns dar. Sie hatte mir das Schießen beigebracht, als ich acht Jahre alt war. Sie hatte nie geheiratet, nie eigene Kinder gehabt. An mir hatte sie ihre vielen sonderbaren Einstellungen über das Formen eines weiblichen Charakters ausprobiert. Das Abfeuern einer Handwaffe, so glaubte sie, würde mich lehren, sowohl Sicherheit als auch Genauigkeit zu schätzen. Außerdem würde es mir bei der Entwicklung einer guten Auge-Hand-Koordination behilflich sein, die sie für nützlich hielt. Sie brachte mir das Stricken und

Häkeln bei, so daß ich Geduld und einen Blick für Details entwickelte. Sie weigerte sich, mir das Kochen beizubringen, denn das fand sie langweilig, und außerdem würde es mich nur fett machen. Fluchen war in Ordnung, solange ich im Haus war, aber in der Gesellschaft jener, die daran Anstoß nehmen könnten, wurde erwartet, daß wir unsere Sprache anpaßten. Sport war wichtig. Mode nicht. Lesen war wesentlich. Zwei von drei Krankheiten heilten sich selbst, sagte sie. Also konnte man Ärzte im allgemeinen ignorieren, außer es hatte einen Unfall gegeben. Andererseits gab es keinen Grund dafür, schlechte Zähne zu haben, obwohl sie in Zahnärzten Menschen sah, die sich lächerliche Pläne für den menschlichen Mund ausdachten. Erst die alten Füllungen herauszubohren und sie dann durch Gold zu ersetzen war einer davon. Sie hatte Dutzende von Richtlinien, und an die meisten halte ich mich heute noch.

Regel Nummer eins, vor allem und jedem, wichtiger als alles andere, war finanzielle Unabhängigkeit. Eine Frau sollte nie, niemals finanziell von irgend jemandem abhängig sein, schon gar nicht von einem Mann, denn in der Minute, in der man abhängig ist, kann man mißhandelt werden. Finanziell abhängige Menschen (die Jungen, die Alten, die Kranken) wurden unweigerlich schlecht behandelt und hatten keine Zuflucht. Eine Frau sollte *immer* eine Zuflucht haben. Meine Tante glaubte daran, daß jede Frau Fähigkeiten entwickeln sollte, die sich vermarkten lassen, und je mehr Geld dafür bezahlt wurde, um so besser. Jegliches feminine Handeln, dessen Ziel es nicht war, die Unabhängigkeit zu vergrößern, konnte verworfen werden. »Wie angle ich mir einen Mann« kam in ihrer Liste überhaupt nicht vor.

Als ich zur High-School ging, applaudierte sie, als ich in

Hauswirtschaftslehre eine 4 erzielte. Sie hielt es für sinnvoller, wenn die Jungs Hauswirtschaft und die Mädchen Technik und Werken belegen würden. Verstehen Sie mich nicht falsch, sie mochte (manche) Männer sehr, aber sie hatte kein Interesse daran, einen wie eine Krankenschwester zu bemuttern. Sie war niemandes Mutter, erklärte sie, nicht einmal meine, und sie hatte nicht die Absicht, sich wie eine solche zu benehmen. All das zusammen ergibt den Grund dafür, warum ich meine Pistole zurückhaben wollte. G. Pettigrew oder M. Gutierrez mußte ich nichts von alledem erklären. Sie wußten beide, daß ich zwei Jahre lang bei der Polizei gewesen war, und sie wußten beide den Wert einer Waffe zu schätzen.

Als schließlich alle den Parkplatz verließen, war es vollkommen dunkel und hatte wieder angefangen zu regnen. Einfach perfekt.

Ich fuhr heim und schickte mich an, eine Liste der Dinge aufzustellen, die ich ersetzen mußte, einschließlich Führerschein, Scheckheft und weiß Gott was noch alles. Zwischendurch gab ich telefonisch den Verlust meiner Kreditkarten durch. Ich hatte nur ungefähr zwanzig Dollar bar bei mir gehabt, aber der Verlust ärgerte mich. Es war alles zu ärgerlich, um lange darüber nachzudenken. Ich duschte, zog mir Jeans, Stiefel und Pullover an und ging zu Rosie's hinüber, um etwas zu essen.

Rosie's ist die Kneipe in meiner Nachbarschaft. Sie selbst leitet sie, eine Ungarin um die Sechzig, klein und stramm, mit rotgefärbtem Haar, das kürzlich ausgesehen hatte wie eine Kreuzung zwischen Terrakotta-Bodenfliesen und einer Füllung aus Dosenkürbis. Rosie ist Autokratin – offen, überwältigend, mißtrauisch Fremden gegenüber. Sie kocht traumhaft, wenn es ihr paßt, aber normalerweise will sie vorschreiben, was man zu essen hat. Sie liebt es, andere zu beschützen, ist manchmal großzügig, oft anstrengend. Wie die mürrische Großmutter deiner besten Freundin ist sie jemand, den man erträgt, um den Frieden zu wahren. Ich bin öfter mal bei ihr, weil ihr Laden nur einen halben Block von meiner Wohnung entfernt und nicht zu elegant ist. Rosie hat wohl das Gefühl, daß sie mich herumkommandieren kann, weil ich öfter zu ihr komme ... und im großen und ganzen stimmt das auch.

Als ich an jenem Abend hereinkam, warf sie nur einen Blick in mein Gesicht und schenkte mir dann ein Glas Weißwein aus ihrem persönlichen Vorrat ein. Ich bewegte mich zu meiner bevorzugten Nische im hinteren Teil. Die Rückwände sind hier hoch, aus festem, dunkel gebeiztem Holz, und die Seitenteile sind in der Form eines Lehnsessels geschnitzt. Augenblicke später tauchte Rosie an meinem Tisch auf und stellte das Glas mit Wein vor mich hin.

»Jemand hat gerade das Fenster in meinem Auto eingeschlagen und alles geklaut, was mir lieb und teuer war, einschließlich meiner Pistole«, erzählte ich.

»Ich habe *sóska leves* für dich«, verkündete sie. »Und danach wirst du einen Salat mit Sellerie essen, etwas Paprikahühnchen, ein paar von Henrys guten Brötchen, Kohlstrudel und schließlich Kirschen, wenn du liebt bist und deinen Teller leer ißt. Es geht auf Rechnung des Hauses wegen deinem Kummer, aber denk über eines nach, während du ißt. Wenn du in deinem Leben einen anständigen Mann hättest, dann würde dir so etwas nicht passieren. Mehr will ich dazu nicht sagen.«

Zum ersten Mal seit Tagen lachte ich.

13

Am nächsten Morgen, Montag, fing ich mit der umständlichen Arbeit an, den Inhalt meiner Handtasche zu ersetzen. Zuerst fuhr ich zur Zulassungsstelle, weil die Büros um acht Uhr öffneten. Ich setzte den Papierkrieg für einen neuen Führerschein in Gang und zahlte drei Dollar für ein Duplikat. Kaum öffnete die Bank, da kündigte ich bereits mein Girokonto und eröffnete ein neues. Dann hielt ich bei der Wohnung und rief in Sacramento an, bat um eine beglaubigte Abschrift meiner Zulassung als Privatdetektiv. Ich bewaffnete mich mit einem Stapel Visitenkarten aus meinem Vorrat und trieb eine alte Tasche auf, die ich benutzen konnte, bis ich eine neue kaufen würde. Ich fuhr zum Drugstore hinüber und machte Einkäufe, um wenigstens ein paar der Kleinigkeiten zu ersetzen, die ich immer mit herumschleppe, zum Beispiel die Pille. Irgendwann würde ich auch das Fenster ersetzen lassen müssen. Alles in allem eine blöde, ärgerliche Sache.

Ich kam erst gegen Mittag im Büro an, und das Licht an meinem Anrufbeantworter blinkte unaufhörlich. Ich warf die Morgenpost beiseite und drückte auf den Rücklaufknopf, als ich am Schreibtisch vorbeikam. Während ich die Tür zum Balkon öffnete, um frische Luft hereinzulassen, hörte ich dem Anrufer zu.

»Miss Millhone, hier spricht Ferrin Westfall, 555-6790. Meine Frau und ich haben über Ihre Bitte gesprochen, mit unserem Neffen, Tony, zu reden. Wenn Sie uns anrufen, werden wir sehen, was man da tun kann. Bitte verstehen Sie, daß wir den Jungen nicht aufregen wollen. Wir verlassen uns darauf, daß Sie diskret vorgehen werden.« Ein

Klicken ertönte, die Verbindung war unterbrochen. Sein Ton war kalt gewesen, hatte perfekt zu seiner harten Stimme gepaßt. Kein »Äh«, kein Zögern. Kein Schluckauf während der gesamten Durchsage. Ich zog anerkennend die Brauen hoch. Tony Gahan war in fähigen Händen. Das arme Kind.

Ich machte mir eine Kanne Kaffee und wartete, bis ich die halbe Tasse getrunken hatte. Dann rief ich zurück. Das Telefon läutete zweimal.

»Guten Morgen. PFC«, sagte die Frau.

PFC erwies sich als *Perforated Formanek Corporation*, ein Lieferant von industriellen Schleifmitteln, Klemmen, Schleifmaschinen, Mühlen und Präzisionswerkzeugen. Das weiß ich, weil ich danach fragte, und sie zitierte das gesamte Angebot in einem Singsang, dachte vielleicht, daß ich auf der Suche nach einem der oben genannten Dinge war. Ich bat darum, mit Ferrin Westfall sprechen zu dürfen, und sie bedankte sich.

Wieder ein Klicken. »Westfall«, sagte er.

Ich stellte mich vor. Schweigen entstand, das (vielleicht) dazu dienen sollte, mich einzuschüchtern. Ich widerstand dem Drang, loszuplappern, ließ zu, daß die Pause so lang wurde, wie es ihm gefiel.

Schließlich sagte er: »Wir werden dafür sorgen, daß Tony heute abend zwischen sieben und acht Uhr zu Ihrer Verfügung steht, wenn es Ihnen so recht ist.«

»Fein. Vielen Dank.« Trottel, fügte ich im Geiste hinzu, als ich auflegte.

Ich kippte in meinem Drehstuhl zurück und legte die Füße hoch. Bisher war es ein verschenkter Tag gewesen. Ich wollte meine Handtasche zurückhaben. Meine Pistole. Ich wollte mein Leben weiterleben, aufhören, Zeit mit all diesem Unsinn zu verlieren. Ich warf einen Blick zum Balkon hinaus. Wenigstens regnete es jetzt nicht. Ich zog die Post heran und ging sie durch. Das meiste davon war Unsinn.

Ich wurde wieder unruhig, dachte über John Daggett und seine Bootsfahrt durch den Hafen nach. Gestern, am Strand, war es mir sinnlos erschienen, die Gegend nach möglichen Zeugen abzusuchen. Jetzt war ich mir da nicht mehr so sicher. Jemand könnte ihn gesehen haben. Wenn jemand in aller Öffentlichkeit betrunken ist, erregt das normalerweise Verdacht, vor allem, wenn nicht viele Leute herumlaufen. Die Wochenendgäste hatten sich inzwischen wohl schon alle aus den Hotels zurückgezogen, aber trotzdem könnte es noch immer einen Versuch wert sein. Ich schnappte mir meine Jacke und meine Autoschlüssel, schloß das Büro auf und lief die Hintertreppe hinab.

Mein VW sah jedesmal schlimmer aus, wenn ich wegsah. Er ist jetzt vierzehn Jahre alt, ein ehemals beiges Modell mit Beulen. Jetzt war das Fenster auf der Beifahrerseite eingeschlagen. Aber jedesmal, wenn ich an einen neuen Wagen denke, schlägt mein Magen Purzelbäume. Ich will mich nicht mit Zahlungen für das Auto belasten, mit einem Anstieg der Versicherungsprämien und Zulassungsgebühren. Meine derzeitige Zulassung kostet mich fünfundzwanzig Dollar im Jahr, und das ist mir gerade recht. Ich drehte den Zündschlüssel, und der Motor sprang direkt an. Ich tätschelte das Armaturenbrett und fuhr rückwärts aus der Parklücke, schlug die State Street nach Süden, zum Strand hin, ein.

Ich parkte in der Cabana, direkt gegenüber vom Eingang zur Werft. Acht Motels reihen sich hier am Boulevard entlang, keines hat Zimmer unter sechzig Dollar pro Nacht.

Es war außerhalb der Saison, aber dennoch waren keine Zimmer frei. Ich fing im ersten an, dem Sea Voyager. Ich stellte mich dem Manager vor, fand heraus, wer am vergangenen Freitag als Nachtportier dort gewesen war, notierte mir den Namen und hinterließ meine Karte mit einer handschriftlichen Notiz auf der Rückseite. Wie viele andere Aspekte im Zusammenhang mit der Arbeit, die ich tue, ist auch hier eine Mordsgeduld erforderlich, ebenso wie die Liebe zu Wiederholungen, die auch nicht angeboren ist. Trotzdem muß man sich die Mühe machen, denn es besteht eine winzige Chance, daß irgend jemand irgendwo die Kleinigkeit einfügen kann, die mir weiterhilft. Nachdem ich mich bis zum letzten Motel durchgearbeitet hatte, kehrte ich zu meinem Wagen zurück und fuhr über den Boulevard zum Jachthafen, der eine halbe Meile entfernt war.

Diesmal parkte ich in der Nähe des Naval-Reserve-Gebäudes, auf dem Parkplatz neben dem Hafen. In dieser Gegend schien es kaum Fußgänger zu geben. Der Himmel war bedeckt, die Luft schwer vom Geruch von frischem Fisch und Diesel. Ich schlenderte auf dem Weg entlang, der sich am Wasser hinzieht, mit Anlegeplätzen für elfhundert Boote. Ein Holzpier, zweispurig, ragte ins Wasser hinaus, und am Ende gab es einen Kran und Winden, um Boote heraufzuziehen. Ich konnte das Tankdock sehen, das Dock für Gäste in der Stadt. Zwei Männer sicherten dort gerade die Leinen an einem großen Motorboot, das sie scheinbar gerade in den Hafen gebracht hatten.

Zu meiner Rechten befand sich eine Reihe von Geschäften – ein Fischmarkt mit einem Restaurant für Meeresfrüchte darüber, ein Geschäft, in dem Marine- und Angelbedarf verkauft wurde, ein Tauchzentrum, zwei Jacht-Makler. Die Fronten der Gebäude bestanden alle aus grau verwittertem Holz, mit leuchtendblauen Markisen, die wie ein Echo der blauen Canvas-Planen auf den Schiffen überall im Hafen wirkten. Einen Moment blieb ich vor einem Fenster stehen, in dem Schnappschüsse von Booten ausgestellt waren, die zum Verkauf standen – Katamarane, Luxuskabinen; Jachten, Segelboote mit sechs Kojen. Es gibt eine kleine Gruppe von Leuten hier im Hafen, die auf ihren Schiffen wohnen. Irgendwie reizt mich die Vorstellung ein wenig, obwohl mich die Realität von Chemietoiletten mitten in der Nacht und dem Duschen in fremden Häfen schreckt. Ich überquerte den Weg, lehnte mich an die eiserne Reling und schaute auf den Wald von kahlen Schiffsmasten hinaus.

Das Wasser selbst war von einem dunklen Flaschengrün. Große Felsen lagen in der trüben Tiefe und wirkten wie versunkene Ruinen. Nur wenige Fische waren zu sehen. Ich entdeckte zwei kleine Krabben, die über die Felsen am Hafenrand zogen, aber größtenteils wirkte alles kalt und steril, ohne Leben. Eine Bierflasche stand auf einer Anhäufung von Sand und Schlamm. Ganz in der Nähe waren zwei Boote der Hafenpatrouille verankert.

Ich machte eine Reihe von kleinen Ruderbooten aus, die an einem der Docks befestigt waren, und mein Interesse erwachte. Vier der Jachthäfen waren verschlossen und können nur mit einem Schlüssel betreten werden, den der Hafenmeister ausgibt, aber dieser hier war der Öffentlichkeit frei zugänglich. Ich ging weiter, um mir die Sache aus der Nähe anzusehen. Es gab vielleicht fünfundzwanzig Ruderboote aus Holz und Fiberglas, die meisten waren zweieinhalb bis drei Meter lang. Ich hatte keine Ahnung, ob eines von ihnen das Boot war, das Daggett gestohlen hatte, aber soviel schien klar: Wenn man die Leine von einem dieser Boote zerschnitt, mußte man es ums Ende des Docks und durch den ganzen Hafen rudern. Es gab hier keine Strömung, und ein Boot, das einfach nur im Wasser trieb, würde ziellos gegen die Poller stoßen, ohne irgendwie weiter zu kommen.

Ich ging wieder zurück und wandte mich nach links, bis ich den ersten Hafen erreichte. Am Ende der Rampe konnte ich den Zaun und das verschlossene Tor sehen. Ich schlenderte weiter, ein Auge auf Vorüberkommende gerichtet. Schließlich näherte sich ein Mann mittleren Alters, der seinen Schlüssel in einer Hand hielt, eine Tüte mit Einkäufen in der anderen. Es war schlank, muskulös und sonnengebräunt. Er trug Bermudas und ein lose fallendes Baumwollhemd, in dessen Ausschnitt eine Matte grauer Brusthaare zu sehen war.

»Verzeihung, wohnen Sie hier?« fragte ich.

Er blieb stehen, beäugte mich neugierig. »Ja.« Sein Gesicht war so faltig wie eine zerknüllte braune Papiertüte, die man wieder in Betrieb genommen hat.

»Haben Sie etwas dagegen, wenn ich Ihnen zum Marine Eins folge? Ich versuche, Hinweise über den Mann zu bekommen, der am Samstag hier an den Strand gespült worden ist.«

»Klar, kommen Sie nur. Ich hab davon gehört. Das Boot, das er gestohlen hat, gehört 'nem Freund von mir. Übrigens, ich heiße Aaron. Und Sie?«

»Kinsey Millhone.« Ich trabte hinter ihm die Rampe entlang. »Wie lange wohnen Sie schon hier?«

»Sechs Monate. Meine Frau und ich haben uns getrennt, und sie hat das Haus behalten. Nette Abwechslung, das Leben auf dem Boot. Gibt 'ne Menge netter Leute hier. Sind Sie von der Polizei?«

»Privatdetektiv«, erklärte ich. »Was machen Sie beruflich?«

»Immobilien. Wie sind Sie denn darauf gekommen?« Er schob seinen Schlüssel ins Tor und stieß es dann auf. Er hielt es, während ich an ihm vorbeiging. Ich blieb auf der anderen Seite stehen, damit er mir den Weg zeigen konnte.

»Ich wurde von der Tochter des Toten angeheuert.«

»Ich meine, überhaupt als Detektiv zu arbeiten.«

»Ach so. Ich war früher bei der Polizei, aber das hat mir nicht sehr gefallen. Die richtige Polizeiarbeit macht Spaß, aber nicht die Bürokratie. Jetzt bin ich selbständig. Damit bin ich glücklicher.«

Wir kamen an einer Gruppe von Möwen vorbei, die sich auf einen Gegenstand stürzte, der auf den Wellen tanzte. Die Schreie der Vögel zogen Möwen aus einer Entfernung von einer Viertelmeile an, die jetzt wie Raketen durch die Luft schossen.

»Avocado«, bemerkte Aaron. »Die Möwen lieben die. Der gehört mir.« Er blieb neben einem zwölf Meter langen Motorboot stehen, einer Chris Craft.

»Großer Gott, das ist ein schönes Schiff.«

»Gefällt es Ihnen? Es hat Platz für acht Personen«, erzählte er erfreut. Er sprang hinüber, drehte sich um und hielt mir die Hand hin. »Ziehen Sie die Stiefel aus, dann können Sie an Bord kommen, und ich führe Sie herum. Wollen Sie was trinken?«

»Lieber nicht, danke. Ich muß noch eine Menge erledigen. Können Sie mich vielleicht mit dem Mann bekannt machen, dem das gestohlene Boot gehört?«

Aaron zuckte die Schultern. »Da kann ich Ihnen nicht helfen. Er ist den ganzen Tag zum Fischen draußen. Aber ich kann ihm Ihren Namen und Telefonnummer geben, wenn Sie wollen. Ich glaube, die Polizei hat das Boot beschlagnahmt. Wenn Sie das also sehen wollen, sollten Sie besser mit denen sprechen.«

Ich rechnete zwar nicht damit, daß sich daraus etwas ergeben würde, aber ich wollte diese Möglichkeit doch offenlassen, für alle Fälle. Also zog ich eine Visitenkarte heraus, notierte meine Privatnummer auf der Rückseite und gab sie ihm. »Wenn er irgend etwas weiß, soll er mich anrufen«, bat ich.

»Ich sag Ihnen, mit wem Sie reden sollten. Gehen Sie hier sechs Plätze weiter und schauen Sie nach, ob der Knabe daheim ist. Das Schiff heißt *Seascape*. Sein Name ist Phillip Rosen. Er weiß über alles Bescheid, was hier geredet wird. Vielleicht kann er Ihnen helfen.«

»Danke.«

Die *Seascape* war eine sieben Meter lange Flicka, mit Gaffelsegel an einem 6-Meter-Mast, dem Teakdeck und einem Bug aus Fiberglas, der wie Holz aussehen sollte.

Ich klopfte aufs Kabinendach, rief ein Hallo zur offenen Tür hinüber. Phillip Rosen erschien, zog den Kopf ein, als er von unten kam. Sein Auftauchen war wie eine Witzeinlage: Er war einer der größten Männer, die ich je außerhalb eines Basketball-Feldes gesehen hatte. Er war ungefähr zwei Meter vier groß, mit großen Händen und Füßen, einem großen Kopf mit einer Fülle roter Haare, einem großen Gesicht mit rotem Schnurr- und Vollbart. Außerdem hatte er eine nackte Brust und nackte Füße. Abgesehen von der ausgefransten, abgeschnittenen Jeans ähnelte er einem Wikinger, der grausamerweise bei seiner Reinkarnation auf einem Schiff gelandet war, das seiner unwürdig war. Ich stellte mich vor und erwähnte, daß Aaron vorgeschlagen hatte, ich sollte mit ihm reden. Dann erzählte ich ihm kurz, was ich wollte.

»Nun ja, ich hab sie nicht gesehen, aber eine Freundin von mir. Sie war auf dem Weg hierher zu mir und kam auf dem Parkplatz an ihnen vorbei. Ein Mann und eine Frau. Sie sagte, der alte Knabe wäre total betrunken gewesen und über den ganzen Platz getaumelt. Die Kleine bei ihm hatte eine Heidenarbeit, um ihn überhaupt aufrecht zu halten.«

»Haben Sie eine Ahnung, wie die ausgesehen hat?«

»Nee. Dinah hat das nie gesagt. Aber ich kann Ihnen ihre Nummer geben, wenn Sie sie selbst fragen wollen.«

»Das würde ich gern. Um welche Zeit war das?«

»Ich würde sagen, Viertel nach zwei. Dinah ist Kellnerin drüben und hat um zwei Uhr Schluß. Ich weiß, daß sie an dem Abend nicht schließen mußte, und sie braucht nur fünf Minuten bis hierher. Ha, wenn sie übers Wasser gehen könnte, dann könnte sie in derselben Zeit über den Hafen rauschen, die sie jetzt bis zum Parkplatz braucht.«

»Arbeitet sie jetzt zufällig gerade?«

»Montagnachmittag? Könnte sein. Ich habe keine Ahnung, wie ihr Stundenplan diese Woche aussieht, aber Sie können es auf jeden Fall versuchen. Sie müßte in der Cocktail Lounge sein. Eine Rothaarige. Wenn sie da ist, können Sie sie nicht übersehen.«

Das sollte sich als wahr erweisen. Ich fuhr die halbe Meile vom Jachthafen zur Werft, überließ meinen Wagen dem Pagen, der sich um die Autos kümmerte. Dann ging ich über die Außentreppe zum oberen Stock. Dinah ging gerade von der Bar zu einem Tisch in der Ecke, vorsichtig ein Tablett mit Margaritas vor sich balancierend. Ihr Haar war mehr orange als rot, ähnelte zu sehr einer Karotte, um nicht natürlich zu sein. Mit hohen Schuhen war sie ungefähr eins achtzig groß. Sie trug eine dunkle Strumpfhose und ein marineblaues »Matrosen«-Kostüm mit einem Rock, der ihren Schritt umspielte. Eine kleine Matrosenkappe thronte auf ihrem Kopf, und sie strahlte etwas aus, das vermuten ließ, sie hätte Steuerbord von Backbord unterscheiden können, seit sie in die Pubertät gekommen war.

Ich wartete, bis sie die Drinks serviert hatte und auf dem Weg zurück zur Bar war. »Dinah?«

Sie schaute mich fragend an. Aus der Nähe konnte ich sehen, daß ihr Gesicht mit Sommersprossen übersät war und daß sie eine lange, schmale Nase hatte. Sie trug falsche Wimpern, die wie eine Reihe von Kommata ihre hellbraunen Augen umgaben und ihr ein überraschtes Aussehen verliehen. Ich erzählte ihr kurz, was ich wollte. »Ich weiß, wer der alte Knabe ist. Jetzt versuche ich herauszufinden, wer die Frau bei ihm war.«

Dinah zuckte die Schultern. »Nun, da kann ich Ihnen nicht viel sagen. Ich hab sie ja bloß im Vorbeigehen gesehn. Ich meine, es gibt da zwar Licht im Marina, aber nicht sehr viel. Außerdem hat es verflucht gegossen.«

»Was würden Sie sagen? Wie alt war sie?«

»Ziemlich jung. Zwanzig vielleicht. Blond. Nicht sehr groß, zumindest im Vergleich mit ihm.«

»Lange Haare? Kurze? Flachbrüstig? Oder mit großer Oberweite?«

»Ich weiß nicht. Sie hatte 'nen Regenmantel an. Jedenfalls irgend 'nen Mantel. Das Haar war vielleicht schulterlang, ziemlich glatt. Irgendwie buschig.«

»Hübsch?«

Sie dachte kurz nach. »Mein Gott, ich kann mich nur noch erinnern, daß ich dachte, irgendwas wäre nicht in Ordnung, verstehn Sie? Erst mal war er in einem schrecklichen Zustand. Ich konnte ihn auf zehn Meter Entfernung riechen. Bourbondämpfe. Puh! Ehrlich gesagt, ich dachte, sie wäre vielleicht 'ne Nutte, die ihn abgeschleppt hatte. Ich hätte fast noch was zu ihr gesagt, aber dann hab ich mir gedacht, das geht mich nichts an. Er hat seinen Spaß gehabt, aber Sie wissen ja, wie das so ist. So betrunken, wie der war, hätte ihn das leicht was kosten können.«

»Na ja, das hat es ja wohl auch. Sein Leben inbegriffen.«

14

Als ich schließlich vom Parkplatz des Restaurants fuhr, war es zwei Uhr, und die Luft war feuchtkalt. Aber vielleicht war es auch nur das schattenhafte Bild von Daggetts Begleitung, das mir kalte Schauer über den Rücken jagte. Ich war halb davon überzeugt gewesen, daß er in jener Nacht nicht allein gewesen war, und jetzt hatte ich eine Bestätigung – keinen Beweis für einen Mord natürlich, aber irgendwie doch eine Art Gespür für die Ereignisse, die zu seinem Tod geführt hatten, einen quälenden Umriß seines Begleiters, diese »anderen«, dessen Spur ich jetzt aufnehmen mußte.

Nach Dinahs Beschreibung fiel mir als erstes Lovella Daggett ein. Ihre blonden Haare und überhaupt die ganze Erscheinung hatten mich, als ich sie in L. A. kennenlernte, vermuten lassen, daß sie auf den Strich ging. Andererseits waren die meisten der Frauen, die ich in diesem Fall bisher kennengelernt hatte, ziemlich jung und hatten helle Haare – Barbara Daggett, Billy Polos Schwester Coral, Ramona Westfall, sogar Marilyn Smith, die Mutter des anderen toten Kindes. Ich mußte damit anfangen, die Leute zu fragen, wo sie sich am Abend des Mordes aufgehalten hatten, eine schwierige Sache, da ich keine Mittel hatte, sie zu einer Antwort zu überreden. Polizisten haben da ihre Mittel und Wege. Ein Privatdetektiv nicht.

So fuhr ich als erstes zur Bank und holte den Kassenscheck aus meinem Safe. Ich hastete in einen Coffee Shop und aß eine Kleinigkeit zu Mittag, und verbrachte dann den Nachmittag im Büro damit, Papierkram zu erledigen. Um fünf Uhr schloß ich ab und fuhr heim, hantierte dort bis um halb sieben herum und machte mich anschließend auf den Weg zu Ferrin und Ramona Westfalls Haus, um Tony Gahan zu treffen.

Die Westfalls wohnten in einer *the Close* genannten Gegend, einer von Eichen gesäumten Sackgasse in der Nähe des Naturkundemuseums. Durch ein Tor aus Stein fuhr ich in die gedämpfte Stille der Abgeschiedenheit. Es gibt nur acht Häuser in dieser Sackgasse, alle viktorianisch, vollkommen restauriert und in tadellosem Zustand. Die Gegend sieht selbst heute noch aus wie eine kleine ländliche Gemeinde, die auf unerklärliche Weise aus der Vergangenheit herübergerettet worden ist. Die Grundstücke sind von niedrigen Mauern aus Feldsteinen umgeben und mit Bambus, Pampasgras und Farn bewachsen. Es war inzwischen völlig dunkel, und *the Close* war in Nebel gehüllt. Die Vegetation war dicht und üppig nach dem kürzlichen Regen und duftete intensiv. Es gab nur eine einzige Straßenlampe, deren blasse Kugel von den Zweigen eines Baumes verdunkelt wurde.

Ich fand die Hausnummer, nach der ich suchte, und parkte auf der Straße, ging dann den Weg entlang zur Haustür. Es handelte sich um ein hellgraues einstöckiges Haus mit einer großen Veranda, weißen Fensterläden und

Zierbalken. Die Möbel auf der Veranda waren aus weißem Korb, die Kissen darauf mit einem weiß-hellgrauen Baumwolldruckstoff bezogen. Zwei viktorianische Pflanzenständer aus Korb enthielten riesige Farne. Für meinen Geschmack alles zu perfekt.

Ich klingelte, weigerte mich, durch das gläserne Oval in der Tür zu spähen. Ich vermutete, daß das Innere aussehen würde wie etwas aus *Schöner Wohnen*, eine elegante Verschmelzung von Altem und Neuem und Extravagantem. Natürlich war meine Erwartung wahrscheinlich gefärbt von Ferrin Westfalls knappen Worten mir gegenüber und von Ramonas offensichtlicher Feindseligkeit. Ich stehe nicht über den Dingen.

Ramona Westfall kam an die Tür und ließ mich ein. Ich bemühte mich um einen freundlichen Ton, überschlug mich aber nicht gerade in meiner Bewunderung ihres Hauses, das auf den ersten Blick wirklich makellos zu sein schien. Sie führte mich in das vordere Zimmer und zog sich zurück, schloß die Schiebetür hinter sich. Ich wartete, starrte auf den Boden. Aus der Diele konnte ich Stimmengemurmel hören. Nach einer Weile glitt die Tür auf, und ein Mann trat ein, der sich als Ferrin Westfall vorstellte ... als wenn ich mir das nicht gedacht hätte! Wir schüttelten uns die Hand.

Er war groß und schlank, mit kaltem, hübschem Gesicht und silbergrauem Haar. Seine Augen waren von einem dunklen Grün, ebenso ohne Wärme wie der Hafen. Es gab Anzeichen dafür, daß etwas in ihrer Tiefe unterdrückt wurde, aber kein Zeichen von Leben. Er trug eine dunkelgraue Hose und einen weichen, grauen Kaschmirpullover, der förmlich dazu aufforderte, gestreichelt zu werden. Er bot mir an, Platz zu nehmen, und ich gehorchte.

Einen Augenblick lang musterte er mich, die Stiefel, die verwaschene Jeans, den Wollpullover, der an den Ellbogen schon Fussel bekam. Ich war entschlossen, seine Mißbilligung nicht bis zu mir durchdringen zu lassen, aber das erforderte eine enorme Anstrengung von meiner Seite. Ich starrte ihn gleichgültig an und wehrte mich gegen seine Beurteilung, indem ich ihn mir auf der Toilette vorstellte, mit der Unterhose, die sich um seine Knöchel kringelte.

Schließlich sagte er: »Tony wird gleich kommen. Ramona hat mir von dem Scheck erzählt. Dürfte ich ihn wohl sehen?«

Ich zog ihn aus der Hosentasche und glättete ihn, ehe ich ihn ihm zur Inspektion reichte. Ich fragte mich, ob er ihn für gefälscht, gestohlen oder sonst etwas hielt. Er musterte ihn gründlich von allen Seiten und gab ihn dann zurück, scheinbar zufrieden und überzeugt, daß er in Ordnung wäre.

»Warum kam Mr. Daggett damit zu Ihnen?« wollte er wissen.

»Ich bin mir nicht ganz sicher. Er hat mir erzählt, er hätte versucht, Tony unter einer alten Adresse zu finden. Als er damit kein Glück hatte, bat er mich, ihn ausfindig zu machen und den Scheck zuzustellen.«

»Wissen Sie, woher er das Geld hatte?«

Wieder ertappte ich mich dabei, Daggett schützen zu wollen. Das ging diesen Mann nun wirklich nichts an. Wahrscheinlich wollte er sich nur vergewissern, daß Daggett das Geld nicht durch ein illegales Geschäft erworben hatte – Drogen, Prostitution, Verkauf von Hunden und Katzen an Versuchsanstalten.

»Er hat es beim Rennen gewonnen«, sagte ich. Ich persönlich hatte diesen Teil von Daggetts Geschichte zwar nicht geglaubt, aber ich hatte nichts dagegen, wenn Ferrin Westfall ihn schluckte. Er schien jedoch kaum mehr überzeugt als ich. Er wechselte das Thema.

»Möchten Sie lieber mit Tony allein sein?«

Das Angebot überraschte mich. »Ja, eigentlich schon. Am liebsten würde ich mit ihm irgendwohin gehen und eine Cola trinken.«

»Ich denke, das geht in Ordnung. Wenn Sie ihn nicht zu lange aufhalten. Er muß morgen wieder in die Schule.«

»Klar. Das ist sehr nett von Ihnen.«

Es klopfte an der Tür. Mr. Westfall stand auf und durchquerte das Zimmer. »Das wird Tony sein«, bemerkte er.

Die Türen glitten auf, und Tony Gahan kam herein. Er wirkte wie ein unreifer Fünfzehnjähriger. Er war ungefähr eins sechzig groß, etwa hundertzehn Pfund. Sein Onkel stellte mich vor. Er streckte mir eine Hand entgegen, und wir brachten die Begrüßung hinter uns. Tonys Augen waren dunkel, sein Haar mittelbraun, hübsch geschnitten, was mir seltsam erschien. Die meisten Kinder von der High-School, die ich in letzter Zeit gesehen hatte, sahen aus, als wären sie alle wegen derselben Krankheit behandelt worden. Ich vermutete, daß Tonys Haarschnitt eine Konzession an Ferrin Westfalls Geschmack war, und ich fragte mich, wie sie ihm selbst gefiel.

Sein Verhalten war ängstlich. Er schien ein Kind zu sein, das verzweifelt versucht zu gefallen. Er warf seinem Onkel vorsichtige Blicke zu, immer auf der Suche nach Hinweisen darauf, was von ihm erwartet wurde, wie er sich verhalten sollte. Es war schmerzhaft, das zu beobachten.

»Miss Millhone möchte dich gern zu einer Cola einladen, damit sie in Ruhe mit dir reden kann«, erklärte Mr. Westfall.

»Wieso?« krächzte er. Tony sah aus, als wollte er auf der Stelle tot umfallen, und blitzartig fiel mir ein, wie sehr ich es gehaßt hatte, in Gegenwart eines Fremden zu essen und zu trinken, als ich in seinem Alter gewesen war. Mahlzeiten stellen eine Reihe von Fallen dar, wenn man die notwendigen gesellschaftlichen Fähigkeiten noch nicht erworben hat. Ich haßte es, seinen Kummer noch größer zu machen, aber ich war überzeugt, daß es niemals zu einer anständigen Unterhaltung mit ihm kommen würde, solange wir in diesem Haus waren.

»Sie wird dir alles erklären«, antwortete Mr. Westfall. »Du bist natürlich nicht verpflichtet zu gehen. Wenn du lieber hierbleiben möchtest, dann sag das einfach.«

Tony schien nicht in der Lage, eine Antwort aus der Aussage seines Onkels ziehen zu können, die oberflächlich gesehen ganz neutral gewesen war, aber doch ein paar unterschwellige Bedeutungen enthielt. Es war das Wort »einfach«, das ihn stolpern ließ, und »natürlich« half ihm auch nicht weiter.

Tony warf mir achselzuckend einen Blick zu. »Also schön. Jetzt gleich?«

Mr. Westfall nickte. »Es wird nicht lange dauern. Aber du brauchst natürlich eine Jacke.«

Tony ging in die Halle hinaus, und ich folgte ihm, wartete, bis er im Schrank seine Jacke gefunden hatte.

Mit fünfzehn, dachte ich, sollte er eigentlich selbst wissen, ob er eine Jacke braucht, aber keiner von beiden befragte mich zu diesem Thema. Ich öffnete die Haustür und hielt sie, während er hinausging. Mr. Westfall sah uns einen Augenblick zu und schloß dann die Tür hinter uns. Himmel, das war wie eine Verabredung. Ich hätte fast versprochen, um zehn Uhr wieder daheim zu sein. Absurd.

Wir gingen im Dunkeln den Weg entlang. »Gehst du auf die Santa Teresa High-School?«

»Richtig.«

»In welche Klasse?«

»Zweite Klasse Oberstufe.«

Wir stiegen ins Auto. Tony versuchte, das kaputte Fenster auf seiner Seite herunterzukurbeln, aber ohne Erfolg. Eine Glasscherbe zitterte. Schließlich gab er es auf. »Was ist denn da passiert?«

»Ich habe nicht aufgepaßt«, sagte ich und ließ es dabei bewenden.

Ich wendete und fuhr zum Clockworks in der State Street, einer Teenie-Kneipe, die allgemein als schmutzig und korrupt galt, was sie auch ist ... Ausbildungsstätte für künftige Gangster. Hierher kommen die Kids (zweifellos mit Drogen vollgepumpt), um Cola zu trinken, zu rauchen und sich unmöglich zu benehmen. Mich hatte ein siebzehnjähriger Dealer namens Mike, der mehr Geld verdiente als ich, hier eingeführt. Ich hatte ihn seit Juni nicht mehr gesehen, aber ich hielt immer wieder in der Stadt Ausschau nach ihm.

Wir hielten auf einem kleinen Parkplatz hinter dem Haus und gingen durch den rückwärtigen Eingang hinein. Es ist lang und schmal hier, dunkelgrau gestrichen, und die hohe Decke säumen pink- und purpurfarbene Neonröhren. Eine Reihe Mobiles drehen sich in der rauchgeschwängerten Luft. Der Geräuschpegel ist an Wochenenden ohrenbetäubend, die Musik so laut, daß der Boden vibriert. Unter der Woche ist es ruhig und merkwürdig intim. Wir fanden einen Tisch, und ich ging zum Tresen, um uns ein paar Colas zu holen. Jemand tippte mir auf die Schulter, und als ich mich umdrehte, stand Mike hinter mir. Ich fühlte, wie mir warm wurde. »Ich habe gerade an dich gedacht!« sagte ich. »Wie geht's dir?«

Ein rosiger Hauch kroch über seine Wangen, und er schenkte mir ein langsames, zögerndes Lächeln. »Gut. Was treibst du so?«

»Nicht viel. Deine Haare sind toll.« Er trug sie jetzt rosa. Früher hatte er einen Mohikaner gehabt, einen großen pinkfarbenen Hahnenkamm mitten über den Kopf und kahlrasierte Seiten. Jetzt war es in eine Reihe purpurner Spitzen frisiert, jeder Klumpen wurde von einem Gummi zusammengehalten, und die Spitzen waren weiß gebleicht. Abgesehen von seiner Frisur war er ein hübsches Kind, reine Haut, grüne Augen, gute Zähne.

»Offen gesagt, ich bin hier, um mich mit dem Jungen da drüben zu unterhalten . . . geht auch auf deine Schule.«

»So?« Er drehte sich um und musterte Tony flüchtig.

»Kennst du ihn?«

»Hab ihn schon gesehen. Aber er hängt nicht mit denselben Leuten rum wie ich.« Sein Blick wanderte wieder zu Tony, und ich dachte, er würde mehr sagen, aber er ließ es dann doch.

»Und was treibst *du* so? Dealst du noch?«

»Wer, ich? Mensch, nee. Ich hab doch gesagt, ich würd damit aufhören.« Er klang fast rechtschaffen. Der Blick in seinen Augen legte natürlich genau das Gegenteil nahe. Aber wenn er etwas Illegales tat, dann wollte ich es ohnehin nicht wissen, also wechselte ich das Thema.

»Was ist mit der Schule? Wirst du dieses Jahr fertig?«

»Im Juni. Hab schon meine Bewerbungen an verschiedene Colleges geschickt und all das Zeug.«

»Ehrlich?« Ich wußte nicht, ob er mich anschwindelte oder nicht.

Er fing meinen Blick auf. »Ich hab gute Noten«, protestierte er. »Ich bin nicht nur so'n durchschnittlicher High-School-Schwachkopf. Mit dem Geld, was ich hab, könnte ich überall hingehen. Dafür macht man ja Geschäfte.«

Ich mußte lachen. »Sicher doch.« Die »Bardame« stellte zwei Colas auf den Tresen und ich bezahlte. »Ich muß zurück zu meiner Verabredung.«

»War schön, dich zu sehen«, meinte er. »Solltest mal wieder herkommen und mit mir reden.«

»Vielleicht tu ich das.« Ich lächelte ihm zu und schüttelte innerlich den Kopf. Frecher kleiner Anmacher. Dann ging ich zu dem Tisch, an dem Tony saß. Ich reichte ihm eine Cola und setzte mich auch.

»Kennen Sie den Kerl?« erkundigte sich Tony vorsichtig.

»Wen, Mike? Ja, ich kenne ihn.«

Tonys Blick wanderte zu Mike und wieder zurück, ruhte dann mit einem Ausdruck, der an Respekt grenzte, auf meinem Gesicht. Vielleicht war ich doch nicht so schlimm.

»Hat dein Onkel dir erzählt, worum es geht?« fing ich an.

»Ein bißchen. Er hat gesagt, um den Unfall und den alten Säufer.«

»Ist es okay, wenn wir darüber reden?«

Er zuckte bloß mit den Achseln und mied meinen Blick.

»Ich nehme an, du warst nicht im Wagen.«

Er strich sich den Pony aus der Stirn. »Hm-hm. Meine Mom und ich hatten Streit. Sie wollten zu meiner Oma fahren, Ostereier suchen, und ich hatte keine Lust.«

»Lebt deine Großmutter noch irgendwo hier in der Stadt?«

Er rutschte auf seinem Stuhl herum. »In einem Heim. Sie hatte 'n Schlaganfall.«

»Ist sie die Mutter deiner Mutter?« Das alles war mir zwar eigentlich nicht wichtig, aber ich hoffte, der Junge würde sich entspannen und offener werden.

»Ja.«

»Wie ist denn das Leben mit deiner Tante und deinem Onkel?«

»Fein. Nichts Besonderes. Er schimpft zwar immer auf die ganze Sache, aber sie ist nett.«

»Sie hat erzählt, du hättest Schwierigkeiten in der Schule.«

»So?«

»Ich bin einfach nur neugierig. Sie hat erzählt, du wärest sehr klug, aber deine Noten sind unter aller Sau. Ich habe mich gefragt, warum das so ist.«

»Mir stinkt das eben. Ich mag's nicht, wenn so Scheißtypen sich in meine Sachen mischen.«

»Ach so.« Ich trank einen Schluck Cola. Seine Feindseligkeit war wie eine aufgebrochene Kloake, und ich dachte, es wäre besser, dem Ausbruch Gelegenheit zu geben, zu verebben. Mir machte es nichts aus, wenn er fluchte. Darin übertraf ich ihn allemal.

Als ich nicht reagierte, füllte er das Schweigen. »Ich versuche, meine Noten zu verbessern«, murrte er. »Ich mußte all diesen Quatsch nehmen, Mathe und Chemie. Darum bin ich nicht gut.«

»Was magst du denn am liebsten? Englisch? Kunst?«

Er zögerte. »Sind Sie so was wie 'ne Psychologin?«

»Nein. Ich bin Privatdetektiv. Ich dachte, das wüßtest du.«

Er starrte mich an. »Ich begreif das nicht. Was hat denn das mit dem Unfall zu tun?«

Ich zog den Scheck heraus und legte ihn auf den Tisch.

»Der Mann, der dafür verantwortlich war, wollte, daß ich dich suche und dir das gebe.«

Er nahm den Scheck und warf einen Blick darauf.

»Das ist ein Kassenscheck über fünfundzwanzigtausend Dollar«, sagte ich.

»Wofür?«

»Ich bin mir nicht sicher. Ich glaube, John Daggett wollte wiedergutmachen, was er angerichtet hatte.«

Tonys Verwirrung war klar, aber ebenso die Wut, die damit einherging. »Ich will das nicht. Warum geben Sie den mir? Megan Smith ist genauso gestorben, und auch dieser andere Junge, Doug. Kriegen die auch Geld, oder nur ich?«

»Soviel ich weiß, nur du.«

»Dann nehmen Sie ihn zurück. Ich will das Geld nicht. Ich hasse diesen alten Bastard.« Er warf den Scheck auf den Tisch und versetzte ihm einen Stoß.

»Hör mal, jetzt will ich dir erst mal was sagen. Du hast die Wahl. Ehrlich. Es liegt nur bei dir. Deine Tante war beleidigt von dem Angebot, und das kann ich verstehen. Niemand kann dich zwingen, das Geld anzunehmen, wenn du es nicht willst. Aber hör mich wenigstens zu Ende an, okay?«

Tony starrte mit eisigem Gesicht durch den Raum.

Ich senkte die Stimme. »Tony, es stimmt, John Daggett war ein Säufer, und vielleicht war er ein völlig wertloses menschliches Wesen. Aber er hat sich schlecht gefühlt für etwas, das er getan hat, und ich glaube, er hat versucht, das wiedergutzumachen. Das gesteh ihm wenigstens zu, und sag nicht nein, ohne zuerst darüber nachgedacht zu haben.«

»Ich *will* kein Geld für das, was er getan hat.«

»Ich bin noch nicht fertig. Laß mich erst zu Ende reden.«

Seine Lippen zitterten. Er fuhr sich mit dem Jackenärmel an die Augen, aber er stand nicht auf und ging nicht fort.

»Menschen machen Fehler«, sagte ich. »Die Leute tun Dinge, die sie nie tun wollten. Er hat niemanden absichtlich umgebracht ...«

»Er ist ein verdammter Säufer! Er war um neun Uhr morgens auf der verdammten Straße. Dad und Mom und Hilary ...« Seine Stimme brach, und er rang um Beherrschung. »Ich will nichts von ihm. Ich hasse ihn und ich will seinen verdammten Scheck nicht.«

»Warum löst du ihn nicht ein und verschenkst das Geld?«

»Nein! Nehmen Sie ihn doch. Geben Sie ihn ihm zurück. Sagen Sie ihm, ich hätte gesagt, er sollte sich zum Teufel scheren.«

»Das kann ich nicht. Er ist tot. Er wurde Freitag nacht ermordet.«

»Gut. Das freut mich. Ich hoffe, jemand hat ihm das Herz aus dem Leib geschnitten. Das hätte er verdient.«

»Vielleicht. Aber es ist immer noch möglich, daß er etwas für dich empfunden hat und dir etwas von dem zurückgeben wollte, was er dir fortgenommen hat.«

»Was denn? Sie sind alle tot.«

»Aber du nicht, Tony. Du mußt einen Weg finden, dein Leben fortzusetzen ...«

»He, das mache ich ja wohl, oder? Aber ich muß mir diesen ganzen Quatsch nicht anhören! Sie haben gesagt, was Sie zu sagen hatten, und jetzt will ich heim.«

Er stand auf, strahlte Wut aus, sein ganzer Körper blieb steif. Hastig ging er zum hinteren Ausgang, stieß Stühle beiseite. Ich schnappte mir den Scheck und folgte ihm.

Als ich zum Parkplatz kam, bearbeitete er das restliche

Glas in dem eingeschlagenen Fenster meines Wagens mit den Fäusten. Ich setzte zum Protest an, hielt mich dann aber zurück.

Warum nicht, dachte ich. Ich mußte die verdammte Scheibe ohnehin ersetzen. Ich stand da und sah ihm wortlos zu. Als er fertig war, lehnte er sich an den Wagen und weinte.

15

Als ich Tony schließlich heimfuhr, war er ruhig, verschlossen, als wäre nichts Außergewöhnliches passiert. Ich hielt vor dem Haus. Er stieg aus, warf die Tür zu und lief wortlos den Weg entlang. Ich war ziemlich sicher, daß er den Ausbruch seiner Tante und seinem Onkel gegenüber nicht erwähnen würde, was ein Glück war, denn schließlich hatte ich geschworen, ich würde mich mit ihm unterhalten, ohne ihn aufzuregen. Allerdings war ich immer noch im Besitz von Daggetts Scheck, fragte mich, ob ich ihn bis an mein Lebensende herumschleppen würde, immer vergeblich auf der Suche nach jemandem, der ihn mir abnahm.

Als ich zu meiner Wohnung zurückkam, verbrachte ich zwanzig Minuten damit, meinen Wagen zu entladen. Ich neige zwar dazu, meine Wohnung bewundernswert ordentlich zu halten, aber meine organisatorischen Fähigkeiten haben sich nie auf meinen Wagen erstreckt. Der Rücksitz ist für gewöhnlich übersät mit Akten, Büchern, meinem Aktenkoffer, Stapeln von Kleidungsstücken – Schuhen, Strumpfhosen, Jacken, Hüten –, von denen ich einiges als »Verkleidung« benötige.

Ich packte alles in einen Pappkarton und begab mich

dann in den Hinterhof, wo sich der Eingang zu meiner Wohnung befindet. Ich öffnete das Vorhängeschloß der Vorratskiste, die sich an die Veranda anschließt, und verstaute den Karton, ließ dann das Schloß wieder einschnappen.

Als ich meine Tür erreichte, tauchte eine dunkle Gestalt aus dem Schatten auf. »Kinsey?«

Ich machte einen Satz, erkannte zu spät, daß es Billy Polo war. Im Dunkeln konnte ich sein Gesicht nicht sehen, aber die Stimme war eindeutig seine.

»Himmelherrgott, was machen Sie denn hier?«

»Mensch, tut mir leid, ich wollte Sie nicht erschrecken. Ich wollte mit Ihnen reden.«

Ich versuchte noch immer, mich von dem Schrecken zu erholen, den er mir eingejagt hatte, und mit einiger Verspätung wurde ich wütend. »Woher wußten Sie, wo Sie mich finden?«

»Ich habe im Telefonbuch nachgeschaut.«

»Meine Privatadresse steht nicht im Buch.«

»Ich weiß. Ich habe es zuerst im Büro versucht. Sie waren nicht da, also hab ich es nebenan bei der Versicherung probiert.«

»California Fidelity hat meine Privatadresse herausgegeben? Mit wem haben Sie gesprochen?« Ich glaubte auch nicht eine Minute lang, daß CF diese Art von Information weitergeben würde.

»Ich weiß ihren Namen nicht. Ich habe ihr erzählt, ich wäre ein Kunde und es wäre dringend.«

»Quatsch.«

»Nein, das ist die Wahrheit. Sie hat mir nur geholfen, weil ich sie so bedrängt habe.«

Ich sah schon, daß er es mir nicht sagen würde, also ließ

ich das Thema fallen. »Na schön, was gibt es?« Ich wußte, daß ich unfreundlich klang, aber es gefiel mir nicht, daß er zu meiner Wohnung gekommen war, und seine Geschichte, wie er meine Adresse herausgefunden haben wollte, glaubte ich schon gar nicht.

»Wollen wir hier draußen stehen bleiben?«

»Genau, Billy. Also, nun reden Sie schon.«

»Seien Sie doch nicht gleich so gereizt.«

»Gereizt! Wovon zum Teufel reden Sie? Sie tauchen hier aus dem Dunkel auf und erschrecken mich fast zu Tode! Ich weiß nicht mal, ob Sie nicht Jack the Ripper sind – warum sollte ich Sie da hereinbitten?«

»Okay, okay.«

»Sagen Sie einfach, was Sie zu sagen haben. Ich bin fertig.«

Er zögerte noch – der besseren Wirkung wegen, dachte ich. Schließlich sagte er: »Ich habe mit meiner Schwester Coral gesprochen, und sie hat mir geraten, ich sollte offen mit Ihnen sein.«

»Ach Gott, wie rührend. Offen worüber?«

»Daggett«, murmelte er. »Er hat sich wirklich bei mir gemeldet.«

»Wann war das?«

»Letzten Montag, als er in die Stadt gekommen ist.«

»Hat er Sie angerufen?«

»Ja, richtig.«

»Woher wußte er, wo Sie waren?«

»Er hat es bei meiner Mom versucht und mit ihr gesprochen. Ich war zu der Zeit nicht daheim, aber sie hat sich seine Nummer geben lassen, und dann hab ich ihn zurückgerufen.«

»Von wo hat er angerufen?«

»Ich bin mir nicht ganz sicher. Irgendeine Kaschemme. Da war 'ne Menge Lärm im Hintergrund. Er war betrunken, und ich schätze, er hatte sich in die erstbeste Kneipe gestürzt, die er fand.«

»Um welche Tageszeit war das?«

»So gegen acht Uhr abends. Ungefähr.«

»Weiter.«

»Er erzählte, er hätte Angst und bräuchte Hilfe. Irgend jemand hatte ihn unten in Los Angeles angerufen und ihm erklärt, er wäre ein toter Mann wegen irgendeinem Ding, was er im Gefängnis gedreht hat, kurz ehe er entlassen worden ist.«

»Was war das?«

»Ich weiß es nicht genau. Ich hab nur gehört, daß sein Zellengenosse ins Gras gebissen hat, und Daggett hat 'ne große Summe Geld an sich gebracht, die der andere Knabe in seiner Pritsche versteckt hatte.«

»Wieviel?«

»Fast dreißig Riesen. Da hat irgendwas beim Drogenhandel nicht hingehau'n, und deshalb ist der Kerl erst mal umgebracht worden. Dann ist Daggett mit dem ganzen Zeug abmarschiert, und jemand wollte es zurückhaben. Sie waren hinter ihm her. Jedenfalls haben sie ihm das erzählt.«

»Wer?«

»Ich will keine Namen nennen. Ich hab 'ne ziemlich gute Vorstellung, und ich könnte es mit Sicherheit herausfinden, wenn ich wollte, aber ich hab keine Lust, den Kopf in 'ne Schlinge zu stecken, wenn es nicht unbedingt sein muß. Jedenfalls hab ich ihn hängen lassen. Ich dachte gar nicht daran, dem alten Knaben zu helfen. Auf keinen Fall. Er hatte sich selbst die Grube gegraben, sollte er doch sehen, wie er da rauskam. Ich wollte nichts damit zu tun haben. Nicht mit den Kerlen, die hinter ihm her waren. Dazu ist mir meine Gesundheit zu wichtig.«

»Was ist dann passiert? Sie haben telefoniert und das war alles?«

»Nun ja, nein. Ich hab ihn auf 'nen Drink getroffen. Coral hat gesagt, ich sollte Ihnen das erzählen.«

»Tatsächlich – weshalb denn?«

»Für den Fall, daß später etwas aufkommen würde. Sie wollte nicht, daß es so aussah, als würde ich Sie hinhalten.«

»Sie glauben also, die anderen hätten ihn erwischt?«

»Er ist doch tot, oder?«

»Was beweist das?«

»Fragen Sie nicht mich. Ich meine, ich weiß nur, was Daggett gesagt hat. Er war auf der Flucht und dachte, ich würde helfen.«

»Wie?«

»Ihn verstecken.«

»Wann haben Sie ihn getroffen?«

»Erst Donnerstag. Ich hatte zuviel zu tun.«

»Zweifellos dringende gesellschaftliche Verpflichtungen.«

»Mensch, ich hab Arbeit gesucht. Ich bin auf Bewährung raus und hab Verpflichtungen zu erfüllen.«

»Sie haben ihn nicht zufällig Freitag gesehen?«

»Hm-hm. Ich hab ihn nur einmal getroffen, und das war Donnerstag abend.«

»Was hat er in der Zwischenzeit gemacht?«

»Ich weiß nicht. Hat er mir nicht erzählt.«

»Wo haben Sie ihn getroffen?«

»In der Bar, wo Coral arbeitet.«

»Aha, jetzt verstehe ich. Sie hatte Angst, ich könnte

herumfragen und jemand würde erzählen, er hätte Sie mit ihm gesehen.«

»Nun ja, Coral will nicht mit dem Gesetz in Konflikt geraten, schon gar nicht, wo ich gerade auf Bewährung raus bin.«

»Wie kommt's, daß die bösen Buben so lange gebraucht haben, um ihn zu finden? Er ist seit sechs Wochen auf freiem Fuß gewesen.«

»Vielleicht sind sie zuerst nicht draufgekommen, daß er es war. Daggett war nicht gerade der Schlaueste, verstehen Sie. Hat in seinem ganzen Leben noch nie was richtig gemacht. Wahrscheinlich haben sie geglaubt, er wäre zu blöd, um die Hand in eine Matratze zu stecken und mit dem Geld abzuhauen.«

»Hatte Daggett das Geld bei sich, als Sie mit ihm gesprochen haben?«

»Sie machen wohl Witze! Er hat versucht, sich zehn Dollar von mir zu leihen.«

»Worum ging es? Sollten Sie ihn von der Angel lassen, wenn er das Geld zurückgeben würde?«

»Das bezweifle ich.«

»Ich auch. Und was glauben Sie, wie paßt Lovella da rein?«

»Überhaupt nicht. Das hat nichts mit ihr zu tun.«

»Da wäre ich nicht so sicher. Jemand hat Daggett letzten Freitag am Jachthafen gesehen, stockbesoffen, in Begleitung einer auffallenden Blondine.«

Selbst im Dunkeln entging es mir nicht, daß Billy Polo mich anstarrte.

»Einer Blondine?«

»Genau. Nach allem, was man mir erzählt hat, war sie ziemlich jung. Er taumelte, und sie hatte schwer damit zu tun, ihn auf den Beinen zu halten.«

»Davon weiß ich nichts.«

»Ich auch nicht, aber es hört sich doch sehr nach Lovella an.«

»Dann fragen Sie sie doch.«

»Das habe ich auch vor. Was ist als nächstes passiert?«

»Wie?«

»Mit den dreißigtausend Dollar, zum Beispiel. Nachdem Daggett tot ist, geht das Geld da an die Knaben zurück, die hinter ihm her waren?«

»Wenn sie es finden, schätze ich schon.« Er schien sich nicht sehr wohl zu fühlen.

»Und wenn sie es nicht finden?«

Billy zögerte. »Nun, ich schätze, er hat es irgendwo versteckt, und jetzt gehört es dann wohl seiner Witwe, oder? Als Teil seines Besitzes?«

Ich begriff allmählich, wohin das führen würde. Aber tat er es auch? »Sie meinen Essie?«

»Wer?«

»Daggetts Witwe, Essie.«

»Von der ist er geschieden«, erklärte Billy.

»Das glaube ich nicht. Zumindest nicht, was das Gesetz angeht.«

»Er ist mit Lovella verheiratet.«

»Nicht legal.«

»Sie wollen mich wohl verscheißern.«

»Kommen Sie morgen zum Begräbnis, dann sehen Sie ja selbst.«

»Hat diese Essie das Geld?«

»Nein, aber ich weiß, wo es ist. Wenigstens fünfundzwanzigtausend davon.«

»Wo?« erkundigte er sich ungläubig.

»In meiner Tasche, Süßer, in Form eines Kassenschecks,

ausgestellt auf Tony Gahan. Sie erinnern sich doch an Tony, oder?«

Totenstille.

Ich senkte die Stimme. »Wollen Sie mir nicht erzählen, wer Doug Polokowski ist?«

Billy Polo drehte sich um und ging davon. Ich blieb noch kurz stehen und folgte ihm dann zögernd, grübelte noch immer darüber nach, woher er meine Privatadresse hatte. Als ich das letzte Mal mit ihm gesprochen hatte, hatte er mir nicht einmal geglaubt, daß ich Privatdetektiv war. Jetzt suchte er mich plötzlich auf, um vertraulich mit mir über Daggett zu plaudern. Das paßte nicht zusammen.

Ich hörte seine Autotür zufallen, als ich die Straße erreichte. Ich hielt mich im Schatten, sah zu, wie sein Chevrolet aus einem Parkplatz vier Häuser weiter ausscherte. Er gab Gas, raste auf den Strand zu. Ich überlegte, ob ich ihm folgen sollte, aber ich konnte den Gedanken nicht ertragen, wieder vor Corals Wohnwagen herumzulungern. Davon hatte ich genug. Ich machte kehrt und ging in meine Wohnung. Ich dachte immer wieder darüber nach, daß mein Wagen aufgebrochen worden war, man mir die Handtasche gestohlen hatte, mit meinen ganzen persönlichen Unterlagen. Hatte Billy Polo das getan? War er so an meine Privatadresse gekommen? Ich konnte mir nicht denken, wie er mich am Strand gefunden hatte, aber das würde zumindest erklären, woher er wußte, wie er mich jetzt finden konnte.

Ich war sicher, daß er eine Taktik verfolgte, aber ich konnte mir nicht denken, was er wollte. Warum diese Geschichte von Daggett und den bösen Buben aus dem Gefängnis? Es paßte zwar zu ein paar Tatsachen, aber der angenehme unordentliche Beiklang der Wahrheit fehlte.

Ich zog einen Stapel Karteikarten heraus und schrieb trotzdem alles auf. Vielleicht würde es später einen Sinn ergeben, wenn andere Informationen ans Licht kamen. Es war zehn Uhr, als ich fertig war. Ich holte den Weißwein aus dem Kühlschrank und schenkte mir ein Glas ein. Dann zog ich mich aus, drehte das Licht ab und trug den Wein ins Badezimmer, wo ich das Glas aufs Fensterbrett über der Badewanne stellte und auf die dunkle Straße hinausstarrte. Da draußen gibt es eine Straßenlampe, die in den Zweigen eines Jacaranda-Baumes begraben ist, der jetzt vom Regen fast kahl war. Das Fenster stand halb offen, und ein feuchter Nachtwind drang herein, kühl und verstohlen. Ich konnte hören, wie Regen auf mein Dach prasselte. Ich war unruhig. Als ich ein kleines Mädchen war, vielleicht zwölf oder so, wanderte ich in Nächten wie dieser durch die Straßen, barfuß, im Regenmantel, und es gab mir ein seltsames, fremdartiges Gefühl. Ich glaube nicht, daß meine Tante etwas von meinen nächtlichen Ausflügen wußte, aber vielleicht tat sie es doch. Sie hatte selbst einen rastlosen Zug an sich und hat meinen deshalb vielleicht respektiert. Ich dachte in letzter Zeit viel an sie, vielleicht wegen Tony. Seine Familie war bei einem Autounfall ausgelöscht worden, genau wie meine, und er wurde jetzt von einer Tante aufgezogen. Manchmal mußte ich mir eingestehen – vor allem in Nächten wie dieser –, daß der Tod meiner Eltern vielleicht nicht so tragisch gewesen war, wie es den Anschein gehabt hatte. Meine Tante war, trotz all ihrer Fehler, der perfekte Vormund für mich gewesen – tapfer, exzentrisch, unabhängig. Hätten meine Eltern gelebt, hätte mein Leben einen ganz anderen Verlauf genommen. Darüber gab es für mich keinen Zweifel. Meine Geschichte, so, wie sie ist, gefällt mir, aber es gab da auch noch etwas anderes.

Wenn ich über den Abend nachdachte, begriff ich, wie sehr ich mich mit Tony identifiziert hatte, als er mein Wagenfenster herausschlug. Seine Wut, sein Trotz wirkten hypnotisch und weckten Gefühle tief in meinem Innern. Daggett sollte am kommenden Nachmittag beerdigt werden, und das wühlte etwas anderes auf . . . alte Trauer, gute Freunde, die bereits unter der Erde waren. Manchmal stelle ich mir den Tod wie eine breite Steintreppe vor, mit einer stummen Prozession all jener, die fortgeführt werden. Ich werde zu oft mit dem Tod konfrontiert, um große Angst davor zu haben, aber ich vermisse die Toten und frage mich, ob ich ruhig sein werde, wenn die Reihe an mich kommt.

Ich trank meinen Wein aus und ging zu Bett, glitt nackt zwischen die warmen Falten meiner Steppdecke.

16

Die Morgendämmerung kam mit Nieselregen, der dunkelgraue Himmel färbte sich allmählich zu kaltem weißem Licht. Normalerweise laufe ich nicht bei Regen, aber ich hatte nicht gut geschlafen, und ich mußte diese bohrende Angst loswerden. Ich wußte nicht einmal, weshalb ich mir Sorgen machte. Manchmal wache ich auf und bin mir einer unterschwelligen Angst bewußt, die in meinen Eingeweiden wühlt. Dann ist Laufen die einzige Erleichterung, die ich finden kann, abgesehen von Alkohol und Drogen, und die mag ich um sechs Uhr früh nicht.

Ich zog einen Jogging-Anzug an und lief zum Fahrradweg, joggte anderthalb Meilen bis zum Sportzentrum. Die Palmen, die den Boulevard säumten, hatten trockene Palmwedel abgeworfen, die jetzt wie aufgeweichte Federn im Gras lagen. Der Ozean war silbrig, die Brandung rauschte wie ein Taftrock mit einer weißen Rüsche. Der Strand war dumpf-braun, bevölkert von Seemöwen, die nach Sandflöhen schnappten. Tauben erhoben sich in einer Wolke und schauten zu. Ich muß gestehen, daß ich im Grunde meines Herzens kein Mensch bin, der die freie Natur liebt. Ich bin mir immer bewußt, daß unter dem fröhlichen Gezwitscher der Vögel Knochen brechen und Fleischstreifen abgefetzt werden, alles ein Werk dieser knopfäugigen Kreaturen ohne Gefühl oder Gewissen. Ich suche in der Natur weder Trost noch Freude.

Es herrschte nur wenig Verkehr. Ich traf keine anderen Jogger. Ich kam an den öffentlichen Toiletten vorbei, die in einem fleischfarben gestrichenen Ziegelgebäude untergebracht waren, in dem sich jetzt zwei Penner mit einem Einkaufswagen zusammenkauerten. In einem erkannte ich den, den ich zwei Tage vorher gesehen hatte. Jetzt betrachtete er mich gleichgültig. Sein Freund hatte sich unter einem Pappkarton zusammengerollt, der ihm als Decke diente. Er sah aus wie ein Haufen alter Lumpen. Ich erreichte den Rundweg und rannte die anderthalb Meilen zurück. Als ich heimkam, waren meine Turnschuhe aufgeweicht und meine Hose vom Nieselregen dunkel, und der Nebel perlte in meinem Haar. Ich nahm eine lange, heiße Dusche. Jetzt, wieder sicher daheim, kehrte mein Optimismus zurück.

Nach dem Frühstück räumte ich auf und überprüfte dann meine Kfz-Versicherungs-Police, entschied, daß die Erneuerung meines Fensters nach Abzug von fünfzig Dollar gedeckt sein würde. Um halb neun fing ich an, Kostenvoranschläge von Autoglasereien einzuholen und versuchte, jemanden zu überreden, mich noch am selben Tag vor Mittag einzuschieben. Ich zog wieder mein Allzweck-Kleid an, grub eine anständig aussehende, schwarze Ledertasche aus, die ich bei »offiziellen« Anlässen einsetze, und füllte sie mit dem Notwendigsten, einschließlich des verfluchten Schecks.

Ich ließ den Wagen in einer Werkstatt nicht weit von meinem Büro und legte den Rest des Weges zu Fuß zurück. Selbst mit flachen Pumps taten mir die Füße weh, und meine Strumpfhose gab mir das Gefühl, als würde ich mit einer heißen, feuchten Hand im Schritt herumlaufen.

Ich schloß das Büro auf und brachte meine übliche Morgenroutine hinter mich. Das Telefon klingelte, als ich gerade die Kaffeemaschine einstöpselte.

»Miss Millhone, hier spricht Ramona Westfall.«

»Oh, hallo. Wie geht's?« Insgeheim schlug mein Magen Purzelbäume und ich fragte mich, ob Tony Gahan ihr erzählt hatte, wie er am Vorabend beim Clockworks ausgerastet war.

»Mir geht's gut. Aber ich würde gern etwas mit Ihnen besprechen und hatte gehofft, daß Sie vielleicht heute morgen etwas Zeit für mich haben.«

»Ja, mein Terminkalender ist frei, aber ich habe keinen Wagen. Können Sie herkommen?«

»Natürlich. Das wäre mir ohnehin lieber. Paßt Ihnen zehn Uhr? Es ist sehr kurzfristig, das weiß ich.«

Ich warf einen Blick auf meine Armbanduhr. Zwanzig Minuten. »Das paßt mir gut.« Sie gab noch ein paar Laute des Abschieds von sich und legte auf. Ich drückte auf die Gabel und rief dann Barbara Daggett im Haus ihrer Mutter an, um die Zeit des Begräbnisses bestätigen zu lassen. Sie konnte nicht an den Apparat kommen, aber Eugene Nikkerson sagte mir, daß der Gottesdienst um zwei Uhr abgehalten werden würde, und ich versprach, dort zu sein.

Ich brauchte ein paar Minuten, um die Post vom Vortag zu öffnen, rief dann meine Versicherungsagentin an und gab ihr einen knappen Bericht über mein Autofenster. Ich hatte kaum den Hörer aufgelegt, als das Telefon schon wieder klingelte.

»Kinsey, hier ist Barbara Daggett. Es hat sich da etwas ereignet. Als ich heute morgen hier ankam, saß eine Frau auf den Stufen zur Veranda; sie erklärte, sie wäre Daddys Frau.«

»O Gott. Lovella.«

»Sie wissen von ihr?«

»Ich habe sie letzte Woche kennengelernt, als ich in L. A. war und versucht habe, eine Spur zu Ihrem Vater zu finden.«

»Und Sie wissen auch Bescheid über ihren Anspruch?«

»Ich habe keine Einzelheiten gehört, aber soviel ich weiß, haben sie in einer Art gesetzlicher Gemeinschaft zusammengelebt.«

»Kinsey, sie hat eine Heiratsurkunde. Ich habe sie selbst gesehen. Warum haben Sie mir nicht erzählt, was da los ist? Ich war sprachlos. Sie stand da auf der Veranda und schrie Zeter und Mordio, bis ich schließlich die Polizei rufen mußte. Ich kann einfach nicht glauben, daß Sie sie nicht wenigstens *erwähnt* haben.«

»Wann hätte ich das denn tun sollen? Im Leichenschauhaus? Oder im Bestattungsinstitut, als Ihre Mutter einen Kollaps hatte?«

»Sie hätten mich anrufen können, Kinsey. Jederzeit. Sie hätten in mein Büro kommen können, um es zu besprechen.«

»Barbara, ich hätte ein halbes Dutzend Dinge tun können, aber ich habe es nicht getan. Offen gesagt, ich hatte das Gefühl, Ihren Vater schützen zu müssen, und ich hatte gehofft, Sie würden nichts über diese ›gefälschte‹ Ehe herausfinden. Diese Urkunde könnte eine Fälschung sein. Das Ganze könnte eine Fälschung sein, und wenn nicht, dann haben Sie auch so genug Probleme, ohne noch Bigamie zur Liste seiner persönlichen Vergehen hinzuzufügen.«

»Es ist nicht an Ihnen, das zu entscheiden. Jetzt will Mutter wissen, was der Lärm zu bedeuten hatte, und ich habe keine Ahnung, was ich ihr sagen soll.«

»Nun, ich kann verstehen, warum Sie so empört sind, aber ich bin mir nicht sicher, ob ich ein zweites Mal anders handeln würde.«

»Ich kann einfach nicht glauben, daß Sie diese Haltung einnehmen! Ich mag es nicht, wenn man mich im dunkeln läßt«, erklärte sie. »Ich habe Sie angestellt, um Nachforschungen zu betreiben, und ich erwarte, daß Sie mir alles sagen, was dabei ans Licht kommt.«

»Ihr Vater hat mich schon lange vor Ihnen beauftragt.«

Das brachte sie für eine Weile zum Schweigen, aber dann fing sie wieder an. »Um was zu tun? Sie haben mir das nie erklärt.«

»Natürlich nicht. Er hat vertraulich mit mir gesprochen. Es war zwar alles Unsinn, aber ich darf es dennoch nicht ausplaudern. Ich könnte nicht im Geschäft bleiben, wenn ich all die Informationen weitergeben würde, die ich erhalte.«

»Ich bin seine Tochter. Ich habe ein Recht, es zu wissen. Vor allem, wenn mein Vater *Bigamist* ist. Wozu bezahle ich Sie sonst?«

»Sie könnten mich bezahlen, damit ich mir selbst ein

Urteil erlaube. Kommen Sie schon, Barbara. Seien Sie vernünftig. Nehmen wir einmal an, ich würde es Ihnen erzählen. Welchen Sinn hätte das? Wenn Ihre Eltern noch legal verheiratet sind, dann hat Lovella keinerlei Ansprüche, und ich würde sagen, das weiß sie ganz genau. Warum sollte ich Ihren Kummer noch vergrößern, wenn sie ebensogut ohne ein Wort in der Versenkung hätte verschwinden können?«

»Woher wußte sie überhaupt, daß er tot ist?«

»Von mir jedenfalls nicht, das kann ich Ihnen versichern. Ich bin kein Idiot. Das war nun das letzte, was ich wollte, daß sie hier auftaucht und sich vor Ihrer Tür häuslich niederläßt. Vielleicht hat sie es in der Zeitung gelesen. Vielleicht hat sie es in den Nachrichten gehört.«

Sie murmelte etwas, vorübergehend besänftigt.

»Was ist passiert, als die Polizisten kamen?« fragte ich.

Wieder entstand eine Pause, in der sie wohl überlegte, ob sie mich weiterhin beschimpfen oder weiter erzählen sollte. Ich spürte, daß sie es genoß, auf Menschen herumzuhacken, und daß es schwer für sie war, diese Gelegenheit auszulassen. Aber von meinem Standpunkt aus betrachtet, zahlte sie einfach nicht genug, als daß ich verpflichtet gewesen wäre, mir das anzuhören. Ein bißchen vielleicht, ja. Wahrscheinlich hätte ich es ihr wirklich sagen sollen.

»Die beiden Beamten haben sie beiseite genommen und führten ein Gespräch mit ihr. Sie ist vor ein paar Minuten gegangen.«

»Nun, wenn sie wieder auftaucht, kümmere ich mich darum«, versprach ich.

»Wieder? Warum sollte sie das tun?«

Da fiel mir ein, daß ich ihr, abgesehen von der scheinbaren Bigamie ihres Vaters, auch nichts von dem unrühmlichen 25 000-Dollar-Scheck erzählt hatte, von dem Billy Polo annahm, daß er Bestandteil von Daggetts »Vermächtnis« war. Vielleicht war Lovella hergekommen, um ihn zu holen. »Ich glaube, wir sollten uns bald einmal unterhalten«, schlug ich vor.

»Warum? Gibt es noch etwas *anderes*?«

Ich blickte auf. Ramona Westfall stand in der Tür. »Es gibt immer etwas anderes«, sagte ich. »Deshalb macht das Leben ja solchen Spaß. Ich habe jemanden hier. Ich sehe Sie heute nachmittag.«

Ich legte auf und erhob mich, schüttelte Mrs. Westfall über den Schreibtisch hinweg die Hand. Ich forderte sie auf, Platz zu nehmen, und schenkte uns dann beiden eine Tasse Kaffee ein, wobei ich hoffte, daß das gesellschaftliche Ritual sie entspannen würde.

Sie wirkte abgespannt, die feine Haut unter ihren sanften Augen war vor Müdigkeit gerötet. Sie trug ein braunes Popelinhemd mit Schulterklappen und hatte eine große Leinenhandtasche bei sich, die aussah, als ob sie die Ausrüstung für eine kurze Safaritour enthielte. Ihr helles Haar glänzte wie auf einer Shampoo-Anzeige in einer Zeitschrift. Ich versuchte, sie mir in einem Regenmantel vorzustellen, wie sie durch den Hafen stolperte, mit Daggetts Arm um ihre Schulter. Könnte sie ihn einfach so aus dem Boot gestoßen haben? Ja klar. Warum nicht?

Sie starrte mich verlegen an, streckte automatisch die Hand aus, um ein paar Gegenstände auf meinem Schreibtisch zu ordnen. Sie legte drei Bleistifte mit der Spitze zu mir nebeneinander, so daß sie wie kleine Raketengeschosse wirkten, und dann räusperte sie sich.

»Äh, wir haben überlegt. Tony hat uns nichts erzählt, deshalb dachten wir, wir sollten Sie fragen. Haben Sie Tony von dem Geld erzählt, als Sie gestern abend mit ihm gesprochen haben?«

»Sicher. Nicht, daß es etwas geholfen hätte. Es hat mich nicht weitergebracht. Er war stur. Er wollte nicht einmal darüber reden.«

Sie lief rot an. »Wir denken daran, es zu nehmen«, sagte sie. »Ferrin und ich haben gestern abend darüber gesprochen, als Tony mit Ihnen aus war, und wir glauben, wir sollten das Geld in einen Treuhandfonds für ihn einzahlen ... wenigstens, bis er achtzehn ist und wirklich ein Gefühl dafür hat, was er damit machen kann.«

»Wie kam es zu diesem Wechsel?«

»Ach, das hat wohl verschiedene Gründe, denke ich. Wir waren zur Familienberatung, und der Therapeut hofft immer noch, daß wir einen Teil des Zorns und Kummers aufarbeiten können. Er meint, daß Tonys Migräneanfälle ein Zeichen seiner Unwilligkeit sind – oder vielleicht ist Unfähigkeit das bessere Wort –, seinen Verlust zu verarbeiten. Ich habe mich gefragt, wieviel Schuld mich daran trifft. Ich bin mit Abbys Tod nicht sehr gut fertiggeworden, und das hat ihm wohl nicht gerade geholfen.« Sie brach ab, schüttelte dann leicht den Kopf, als wäre sie verlegen. »Ich weiß, das ist ein Umschwung. Ich schätze, wir waren unnötig grob zu Ihnen, und es tut mir leid.«

»Sie brauchen sich nicht zu entschuldigen. Ich persönlich wäre entzückt, wenn Sie den Scheck annehmen würden. Dann hätte ich doch wenigstens das Gefühl, meine Pflicht getan zu haben. Wenn Sie Ihre Meinung später ändern, können Sie das Geld immer noch einer guten Sache zukommen lassen. Davon gibt es eine Menge.«

»Was ist mit seiner Familie? Daggetts, meine ich. Sie glauben vielleicht, sie hätten Anspruch auf das Geld, meinen Sie nicht? Ich meine, ich möchte es nicht nehmen, wenn das einen Rechtsstreit nach sich ziehen würde.«

»Darüber müßten Sie mit einem Anwalt sprechen«, sagte ich. »Der Scheck ist auf Tony ausgestellt, und Daggett hat mich angeheuert, um ihn ihm zuzustellen. Ich glaube, an seiner Absicht kann kein Zweifel bestehen. Trotzdem können Sie ja erst einmal mit einem Notar sprechen.« Insgeheim wollte ich nur, daß sie den blöden Scheck nahm und damit verschwand.

Sie starrte einen Moment lang auf den Boden. »Tony sagte ... er hat gestern abend erwähnt, er würde gern zum Begräbnis gehen. Meinen Sie, daß er das tun sollte? Ich meine, scheint Ihnen das eine gute Idee zu sein?«

»Ich weiß es nicht, Mrs. Westfall. Das gehört nicht in meinen Bereich. Warum fragen Sie nicht seinen Therapeuten?«

»Das habe ich versucht, aber er ist bis morgen außerhalb. Ich möchte nicht, daß Tony sich noch mehr aufregt, als er es ohnehin schon tut.«

»Er wird fühlen müssen, was er fühlt. Das können Sie nicht kontrollieren. Vielleicht ist das etwas, was er durchmachen muß.«

»Das sagt Ferrin auch, aber ich bin mir nicht sicher.«

»Wie ist das mit seiner Migräne? Wie lange hat er die schon?«

»Seit dem Unfall. Auch gestern abend hatte er einen Anfall. Es ist nicht Ihre Schuld«, beruhigte sie mich hastig. »Sein Kopf fing an, ihm weh zu tun, ungefähr eine Stunde nachdem er heimgekommen war. Von Mitternacht bis fast vier Uhr früh hat er sich fast alle zwanzig Minuten übergeben müssen. Schließlich haben wir ihn zur Notaufnahme im St. Terrys gebracht. Sie haben ihm eine Spritze verabreicht, und danach hat er erst mal geschlafen. Aber vor einer Weile ist er wieder aufgewacht, und jetzt redet er nur davon, zur Beerdigung zu gehen. Hat er es Ihnen gegenüber erwähnt?«

»Überhaupt nicht. Ich habe ihm erzählt, daß Daggett tot ist, aber er hat kaum darauf reagiert, hat nur gesagt, daß ihn das freuen würde. Fühlt er sich denn wohl genug, um zu gehen?«

»Ich denke schon. Mit diesen Migräneanfällen ist das seltsam. Einen Moment glaubt man, er wird sich nie mehr davon erholen, und in der nächsten Minute ist er auf den Beinen und hat einen Mordshunger. Letzten Freitag war es dasselbe.«

»Freitag?« Das war die Nacht von Daggetts Tod.

»Diese Episode war nicht ganz so schlimm. Als er nach der Schule heimkam, wußte er, daß er am Rande eines Anfalls stand. Wir haben versucht, ihm etwas Medizin einzuflößen, um es abzubiegen, aber ohne Erfolg. Auf jeden Fall hat er sich nach kurzer Zeit wieder erholt, und es endete damit, daß ich ihm um zwei Uhr früh in der Küche Sandwiches geschmiert habe. Ihm ging es gut. Aber dann hatte er Dienstag wieder einen Anfall, und dann letzte Nacht. Und zwei in der Woche zuvor. Ferrin glaubt, daß es vielleicht symbolische Bedeutung haben könnte, wenn er an der Beerdigung teilnimmt. Sie wissen schon, es könnte einen Schlußpunkt für ihn bedeuten, er wäre dann wieder frei.«

»Das ist immer möglich.«

»Hätte Barbara Daggett wohl etwas dagegen?«

»Ich wüßte nicht, warum sie das haben sollte. Ich vermute, sie hat ein ebenso schlechtes Gewissen wie ihr Vater, und sie hat ihre Hilfe angeboten.«

»Na, dann werde ich mal sehen, wie es ihm geht, wenn ich heimkomme.« Sie warf einen Blick auf ihre Uhr. »Ich gehe dann wohl besser.«

»Lassen Sie mich Ihnen den Scheck geben.« Ich holte meine Handtasche aus der unteren Schublade und nahm den Scheck heraus, den ich ihr über den Schreibtisch hinweg reichte. Wie ihr Mann am Abend zuvor auch, strich sie das Papier glatt, musterte es gründlich, als könnte es sich um eine Fälschung handeln. Dann faltete sie es wieder und schob es in ihre Tasche, als sie aufstand. Sie hatte ihren Kaffee nicht angerührt. Und ich meinen genausowenig.

Ich nannte ihr noch Zeit und Ort des Gottesdienstes und begleitete sie zur Tür. Nachdem sie fort war, setzte ich mich wieder an meinen Schreibtisch und ging in Gedanken noch einmal alles durch, was sie gesagt hatte. Ich hätte Tony Gahan am liebsten beiseite genommen und gefragt, ob er ihre Gegenwart im Haus am Abend von Daggetts Tod bestätigen könnte. Es war schwer, sie als Mörderin zu sehen, aber ich hatte mich auch früher schon geirrt.

17

John Daggetts Trauerfeier fand in einem obskuren Ableger der christlichen Kirche statt. Das Gebäude selbst war ein einstöckiges, gelb verputztes Haus, bar jeglicher Verzierung, das direkt an der Durchgangsstraße lag – die Art von Kapelle, wie man sie durch das Gebüsch schimmern sieht, wenn man irgendwohin fährt. Ich kam zu spät. Nachdem ich endlos aufgehalten worden war, hatte ich meinen Wagen schließlich um Viertel vor zwei bei der Werkstatt abgeholt, und ich muß gestehen, ich verbrachte ein paar zufriedene Minuten damit, das neue Fenster auf- und zuzudrehen. Der Nieselregen nahm zu, und ich war froh, daß es nicht in meinen Wagen regnen konnte.

Als ich den kiesbedeckten Parkplatz neben der Kirche erreichte, hatten sich dort bereits fünfzig Autos auf einen Platz für fünfunddreißig gezwängt. Ein paar Fahrzeuge hatten sich auf den leeren Platz nebenan gewagt, und einige drängten sich an dem Zaun entlang der Straße. Ich war gezwungen, an der Kirche vorbeizufahren, mir einen Flecken am Ende einer langen Autoreihe zu suchen und zurückzugehen. Ich konnte bereits elektronische Orgelmusik hören, die besser zu einer Rollschuhbahn als in ein Gotteshaus gepaßt hätte. Von einem Schild vor dem Haus erfuhr ich, daß sich der Prediger »Pastor« nannte anstelle von »Reverend«, und ich fragte mich, ob das von Bedeutung wäre. Pastor Howard Bowen. Der Kirchenname setzte sich aus einer langen Reihe von Worten zusammen und rief in mir ungute Erinnerungen an die Organisation wach, die Traktätchen von Tür zu Tür verteilt. Ich hoffte nur, daß sie nicht zu erpicht auf neue Anhänger waren.

Mr. Sharonson von Wynington-Blake stand allein auf der niedrigen Treppe und schenkte mir einen schmerzerfüllten Blick, als er mir die Kopie des Programms reichte, das auf der Vorderseite mit einer handgezeichneten Lilie geschmückt war. Sein Verhalten legte nahe, daß der Gottesdienst nur zweitklassig sein würde, da es sich um eine zweitklassige Kirche handelte.

Ich ging hinein. Ein Ordner hob einen Klappstuhl von einem Stapel nahe der Tür und öffnete ihn für mich. Die Gemeinde hatte sich erhoben, um zu singen, und ich blieb in der hintersten Reihe stehen, eingezwängt zwischen andere Spätkommer. Die Frau zu meiner Linken bot mir an, das Gesangbuch mit mir zu teilen, und ich überflog hastig die Seite. Sie waren bei Strophe vier eines Liedes, das sich über Blut und Sünde erging. Ich gab ein paar Töne von mir, von denen ich hoffte, daß sie im allgemeinen Lärm untergehen würden. Abgesehen von der Tatsache, daß ich nicht an dieses Zeug glaube, singe ich auch nicht zu gut, und ich machte mir Sorgen, daß man mich aus beiden Gründen anprangern könnte.

Weit vorne machte ich Barbara Daggetts blonden Schopf aus, aber sonst sah ich niemanden, den ich kannte. Unter Kleiderrascheln und Stühlescharren setzten wir uns. Während Pastor Bowen in einem mattschwarzen Anzug darüber sprach, was wir für arme Sünder wären, starrte ich auf den Boden aus braunen Vinylplatten und studierte die Reihe bunter Glasscheiben, auf denen Formen spiritueller Qual dargestellt waren, die mich schaudern ließen. Schon verspürte ich den Drang zur Buße in mir aufsteigen.

Ich konnte Daggetts Sarg vorne am Altar sehen. Irgendwie sah er aus wie eine dieser Kisten, die Zauberer benutzen, wenn sie Leute entzweischneiden. Ich überflog mein Programm. Wir hatten das einleitende Gebet hinter uns, und jetzt, da wir die erste Hymne gesungen hatten, richteten wir uns offensichtlich auf einen energiegeladenen Diskurs zum Thema »Versuchungen des Fleisches« ein, was in mir die Erinnerung an die zahlreichen, verschiedenen Gelegenheiten wachrief, bei denen ich ihnen nachgegeben hatte. Das war unterhaltsam.

Pastor Bowen war über sechzig, kahl, ein kleiner Mann mit rundem Gesicht, der aussah, als würde er an Atemschwierigkeiten leiden. Als Hauptthema hatte er eine Passage aus dem 5. Buch Moses gewählt: »Der Herr wird dich schlagen mit bösen Drüsen an den Knien und Waden, daß du nicht kannst geheilt werden, von den Fußsohlen an bis auf den Scheitel«, und ich hörte noch mehr zu diesem Thema, als ich es für möglich gehalten hatte, ohne dabei einzuschlafen. Ich war neugierig, was er über John Daggett zu sagen finden würde, dessen Fehltritte häufig und dessen Reue gering war, aber er brachte es fertig, Daggetts Verscheiden einzubetten in »Er wird der Kopf sein, und du sollst der Schwanz sein« und ging dann mit vollen Segeln in ein allumfassendes Gebet über.

Als wir zur Schlußhymne aufstanden, spürte ich Blicke auf mir, und als ich mich umdrehte, entdeckte ich Marilyn Smith zwei Reihen weiter hinten, in Begleitung eines Mannes, von dem ich vermutete, daß es sich um ihren Ehemann Wayne handelte. Sie trug Rot. Ich fragte mich, ob sie aufspringen und einen Steptanz auf dem Sargdeckel vollführen würde. Inzwischen wurde die Versammlung wirklich mitgerissen, Hosanna-Jubel ertönte auf allen Seiten, begleitet von Amen und dem Zerreißen von Kleidern. Ich wollte mich zurückziehen, aber ich wagte es nicht. Allmählich kam mir das Ganze vor wie Aerobic für die Seele.

Die Frau neben mir fing an zu schwanken, die Augen geschlossen, während sie gelegentlich ein »Yes Lord« trompetete. Mir liegen derartige öffentliche Ausbrüche nicht, und ich fing an, mir meinen Weg zur Tür zu bahnen. Ich konnte jetzt sehen, daß der Pfarrer seine fröhliche Gruppe Kirchenältester in eine Reihe stellte, während Essie Daggett den Schluß bildete.

Am Ausgang stand ich plötzlich Billy Polo und seiner Schwester gegenüber. Er nahm mich am Arm und zerrte mich beiseite, als der Gottesdienst hinter mir zum Ende kam und die Leute anfingen, durch die Tür zu strömen.

Essie Daggett heulte, war in Hochstimmung wie ein Fußballtrainer nach einem großen Sieg. Barbara Daggett und Eugene Nickerson gingen zu beiden Seiten von ihr und gaben ihr allen Schutz, den sie konnten. Aus irgendeinem Grund streckten die anderen Trauernden die Hände aus, um sie zu berühren und zu tätscheln, als ob ihr Kummer ihr heilende Kräfte verleihen würde.

Als letztes kamen die Sargträger, die den Sarg auf einem Karren hinter sich herzogen, anstatt ihn zu tragen. Keiner der sechs schien unter fünfundsechzig zu sein, und Wynington-Blake mochte Angst gehabt haben, sie könnten zusammenbrechen oder ihre Last in den Gang fallen lassen. Außerdem schien der Karren ein kaputtes Rad zu haben, das dafür sorgte, daß er in Zickzacklinien fuhr, wobei er kräftig quietschte. Wie aus einem eigenen Willen heraus zielte der Sarg erst auf die eine Seite mit Stühlen, dann auf die andere. Ich konnte sehen, wie sich die Sargträger bemühten, ihre Trauermienen beizubehalten, während sie versuchten, den Kurs zu korrigieren und den Sarg wie einen bockigen Hund durch den Mittelgang der Kirche zu zerren.

Ich erhaschte einen kurzen Blick auf Tony Gahan, aber er war wieder verschwunden, bevor ich mit ihm reden konnte. Der Leichenwagen hielt vor der Kirche, und der Sarg wurde die wenigen Stufen hinuntertransportiert und in den Wagen geschoben. Dahinter hielt eine Limousine, und man half Essie auf den Rücksitz. Sie trug ein schwarzes Kostüm und einen breitkrempigen schwarzen Strohhut, der mit einem dichten Schleier versehen war. Sie sah eher wie ein Imker als wie irgend etwas sonst aus. Vom Heiligen Geist gestochen, dachte ich. Barbara Daggett trug ein anthrazitfarbenes Kostüm und schwarze Schuhe, ihre zweifarbigen Augen wirkten in dem bleichen Oval ihres Gesichts fast elektrisch. Der Regen fiel stetig, und Mr. Sharonson verteilte große, schwarze Schirme, als die Leute von der Veranda zum Parkplatz eilten.

Autos wurden gleichzeitig unter Wolken von Abgasen angelassen, Kieselsteine flogen auf, als wir auf die Straße hinaus und in langsamer Prozession zu dem etwa zwei Meilen entfernten Friedhof fuhren. Wieder parkten wir in langer Reihe, Autotüren knallten, und wir überquerten nasses Gras. Scheinbar handelte es sich um einen ziemlich neuen Friedhof mit nur wenigen Bäumen – ein geräumiges, flaches Feld. Die Grabsteine waren eckig und niedrig gehalten, ohne die verwitterte Schönheit alter Steinengel oder Granitlämmer. Der Boden war gepflegt, bestand aber hauptsächlich aus Asphaltwegen, die sich zwischen den verschiedenen Sektionen von Grabstätten entlangwanden, die scheinbar »für späteren Bedarf« verkauft worden waren. Ich fragte mich, ob Friedhöfe ebenso wie Golfparcours von Experten auf ihren größtmöglichen ästhetischen Effekt hin geplant wurden. Dieser hier kam mir vor wie ein billiger Club auf dem Land, niedrige Mitgliedergebühren für die künftigen Toten. Die Reichen und Respektablen wurden anderswo begraben, und John Daggett konnte keine Referenzen aufweisen, um dort aufgenommen zu werden.

Wynington-Blake hatte einen Baldachin über dem Grab selbst und einen zweiten, größeren, mit Klappstühlen darunter, daneben aufgebaut. Niemand schien zu wissen, wer wohin gehen sollte, und es gab ein ziemliches Durcheinander. Essie und Barbara Daggett wurden in das große Zelt geführt und in der ersten Reihe plaziert, mit Eugene Nikkerson auf einer und einer fetten Frau auf der anderen Seite auf einer Reihe von vier Klappstühlen, die an den Beinen miteinander verbunden waren. Die hinteren Stuhlbeine hatten schon angefangen, in die aufgeweichte Erde zu sinken, so daß die vier leicht nach hinten geneigt saßen. Ich hatte eine flüchtige Vision von ihnen, wie sie festsaßen, mit baumelnden Beinen zur Zeltdecke emporstarrten, unfähig, sich wieder aufzurichten. Warum liegen Kummer und Absurdität immer so nah beieinander?

Ich rückte zu einer Seite hinüber, unter den Regenschutz, blieb aber stehen. Die meisten Trauergäste schienen schon älter zu sein und benötigten die Klappstühle (vielleicht) dringender als ich. Es sah fast so aus, als wäre die gesamte Kirchengemeinde ausgerückt, um Essie Daggett beizustehen.

Pastor Bowen hatte einen Regenmantel abgelehnt und stand jetzt im Freien. Regen sammelte sich auf seinem kahl werdenden Kopf, als er geduldig darauf wartete, daß sich alle ihren Platz suchten. Aus dieser Entfernung konnte ich das Hörgerät sehen, das sich in der winzigen Muschel seines rechten Ohrs befand. Er fummelte an dem Gerät herum und bemühte sich dabei um einen würdevollen, gütigen Ausdruck, um nicht die Aufmerksamkeit auf sich selbst zu lenken. Ich fragte mich, ob durch die Feuchtigkeit die Batterie versagt hatte. Ich konnte sehen, wie er mit dem Zeigefinger dagegen klopfte und wie er dann zusammenzuckte, als wäre sie plötzlich lautstark zu neuem Leben erwacht.

Am anderen Ende des Zeltes sah ich Marilyn und Wayne Smith, und hinter ihnen Tony Gahan in Begleitung seiner Tante Ramona. Er sah aus wie der perfekte Privatschul-Streber: graue Flanellhose, weißes Hemd, marineblauer Blazer, Lederkrawatte. Als ob er spürte, daß er beobachtet wurde, wanderte sein Blick zu mir herüber. Sein Gesichtsausdruck war so leer wie der eines Roboters. Wenn er Haß oder alten Kummer zu bewältigen hatte, so sah man es ihm jedenfalls nicht an. Billy Polo und seine Schwester standen vor dem Zelt im Regen und teilten sich einen Schirm. Coral sah schrecklich aus. Scheinbar litt sie immer noch unter der Erkältung, denn sie umklammerte eine Packung Tempos. Sie gehörte ins Bett, mit einem Wollschal um die Brust, der nach Wick Vaporub roch. Billy wirkte unruhig, als er die Menge sorgfältig musterte. Ich folgte seinem Blick, fragte mich, ob er jemand bestimmten suchte.

»Liebe Freunde«, begann der Pfarrer mit sanfter Stimme. »Wir sind hier aus dem traurigen Anlaß von John Daggetts Tod versammelt, um Zeuge zu werden, wie er in die Erde zurückkehrt, aus der er gemacht wurde, um sein Hinscheiden anzuerkennen, um seinen Eintritt in Gottes Reich zu feiern. John Daggett ist von uns gegangen. Er ist nun frei von den Sorgen und Lasten dieses Lebens, frei von Sünde, frei von Schuld . . .«

Irgendwo aus dem Hintergrund brüllte eine Frau: »Ja, Herr!«, und eine zweite Frau schrie in fast demselben Ton: »Scheiiiiße!!« Der Pfarrer, der nicht so besonders gut hörte, nahm beide als spirituelle Ausrufezeichen, biblischen Jubel, der ihn anspornen sollte. Er hob die Stimme und schloß die Augen, und begann, Ermahnungen gegen Sünde, Schmutz, Fleischeslust und Korruption zu zitieren.

»John Daggett war das größte Arschloch, das je gelebt hat, um das klarzustellen!« erklang erneut die höhnische Stimme. Köpfe wirbelten herum. Lovella war in einer der letzten Reihen aufgestanden. Die Leute drehten sich um, starrten sie an, und ihre Gesichter waren starr vor Erstaunen.

Sie war betrunken. Sie hatte diese kleinen roten Augen, die verraten, daß zusätzlich zum Schnaps noch Marihuana im Spiel ist. Ihr linkes Auge war noch immer leicht geschwollen, aber die dunkle Verfärbung war zu einem hellen Gelb auf der Seite verblaßt, und sie sah mehr aus, als litte sie an einer Allergie und nicht an dem Schlag, den ein inzwischen toter Mann ihr versetzt hatte. Ihr Haar war derselbe blonde Busch, den ich in Erinnerung hatte, ihr Mund ein dunkelroter Strich. Sie hatte heftig geweint, und die Wimperntusche war wie Ruß unter ihren Unterlidern verschmiert. Ihre Haut war fleckig, ihre Nase war rot und lief. Sie hatte zu diesem Anlaß ein schwarzes Cocktailkleid mit tiefem Ausschnitt gewählt. Ihre Brüste wirkten fast durchscheinend und quollen heraus wie als Scherz aufgeblasene Kondome. Ich wußte nicht, ob sie aus Wut oder Kummer weinte, und es ließ sich schwer sagen, ob die Menge bereit war, sich mit ihr abzugeben.

Ich war schon auf dem Weg nach hinten. Aus dem Augenwinkel sah ich, wie Billy Polo auf der anderen Seite des Zelts zu ihr lief. Der Pfarrer war inzwischen dahintergekommen, daß sie nicht zu seinen Schäfchen gehörte, und er warf Mr. Sharonson einen verblüfften Blick zu, der seinerseits den Ordnern ein Zeichen machte, die Sache in die Hand zu nehmen. Wir erreichten sie alle fast gleichzeitig. Billy packte sie von hinten, hielt ihr die Arme auf den Rücken. Lovella schüttelte ihn ab, trat um sich wie ein Maultier und brüllte dabei: »Scheißkerle! Ihr verdammten Heuchler!« Ein Ordner packte sie am Haar, der andere ergriff ihre Füße. Sie kreischte und wehrte sich, als sie sie zur Straße trugen. Ich folgte, warf einen kurzen Blick zurück. Barbara Daggett war von Trauergästen verdeckt, die aufgestanden waren, um besser sehen zu können, aber ich konnte erkennen, daß Marilyn Smith jede Sekunde von Lovellas Auftritt genoß.

Als ich Lovella erreichte, lag sie auf dem Vordersitz von Billy Polos Chevrolet und bedeckte ihr Gesicht mit beiden Händen, während sie weinte. Die Türen zu beiden Seiten des Wagens standen offen, und Billy kniete neben ihrem Kopf und versuchte, sie zu beruhigen, strich ihr besänftigend über das regennasse Haar. Die beiden Ordner wechselten einen Blick, scheinbar zufrieden, daß sie jetzt unter Kontrolle war. Billy war wütend über ihre Einmischung.

»Ich hab sie, Mann. Verschwindet jetzt. Ihr geht's gut.«

Coral kam um den Wagen herum und stand dann hinter ihm, den Schirm in der Hand. Sie schien verlegen wegen Billys Verhalten und Lovellas Exzeß. Die drei bildeten eine sonderbare Einheit, und ich hatte das deutliche Gefühl, daß die Verbindung zwischen ihnen frischer war, als Billy mich glauben machen wollte.

Die Rede am Grab kam langsam zu ihrem Ende. Aus dem Zelt drangen die dünnen Stimmen der Trauergäste, als sie in eine Hymne einfielen. Lovellas Schluchzen hatte an Intensität zugenommen wie das eines Kindes – einfach und kunstlos, ohne Verlegenheit. Trauerte sie wirklich um Daggett, oder ging hier etwas anderes vor?

»Was ist das für eine Geschichte, Billy?«

»Da gibt es keine Geschichte«, murrte er.

»Hier geht doch was vor. Woher wußte sie von seinem Tod? Von dir?«

Billy legte sein Gesicht gegen ihr Haar, ignorierte mich.

Coral schaute von ihm zu mir. »Er weiß nichts.«

»Coral, möchten Sie darüber reden?«

Billy warf ihr einen warnenden Blick zu, und sie schüttelte den Kopf.

Gemurmel und Bewegung im Zelt. Die Menge löste sich auf, und die Leute kamen auf uns zu.

»Paß auf deinen Kopf auf, ich mach die Autotür zu«, sagte Billy zu Lovella. Er schloß die Tür auf der Fahrerseite und ging vor dem Auto herum, um die Beifahrertür zu schließen. Mit der Hand auf dem Griff blieb er stehen, wartete, daß sie die Knie anzog und ihm damit Platz machte. Nebenbei beobachtete er die Trauernden, die sich noch immer unter dem Zeltdach drängten. Als sich die Menge bewegte, sah ich, wie sein Auge zuckte. »Wer ist das?«

Er schaute zu einer kleinen Gruppe hinüber, die aus Ramona Westfall, Tony und den Smiths bestand. Die drei Erwachsenen unterhielten sich miteinander, während Tony, die Hände in den Taschen, mit dem Schuh über einen der Klappstühle fuhr, um den Schlamm von der Sohle zu kratzen. Barbara Daggett stand genau hinter ihm, in ein Gespräch mit jemand anderem vertieft. Ich nannte die Namen der einzelnen. Ich dachte, Wayne wäre derjenige gewesen, der seine Aufmerksamkeit fesselte, aber ich war mir nicht sicher. Es hätte auch Marilyn sein können.

»Warum sind die Westfalls hier?«

»Vielleicht aus demselben Grund wie Sie.«

»Sie wissen, warum ich gekommen bin«, sagte er. Er war erregt, klimperte mit den Autoschlüsseln, und sein Blick wanderte zu den Trauernden zurück.

»Vielleicht erzählen Sie es mir mal.«

Sein Grinsen besagte: Rechnen Sie nicht damit. Er machte Coral ein Zeichen, und sie kletterte auf den Rücksitz. Er stieg ebenfalls ein, ließ den Wagen an und fuhr davon, ohne noch einen Blick zurückzuwerfen.

18

Nach der Beerdigung lud mich Barbara Daggett ins Haus ihrer Mutter ein, aber ich lehnte ab. Eine weitere emotionelle Zirkusvorstellung hätte ich nicht ertragen. Nachdem ich eine gewisse Zeitspanne in der Gesellschaft anderer verbracht hatte, brauchte ich jetzt ohnehin eine Ablenkung. Ich kehrte in mein Büro zurück und saß dort mit ausgeschalteter Lampe. Es war erst vier Uhr, aber dunkle Wolken sammelten sich erneut zum Angriff. Ich schlüpfte aus den Schuhen und legte die Füße hoch, wickelte mich wärmesuchend fester in meine Jacke. John Daggett war jetzt unter der Erde, und das Leben ging weiter. Ich fragte mich, was passieren würde, wenn man es dabei bewenden ließe. Ich glaubte nicht, daß Barbara Daggett sich einen Deut darum scherte, ob der Gerechtigkeit Genüge getan wurde, worin auch immer die bestand. Ich hatte nicht viel herausgefunden. Ich dachte, ich wäre auf der richtigen Spur, aber ich war mir nicht sicher, ob ich wirklich eine Antwort auf die Frage finden wollte, die Daggetts Tod aufgeworfen hatte. Vielleicht war es besser, das Ganze zu vergessen, es unter die Erde zu schaufeln, mit Würmern und allem. Die Cops hielten es sowieso nicht für Mord, und ich wußte, daß ich es Barbara Daggett ausreden könnte, den Punkt zu verfolgen. Was gab es schließlich zu gewinnen? Es war nicht meine Aufgabe, Daggetts Tod zu rächen. Warum also fühlte ich mich so unwohl dabei? Es war das einzige Mal, soweit ich mich erinnern konnte, daß ich eine Sache fallenlassen wollte. Für gewöhnlich bin ich hartnäckig, aber diesmal wollte ich aussteigen. Ich glaube, ich hätte es mir einreden können, wenn weiter nichts passiert wäre. Aber zufällig klingelte zehn Minuten später mein Telefon und zwang mich zu neuem Handeln. Ich nahm die Füße vom Schreibtisch – reine Formsache – und nahm nach dem ersten Klingeln ab. »Millhone.«

Eine jung klingende Männerstimme fragte zögernd: »Ist dort das Büro oder der Telefondienst?«

»Das Büro.«

»Sind Sie Kinsey Millhone?«

»Ja. Kann ich Ihnen helfen?«

»Ja, äh, mein Boß hat mir diese Nummer gegeben. Mr. Donagle im Spindrift Motel. Er sagte, Sie hätten ein paar Fragen wegen Freitag abend. Ich glaube, ich habe den Knaben, nach dem Sie gefragt haben, gesehen.«

Ich langte nach einem gelben Notizblock und einem Bleistift. »Prima. Ich bin Ihnen dankbar, daß Sie mich angerufen haben. Könnten Sie mir bitte zuerst Ihren Namen nennen?«

»Paul Fisk«, antwortete er. »Ich habe in der Zeitung gelesen, daß da jemand ertrunken ist, und es kommt mir wie ein merkwürdiger Zufall vor, aber ich wußte nicht, ob ich etwas sagen soll oder nicht.«

»Sie haben ihn Freitag abend gesehen?«

»Ja, ich glaube wenigstens, daß er es war. Es war gegen Viertel nach eins, so ungefähr. Ich bin Nachtportier, und manchmal gehe ich raus, wegen der frischen Luft, bloß, um wach zu bleiben.« Er brach ab und ich konnte hören, wie er einen anderen Gang einlegte. »Das ist doch vertraulich, oder?«

»Klar. Bleibt ganz unter uns. Warum? Haben Sie Besuch von Ihrer Freundin bekommen oder so?«

Sein Lachen klang nervös. »Nee, aber manchmal rauche ich ein bißchen Gras, das ist alles. Um zwei Uhr wird es da ziemlich langweilig, und so komme ich ganz gut durch. Bin dann high und schaue mir alte Schwarzweißfilme an in dem kleinen Fernseher, den ich habe. Ich hoffe, Sie haben da nichts dagegen.«

»Mensch, das ist doch Ihre Sache, nicht meine. Wie lange arbeiten Sie schon im Spindrift?«

»Erst seit März. Kein toller Job, aber ich will auch nicht gefeuert werden. Ich versuche, meine Schulden abzuzahlen, und da brauch ich das Geld.«

»Kapiert. Nun erzählen Sie von Freitag nacht.«

»Also gut. Ich war auf der Veranda, und dieser Betrunkene kam vorbei. Hat ziemlich stark geregnet, deshalb hab ich ihn nicht sehr gut gesehen, aber als ich dann die Nachrichten sah, Alter und so, kam ziemlich genau hin.«

»Haben Sie zufällig sein Bild gesehen?«

»Nur flüchtig im Fernsehen, aber ich hab nicht darauf geachtet, ich kann also nicht sicher sagen, daß er es war. Ich hätte wohl die Bullen rufen müssen, aber ich hatte ja nicht viel zu berichten, und ich hatte Angst, daß das mit ... dem anderen Zeug dabei rauskommen würde.«

»Was hat er getan, der Betrunkene?«

»Nicht viel. Es waren er und dieses Mädchen. Sie hielt ihn am Arm. Sie wissen schon, stützte ihn. Sie lachten wie verrückt, wackelten über den ganzen Platz, weil er so besoffen war. Vom Alkohol werden sie so, verstehen Sie. Schlechtes Zeug. Nicht wie Gras«, erklärte er.

Ich überhörte das Angebot. »Was ist mit der Frau? Haben Sie die genauer gesehen?«

»Nicht direkt. Nicht gut genug für eine Beschreibung.«

»Wie steht es mit ihrem Haar, der Kleidung, solchen Dingen eben?«

»Mir ist was aufgefallen. Sie hatte diese wirklich hohen

Absätze, bleistiftdünn, und einen Regenmantel, einen Rock, und warten Sie . . . ein Hemd mit diesem Sweatshirt drüber. So, wie es – wie nennt man die – die Popper tragen. In derselben Farbe wie der Rock, grün.«

»Das alles haben Sie im Dunkeln gesehen?«

»So dunkel ist es da nicht. Direkt vor dem Haus gibt es eine Lampe. Die beiden fielen auf die Straße, so haben sie gelacht. Sie stand zuerst auf und hat nach unten geschaut, ob ihre Strümpfe zerrissen wären. Er lag einfach bloß da, in einer Pfütze, lag so auf dem Rücken, bis sie ihm hochgeholfen hat.«

»Haben sie Sie gesehen?«

»Ich glaube nicht. Ich stand im Schatten von diesem Vorsprung, wollte nicht naß werden. Ich hab nicht gesehen, daß sie überhaupt in meine Richtung geschaut hätten.«

»Was ist nach dem Sturz passiert?«

»Sie sind einfach weitergegangen, zum Jachthafen.«

»Haben Sie gehört, daß sie etwas gesagt haben?«

»Nicht direkt. Es hörte sich an, als würde sie ihn aufziehen, weil er hingefallen war, aber davon abgesehen nichts Besonderes.«

»Wäre es möglich, daß sie einen Wagen gehabt haben?«

»Ich glaube nicht. Auf jeden Fall habe ich keinen gesehen.«

»Wenn sie nun auf dem städtischen Parkplatz auf der anderen Straßenseite geparkt haben?«

»Das wäre wohl möglich gewesen, aber ich wüßte nicht, warum sie in solchem Wetter zum Jachthafen spazieren sollten. Wenn sie 'nen Wagen gehabt hätten, wäre es doch wohl leichter gewesen, dorthin zu fahren und dann einen Parkplatz zu suchen.«

»Außer er war zu betrunken. Dann hätte er seinen Führerschein verloren.«

»Sie hätte ja fahren können. Sie war fast nüchtern.«

»Ein Punkt für Sie. Wie steht es mit öffentlichen Verkehrsmitteln? Könnten sie per Taxi oder Bus gekommen sein?«

»Ich schätze schon, aber so spät fahren keine Busse mehr. Ein Taxi vielleicht. Das würde Sinn machen.«

Ich notierte die Informationen, die er mir gab. »Das ist ja toll. Geben Sie mir Ihre Privatnummer für den Fall, daß ich Sie erreichen muß?«

Er gab mir die Nummer und sagte dann: »Normalerweise arbeite ich von elf bis sieben an Werktagen.«

Ich notierte auch das. »Glauben Sie, Sie würden das Mädchen wiedererkennen?«

»Ich weiß nicht. Wahrscheinlich. Wissen Sie, wer sie ist?«

»Noch nicht. Ich arbeite daran.«

»Da wünsche ich Ihnen Glück. Glauben Sie, daß Ihnen das weiterhilft?«

»Ich hoffe es. Danke für Ihren Anruf. Ich habe mich wirklich gefreut.«

»Gern geschehen, und wenn Sie sie finden, lassen Sie es mich wissen. Vielleicht könnten Sie es wie die Polizei machen, mit einer Gegenüberstellung oder so.«

»Bestens, und nochmals danke.«

Er legte auf, und ich machte mir noch ein paar Notizen, fügte diese Information allem hinzu, was ich bereits hatte. Dinah hatte Daggett und das Mädchen um Viertel nach zwei gesehen, und Paul Fisks Aussage brachte sie dreißig Minuten zuvor auf die Cabana. Ich fragte mich, wo sie vorher gewesen sein mochten. Wenn sie im Taxi gekommen waren, hatte sie dann für den Heimweg auch eines genommen? Ich begriff das noch nicht. Die meisten Killer nehmen nicht gerade ein Taxi zum Schauplatz ihres Verbrechens. Das ist nicht die feine, kriminelle Art.

Ich zog das Telefonbuch hervor und schlug die Gelben Seiten auf, um Taxiunternehmen herauszusuchen. Glücklicherweise ist Santa Teresa eine kleine Stadt, und es gibt nicht sehr viele. Abgesehen von ein paar Flughafen-Diensten waren nur sechs aufgeführt. Ich wählte eines nach dem anderen an, erklärte geduldig, wer ich war, und erkundigte mich nach einer Fahrt um zwei Uhr in der Nacht von Freitag auf Samstag, wo jemand am Cabana Boulevard ausgestiegen war. Ich fragte außerdem, ob jemand zwischen drei und sechs Uhr in jener Nacht irgend jemanden in dieser Gegend aufgenommen hatte. Der Assistent im Leichenschauhaus hatte erzählt, Daggetts Uhr wäre um 2 Uhr 37 stehengeblieben, aber das hätte jeder bewerkstelligen können, indem er die Uhr zerbrach und sie dann an seiner Hand befestigte, ehe er über Bord ging. Wenn sie das Boot verlassen hatte und an Land geschwommen oder zur Werft gerudert war, um es dort zu verlassen, dann hätte sie doch immer noch etwas Zeit benötigt, um sich für eine Taxifahrt nach Hause zurechtzumachen.

Natürlich waren die Aufzeichnungen aller Fahrten der Vorwoche bereits abgelegt worden, und es gab tiefe Seufzer und lautes Murren überall, als es hieß, sie müßten nochmals durchgesehen werden.

Ron Coachella, der Fahrdienstleiter von Tip Top, war die einzige freundliche Seele von allen, in erster Linie wohl, weil er schon einmal – mit gutem Erfolg – seine Unterlagen durchgesucht hatte. Ich konnte niemanden überreden, die Akten sofort zu überprüfen, also hinterließ ich meinen

Namen und meine Nummer und versprach, noch einmal anzurufen. »Halleluja«, meinte einer.

Während ich telefonierte, hatte ich auf dem Block herumgekritzelt. Jetzt stellte ich fest, daß mein Bleistift einen Kreis um die Notiz von dem grünen Rock gemalt hatte. Hatte dieser alte Penner nicht ein Paar Schuhe und einen grünen Rock aus dem Abfalleimer am Strand gezogen? Ich erinnerte mich, wie er alte Kleider in eine der Plastiktüten gestopft hatte, die er in seinem Einkaufswagen hatte. Waren es ihre Sachen gewesen? Aber sie war bestimmt nicht nackt heimgefahren. Sie hatte den Regenmantel, schön, aber ich fragte mich, ob sie vielleicht irgendwo andere Kleidung versteckt hatte. Sie hatte sich gewiß eine Menge Arbeit gemacht, wenn sie Daggett beiseite schaffen wollte. Das sah nicht wie eine impulsive Tat aus, die in der Hitze des Augenblicks begangen worden war. Hatte sie Helfer gehabt? Jemanden, der sie anschließend abgeholt hatte? Wenn die Taxigesellschaften keine Aufzeichnung einer Fahrt finden konnten, dann mußte ich die Möglichkeit eines Komplizen in Erwägung ziehen.

Inzwischen hielt ich es für besser, wenn ich zum Strand hinüberlief und nach meinem alten Trinker-Freund Ausschau hielt. Ich hatte ihn morgens in der Nähe der öffentlichen Toiletten gesehen, als ich gejoggt war. Ich riß das Blatt vom Notizblock, faltete es zusammen und schob es in meine Tasche, als ich nach meiner Handtasche griff. Dann verschloß ich das Büro und eilte die Treppe hinab zu meinem Wagen.

Es war jetzt fast Viertel vor fünf, wurde mit jeder Minute kälter, aber wenigstens war es vorübergehend trocken. Ich fuhr die Cabana entlang, schaute aus dem Autofenster. Es waren nicht viele Leute am Strand. Ein paar unerschütterliche Fußgänger. Ein Junge mit einem Hund. Der Boulevard schien verlassen. Ich machte kehrt, fuhr in die Richtung meiner Wohnung, kam an der Werft zu meiner Linken vorbei, an der Motelreihe auf der anderen Straßenseite. Gleich hinter dem Bootsslip und dem Kinderpool mußte ich bei einer Ampel halten, überflog den Park an der gegenüberliegenden Ecke. Ich konnte die Orchestermuschel sehen, wo Penner manchmal Schutz suchten, aber ich sah niemanden dort hocken. Wo waren die nur alle?

Ich fuhr im Kreis, diesmal an der Haltestelle vorbei. Mir fiel ein, daß dies wahrscheinlich die Zeit war, in der die Penner zu Abend aßen. Ich fuhr noch anderthalb Block weiter, und siehe da, da waren sie – ungefähr fünfzig nach schneller Schätzung, aufgereiht vor der Inneren Mission. Der Mann, nach dem ich suchte, stand zusammen mit seinem Freund ziemlich am Ende der Schlange. Von ihren Einkaufswagen war nichts zu sehen. Ich verlangsamte das Tempo und suchte nach einem Platz zum Parken.

Die Gegend besteht aus Leichtindustrie, Fabriken und Hütten, in denen Karosseriereparaturen vorgenommen werden. Ich fand einen Parkplatz vor einem Laden, in dem Surfbretter auf Bestellung hergestellt wurden. Ich parkte und beobachtete im Rückspiegel, wie die Gruppe vor der Mission ins Haus schlurfte. Dann versperrte ich den Wagen und überquerte die Straße.

Die Mission sieht aus, als wäre sie aus Pappmaché hergestellt, ein zweistöckiges Rechteck aus unecht wirkenden Feldsteinen, mit Efeu am einen Ende. Das Dach ist mit Zinnen verziert wie eine Burg, der »Burggraben« ein breites Band aus Asphalt. Die feuerpolizeilichen Vorschriften machten es scheinbar notwendig, zusätzliche Feuerleitern anzubringen, die sich jetzt auf allen Seiten am Gebäude herabziehen. Irgendwie scheinen sie gefährlicher als die Möglichkeit eines Feuers. Der Besitz gilt als Grundstück erster Güte, und ich fragte mich, wer die Armen wohl unterbringen würde, wenn man das Haus verkaufen würde. Das Klima in diesem Teil Kaliforniens ist zwar meistens so mild, daß sie draußen schlafen können, was sie ohnehin vorzuziehen scheinen. Aber es gibt saisonbedingte Regenwochen – und manchmal sogar jemanden mit einem Schlachtermesser, der es darauf abgesehen hat, ihnen die Kehle durchzuschneiden. Die Mission bietet eine sichere Schlafstelle für die Nacht, drei heiße Mahlzeiten am Tag und einen Platz, an dem man in Ruhe seine Zigaretten drehen kann.

Essensdünste stiegen mir in die Nase, als ich näher kam – Hamburger mit Chili. Wie üblich konnte ich mich nicht erinnern, zu Mittag gegessen zu haben, und jetzt war es schon fast wieder Zeit zum Abendessen. Das Schild draußen gab Gottesdienste allabendlich um sieben Uhr, warme Duschen montags, mittwochs und samstags bekannt. Ich trat ein. Die Wände waren oben glänzend beige und unten braun gestrichen. Handgeschriebene Schilder wiesen mir die Richtung zum Speisesaal und der Kapelle auf der linken Seite. Ich folgte dem Gemurmel von Stimmen und dem Klappern von Besteck.

Rechts, durch eine Tür, konnte ich den Speisesaal ausmachen – lange metallene Klapptische mit Papierdecken, Stühle mit Männern darauf. Niemand kümmerte sich um mich. Ich konnte Teller sehen, auf denen sich Weißbrot stapelte, Schüsseln mit Apfelmus, zimtgesprenkelt, Eisbergsalat mit Fertigdressing. An den Tischen hatten zwanzig Personen Platz, die sich bereits über ihr Essen beugten, das aus Chili und Makkaroni bestand. Weitere fünfzehn oder zwanzig Männer saßen gehorsam in der »Kapelle« zu meiner Linken, die aus einem Chorpult, einem alten Klavier, orangefarbenen, aus Plastik gegossenen Stühlen und einem imposanten Kreuz an der Wand bestand.

Der Trebegänger, den ich suchte, saß mit seinem Freund in der hinteren Reihe. Slogans überall versicherten mir, daß Jesus sich um uns sorgte, und hier war das sicherlich der Fall. Was mich am meisten beeindruckte, war die Tatsache, daß diese Mission (den Schildern an der Wand nach) aus privaten Mitteln gefördert wurde und nur wenig oder gar keine Verbindung zur Regierung hatte.

»Kann ich Ihnen helfen?«

Der Mann war über sechzig, glattrasiert, untersetzt. Er trug ein kurzärmeliges rotes Baumwollhemd und ausgebeulte Hosen. Er hatte einen normalen Arm und einen, der am Ellbogen endete. Ich wollte mich vorstellen, ihm die Hand schütteln, aber der Stumpf befand sich auf der rechten Seite, und ich hatte nicht die Nerven. So zog ich stattdessen eine Visitenkarte hervor und reichte sie ihm.

»Wäre es wohl möglich, daß ich mit einem der Männer hier spreche?«

Er legte die fleischige Stirn in Falten. »Worum geht es?«

»Ich glaube, er hat ein paar Gegenstände aus einem Abfallkorb am Strand an sich genommen, die ich suche. Ich möchte wissen, ob er sie noch immer in seinem Karren hat. Es dauert nur eine Minute.«

»Sehen Sie ihn hier?«

Ich deutete auf den Mann, der mich interessierte.

»Sie werden mit beiden reden müssen«, sagte der Mann. »Delphi ist der Knabe, der Sie interessiert, aber er spricht nicht. Sein Kumpel übernimmt das. Er heißt Clare. Ich bringe sie her, wenn Sie da draußen im Korridor warten.

Sie haben ihre Einkaufswagen hinten im Hof. Ich wäre vorsichtig, was die Karren betrifft. Wenn's um ihre Karren geht, haben sie manchmal mächtigen Besitzerstolz.«

Ich dankte ihm und ging zurück, stand dann im Eingang, bis Delphi und Clare auftauchten. Delphi hatte ein paar seiner Mäntel abgelegt, aber er trug noch immer die dunkle Kappe, und seine Haut wies denselben rötlichen Ton auf. Sein Freund Clare war groß und schlank, mit einer auffallend roten Zunge, die durch die Lücke seiner fehlenden Schneidezähne nach draußen kroch. Sein Haar war silbrigweiß, ziemlich spärlich, seine Arme lang und dünn, die Hände riesig. Delphi mied jeglichen Blickkontakt, aber Clare erwies sich als ein Mann mit Charme, der vielleicht noch aus den Tagen übriggeblieben war, als er noch nicht getrunken hatte.

Ich erklärte, wer ich war und was ich suchte. Ich sah, wie Delphi Clare mit diesem Ausdruck von Unterwürfigkeit anschaute, wie ein Hund, der daran gewöhnt ist, geschlagen zu werden. Clare war vielleicht das einzige menschliche Wesen auf der Welt, das ihn nicht erschreckte oder mißhandelte, und Clare mußte offensichtlich Situationen dieser Art für ihn bewältigen.

»Tja. Ich kenne die Sachen. Hohe Schuhe, schwarzes Wildleder. Grüner Wollrock. Delphi hier hat sich gefreut. Sonst findet man in dem Korb immer nur schäbigstes Zeug. Aluminiumdosen sind so ungefähr das Beste, auf was man da hoffen kann. Aber er hat wohl mal Glück gehabt, schätze ich.«

»Besitzt er die Dinge noch?«

Die Zunge kroch heraus, als verfügte sie über ein eigenes Leben, so rot, daß es aussah, als hätte Clare Himbeerbonbons gelutscht. »Ich kann fragen«, meinte er.

»Würden Sie das bitte tun?«

Clare wandte sich an Delphi. »Was meinst du, Delph? Sollen wir diesem kleinen Mädchen geben, was es sich wünscht? Es liegt an dir.«

Delphi gab kein Zeichen dafür, daß er etwas gehört, aufgenommen oder ihm zugestimmt hatte. Clare wartete geraume Zeit.

»Also, das ist hart«, wandte sich Clare an mich. »Es war sein bester Tag, und er sagt, der grüne Rock würde ihm gefallen.«

»Ich könnte ihn entschädigen«, versuchte ich es. Ich wollte diese Knaben nicht beleidigen.

Die rote Zunge kam heraus wie ein schüchternes Tier, das aus seiner Höhle späht. Delphis Gehör schien besser zu werden. Er bewegte sich ein wenig. Ich überließ es Clare, diese Bewegung in Dollar und Cent zu übersetzen.

»Ein Zwanziger könnte es decken«, meinte Clare schließlich.

Ich hatte nur zwanzig Dollar bei mir, aber ich holte sie aus dem Reißverschlußfach in meiner schwarzen Handtasche. Ich bot Delphi den Schein an. Clare mischte sich ein. »Behalten Sie den, bis wir unser Geschäft getätigt haben. Lassen Sie uns nach draußen gehen.«

Ich folgte ihnen durch einen kurzen Flur zu einem Hinterausgang, der auf einen kleinen Innenhof führte, den an drei Seiten ein Zaun umgab. Irgend jemand hatte das Gelände »gestaltet«, indem er immergrüne Pflanzen in Kaffeedosen oder Großhandelscontainer gepflanzt hatte, die einst grüne Bohnen und Apfelmus enthalten hatten. Delphi stand daneben und sah ängstlich zu, während Clare einen der Einkaufswagen durchwühlte. Er schien genau zu wissen, wo sich die Schuhe und der Rock befanden, und zog sie innerhalb kürzester Zeit heraus. Er reichte sie mir, und ich händigte ihm die zwanzig Dollar aus. Irgendwie kam es mir vor wie ein illegaler Drogenhandel, und ich hatte Visionen davon, wie sie einen Krug Mad Dog 20-20 kauften, sobald ich gegangen war. Clare hielt den Schein hoch, damit Delphi ihn inspizieren konnte. Dann warf er mir einen Blick zu

»Machen Sie sich keine Sorgen. Wir legen den auf den Sammelteller«, sagte Clare. »Delphi und ich haben das Trinken aufgegeben.« Ich hatte das Gefühl, Clare schien darüber glücklicher zu sein als Delphi.

19

Mein Abendessen bestand an diesem Tag aus Käse und Crackern mit einem Streifen Chili-Schote, um meinen Mund wachzuhalten. Ich hatte das Allzweck-Kleid gegen T-Shirt, Jeans und Slipper eingetauscht. Ich saß beim Essen an meinem Schreibtisch, mit einer Diätpepsi auf Eis. Ich musterte Rock und Schuhe. Ich probierte den rechten Schuh an. Zu groß für mich. Der Absatz war abgeschabt, die Spitze so schmal, daß man Blasen bekam. Der Name des Herstellers auf der Innensohle war von Schweiß verwaschen. Ein Paar Einlagen gegen den Geruch wären hier nicht fehl am Platz gewesen. Der Rock verriet ein bißchen mehr, Größe 8, eine Marke, die ich im Dorfladen gesehen hatte. Sogar der Saum war noch in Ordnung, aber alles war auf eine Art und Weise kraus, die erkennen ließ, daß er kürzlich durchnäßt worden war. Ich berührte das Material kurz mit meiner Zunge. Salz. Ich prüfte die eingenähten Taschen, die leer waren. Keine Reinigungszeichen. Ich dachte über die Frauen nach, die – wenn auch nur peripher – mit Daggetts Tod zu tun hatten. Der Rock könnte jeder von ihnen passen, außer Barbara Daggett vielleicht, die grobknochig und nicht der Typ für College-Klamotten war, vor allem in Grün. Ramona Westfall war eine gute Kandidatin. Marilyn Smith vielleicht. Lovella Daggett oder Billys Schwester Coral könnten wahrscheinlich beide Größe 8 tragen, aber der Stil schien falsch – außer, die Aufmachung stammte aus einer Kleiderspende der Heilsarmee. Vielleicht sollte ich am Morgen ein paar Geschäfte aufsuchen und fragen, ob sich noch irgend jemand an den Rock erinnerte. Riesenchance, dachte ich. Ein besserer Plan wäre wohl, ihn zusammen mit den Schuhen allen fünf Frauen zu zeigen und zu sehen, ob eine von ihnen gestand, ihn besessen zu haben. Unter diesen Umständen war das höchst unwahrscheinlich. Zu dumm, daß ich nicht einbrechen und ein bißchen suchen konnte. Das passende grüne Sweatshirt würde vielleicht irgendwo in einer Schublade zum Vorschein kommen.

Ich tappte in die Küche und spülte meinen Teller ab. Allein zu essen ist einer der wenigen Nachteile des Single-Lebens. Ich habe diese Artikel gelesen, in denen es heißt, man sollte das Essen für sich selbst ebenso sorgfältig zubereiten wie für Gäste. Deshalb gab es bei mir Käse und Cracker. Ich koche nicht. Meine Vorstellung von einer eleganten Tafel ist, daß dort das Messer nicht aus dem Mayonnaisetopf ragt. Da ich meist beim Essen arbeite, hat Kerzenlicht keinen Sinn. Wenn ich nicht arbeite, lehne ich das *Time*-Magazin an einen Stapel Akten und lese es von vorne bis hinten, wobei ich mit dem Teil über Bücher und Filme anfange, das Interesse verliere, wenn ich zum Wirtschafts- und Busineß-Teil komme.

Um zwei Minuten nach neun klingelte mein Telefon. Es war der Fahrdienstleiter von Tip Top Cab Company, der sich als Chuck vorstellte. Im Hintergrund konnte ich den Sprechfunk quäken hören.

»Ich hab hier die Nachricht von Ron, daß ich Sie anrufen soll«, sagte er. »Er hat die Aufzeichnungen vom letzten Freitag herausgesucht und gesagt, ich sollte Ihnen die Information geben, nach der Sie gefragt haben, aber ich bin mir nicht ganz sicher, was Sie wollten.«

Ich erklärte es ihm und wartete kurz, während er das Blatt überflog. »Ah ja. Ich schätze, das hier ist es. Er hat es eingekreist. War meine Fuhre. Wahrscheinlich hat er mich deshalb gebeten, selbst anzurufen. Freitag nacht, ein Uhr dreiundzwanzig ... na ja, das könnte man auch früh am Samstag nennen. Ich hab ein Paar an der Ecke State und Cabana abgesetzt. Mann und Frau. Ich dachte mir, sie hätten ein Zimmer in einem der Motels da unten.«

»Ich habe gehört, der Mann wäre betrunken gewesen.«

»O ja, sehr. Sah aus, als hätte sie auch was getrunken, aber nicht so wie er. Der war fertig. Ich meine, der Kerl stank zum Himmel. Und ich vertrage ziemlich viel, was das angeht.«

»Und sie? Können Sie mir etwas über sie erzählen?«

»Da kann ich Ihnen überhaupt nicht helfen. Es war spät und dunkel und hat in Strömen gegossen. Ich hab sie einfach nur dahin gebracht, wo sie hinwollten.«

»Haben Sie mit ihnen gesprochen?«

»Nee. Ich gehör nicht zu den Taxifahrern, die ihre Kunden in Gespräche verwickeln. Die meisten Leute interessiert das sowieso nicht, und ich hab's satt, mich immer zu wiederholen. Politik, Wetter, Baseball. Ist doch alles Quatsch. Sie wollen nicht mit mir reden, und ich nicht mit ihnen. Ich meine, wenn sie mich was fragen, bin ich höflich, verstehen Sie mich da nicht falsch, aber quatschen, um meinen Hals zu retten, könnt ich nicht.«

»Was ist mit den beiden? Haben die sich unterhalten?«

»Wer weiß? Ich hab sie abgeschaltet.«

Herrje, das war überhaupt keine Hilfe. »Erinnern Sie sich sonst an etwas?«

»Nicht direkt. Ich werde darüber nachdenken, aber es war keine große Sache. Tut mir leid, daß ich Ihnen nicht helfen kann.«

»Nun ja, wenigstens haben Sie einen Verdacht von mir bestätigt, und darüber bin ich froh. Danke für Ihren Anruf.«

»Gern geschehen.«

»Oh, noch etwas. Von wo sind Sie abgefahren?«

»Also, *das* weiß ich noch. Kennen Sie diese Bar in der Milagro? Da hab ich sie aufgelesen. Im Hub.«

Ich starrte das Telefon noch einige Zeit lang an, nachdem er aufgelegt hatte. Ich hatte das Gefühl, einen Film rückwärts abzuspielen. Daggett verließ das Hub Freitag abend in Begleitung einer Blondine. Sie hatten offensichtlich eine Menge getrunken, lachten viel, stolperten zusammen im Regen herum, fielen hin und standen wieder auf. Und nach und nach, Block für Block, steuerte sie ihn zum Jachthafen, trieb ihn zu dem Boot, führte ihn in den Hafen hinaus, zu der letzten kurzen Fahrt seines Lebens. Sie mußte ein Herz aus Stein haben und stärkere Nerven als ich.

Ich machte mir ein paar schnelle Notizen und warf die Karten in die oberste Schublade meines Schreibtisches. Dann schleuderte ich meine Slipper von den Füßen, band meine Tennisschuhe zu und zog ein Sweatshirt über. Ich schnappte mir den Rock und die Schuhe, meine Handtasche, die Autoschlüssel, schloß ab und eilte zu meinem VW hinaus. Ich würde mit Coral anfangen. Vielleicht wußte sie, ob Lovella noch in der Stadt war. Mir fiel jetzt wieder ein, was ich in der Nacht gehört hatte, als ich Billy und Coral in ihrem Wagen belauschte. Sie hatte damals mit Billy über irgendeine Frau gesprochen. Ich konnte mich nicht mehr genau erinnern, was sie gesagt hatte, aber das wußte ich noch. Vielleicht hatte Coral die Frau gesehen, die ich suchte.

Als ich die Wohnwagenstadt erreichte, fand ich den Wagen schwach beleuchtet vor, als wäre jemand rausgegangen und hätte eine Lampe brennen lassen, um Einbrecher abzuschrecken. Billys Chevrolet stand daneben, die Motorhaube fühlte sich kalt an. Ich klopfte an die Tür. Nach einem Moment hörte ich Schritte nach vorne poltern.

»Ja?« Billys gedämpfte Stimme drang durch die Tür.

»Ich bin's, Kinsey. Ist Coral da?«

»Mh-mh. Die arbeitet.«

»Kann ich mit Ihnen sprechen?«

Er zögerte. »Worüber?«

»Freitag nacht. Es wird nicht lange dauern.«

Eine Pause entstand. »Warten Sie 'n Moment. Ich will mir was überziehen.«

Kurz darauf öffnete er die Tür und ließ mich ein. Er hatte ein Paar Jeans angezogen. Abgesehen davon war er barfuß und nackt bis zur Taille. Sein dunkles Haar war zerzaust. Er sah aus, als hätte er in letzter Zeit keinen Sport getrieben, aber seine Arme und Brust waren immer noch gut entwickelt und von einer feinen Matte dunkler Haare überzogen.

Der Wagen war unaufgeräumt – Zeitungen, Zeitschriften, schmutziges Geschirr vom Abendessen für zwei noch auf dem Tisch, auf den Borden Konserven, Cracker-Pakkungen, Tüten mit Mehl und Zucker und Maismehl. Nirgendwo gab es eine freie Oberfläche oder Platz zum Sitzen. Die Luft war dick und roch leicht nach frischem Zigarettenrauch.

»Tut mir leid, daß ich Sie störe«, sagte ich. Er sah aus, als hätte er sich das Hirn herausgevögelt, und ich fragte mich, wer im Schlafzimmer war. »Haben Sie Besuch?«

Er warf einen Blick nach hinten. Seine Grübchen wurden deutlich. »Nein. Warum, sind Sie interessiert?«

Ich lächelte und schüttelte den Kopf, wurde gleichzeitig von einer Fantasie heimgesucht, Billy Polo und ich zwischen Laken, die nach ihm rochen, warm und sinnlich. Seine Haut verströmte einen maskulinen Geruch, der Bilder all der Dinge wachrief, die wir tun könnten, wenn die Schranken fallen würden. Ich bemühte mich um einen neutralen Gesichtsausdruck, aber ich konnte fühlen, wie ich rot anlief. »Ich habe ein paar Fragen und hatte gehofft, Coral könnte mir dabei helfen.«

»Das sagten Sie schon. Versuchen Sie es im Hub. Sie bleibt dort, bis die schließen.«

Ich legte Rock und Schuhe über den Fernseher, der die einzige freie Oberfläche darstellte, die ich finden konnte. »Wissen Sie, ob diese Sachen ihr gehören?«

Er warf einen Blick auf die Gegenstände, zu schlau, um anzubeißen. »Woher haben Sie die?«

»Vom Freund eines Freundes. Ich dachte, Sie wüßten vielleicht, wem die gehört haben.«

»Ich dachte, hier ginge es um Freitag nacht.«

»Geht es auch. Ich habe mit einem Taxifahrer gesprochen, der Daggett Freitag nacht im Hub abgeholt und ihn in der Nähe der Werft abgesetzt hat.«

»Na und?«

»Eine Blondine war bei ihm. Der Fahrer hat sie beide mitgenommen. Ich schätze, sie hat ihn im Hub getroffen, also dachte ich, Coral hätte sie vielleicht gesehen.«

Billy wußte etwas. Ich sah es seinem Gesicht an. Er verarbeitete die Information und versuchte zu entscheiden, was sie bedeuten würde.

Ich wurde ungeduldig. »Verdammt, Billy, sei endlich offen mir gegenüber!«

»Das bin ich ja!«

»Nein, das bist du nicht. Du hast mich angelogen, seit du das erste Mal den Mund aufgemacht hast.«

»Hab ich nicht«, widersprach er hitzig. »Nennen Sie ein Beispiel.«

»Fangen wir mit Doug Polokowski an. Wie waren Sie mit ihm verwandt? Brüder?«

Er blieb stumm. Ich starrte ihn an, wartete.

»Halbbrüder«, gestand er schließlich grollend.

»Weiter.«

Er sprach jetzt leiser, scheinbar verlegen. »Meine Mom und mein Dad haben sich getrennt, aber sie waren immer noch verheiratet, als sie von einem andern schwanger wurde. Ich war damals zehn und haßte das alles. Gerade zu der Zeit fing ich an, in Schwierigkeiten zu geraten, und hab ohnehin die halbe Zeit im Jugendgefängnis verbracht. Das paßte mir bestens in den Kram. Schließlich hat sie mich zu einem der wie-nennt-man-die-wieder erklärt . . .«

»Schwererziehbare Jugendliche?«

»Ja, genau. War mir scheißegal. Sollte sie uns doch fallenlassen. Sollte sie ruhig noch 'nen Haufen mehr Kinder haben. Wenn sie nicht mehr Grips hatte, dann zum Teufel mit ihr.«

»Dann haben Sie und Doug sich also nie sehr nahe gestanden?«

»Kaum. Ich hab ihn hin und wieder gesehen, wenn ich heimkam, aber 'ne richtige Beziehung war das nicht.«

»Was ist mit Ihnen und Ihrer Mutter?«

»Das ist okay. Ich bin drüber weg. Nachdem Doug tot war, ging's besser. Manchmal läuft das so.«

»Aber Sie müssen doch gewußt haben, daß Daggett dafür verantwortlich war.«

»Klar wußte ich das. Mom hat geschrieben und mir erzählt, daß er nach San Luis geschickt werden würde. Zuerst dachte ich, ich würde es ihm heimzahlen. Ihretwegen schon. Aber dann ist es doch ganz anders gekommen. Er war zu pathetisch. Verstehen Sie, was ich meine? Himmel, ich hätte fast Mitleid mit ihm gehabt. Ich verachtete ihn, weil er so ein weinerlicher Kerl war, aber ich konnte ihn nicht in Ruhe lassen. Es war fast, als hätte ich ihn quälen müssen. Es gefiel mir zu sehen, wie er sich wie ein Wurm wand. Das macht mich vielleicht zu einem gemeinen Kerl, aber nicht zu einem Killer. Ich hab in meinem ganzen Leben noch niemanden umgebracht.«

»Und Coral? Was hat sie mit all dem zu tun?«

»He, da fragen Sie wohl besser sie.«

»Könnte sie es gewesen sein, die in der Nacht mit Daggett zusammen war? In meinen Ohren klingt es zwar nach Lovella, aber ich bin mir nicht sicher.«

»Warum fragen Sie mich? Ich war nicht da.«

»Hat Coral etwas erwähnt?«

»Ich will nicht darüber reden«, erklärte er wütend.

»Kommen Sie. Sie haben Donnerstag abend mit Daggett gesprochen. Hat er diese Frau erwähnt?«

»Wir haben nicht über Frauen gesprochen.« Billy fing

an, mit den Fingern der rechten Hand in die Handfläche der linken zu schnappen, was einen sanften, hohlklingenden Plopp erzeugte. Ich kam mir vor wie ein Terrierwelpe, schlich um das Thema herum wie um einen Lederknochen.

»Er muß gewußt haben, wer sie war«, sagte ich. »Sie ist nicht einfach so aufgetaucht. Sie hat ihn fertiggemacht. Sie wußte genau, was sie tat. Es muß sich um einen sorgfältig ausgedachten Plan gehandelt haben.«

Das ploppende Geräusch hörte auf, Billys Stimme veränderte sich erneut. »Vielleicht hatte sie mit den Kerlen zu tun, die ihr Geld zurückhaben wollten«, meinte er.

Ich betrachtete ihn interessiert. Das war mir tatsächlich nicht in den Sinn gekommen, aber es klang nicht schlecht. »Haben Sie denen einen Tip gegeben?«

»Hör mal, Babe, ich bin kein Killer. Und auch kein Verräter. Wenn Daggett mit jemandem Streit hatte, dann war das seine Sache, verstehen Sie?«

»Dann weiß ich wirklich nicht, warum Sie mir was verschweigen.«

Er seufzte und fuhr sich mit der Hand durchs Haar. »Hören Sie auf, okay? Ich weiß sonst nichts, also lassen Sie mich in Ruhe.«

»Komm schon, Billy. Was gibt es sonst noch?« fuhr ich ihn an.

»Ach, Scheiße. Es war nicht Donnerstag«, platzte er heraus. »Ich hab Daggett Dienstag getroffen, und da hat er mich auch gebeten, ihm zu helfen.«

»Sich vor den Jungs aus San Luis zu verstecken«, sagte ich, um sicherzugehen, daß ich ihn begriff.

»Ja. Ich meine, sie haben ihn Montag morgen angerufen, und deshalb ist er hier aufgetaucht. Wir haben uns Montag spät am Telefon unterhalten. Er war betrunken. Ich hatte keine Lust, noch mal rauszugehen. Ich war gerade heimgekommen und war müde. Deshalb hab ich ihm gesagt, ich würde ihn am nächsten Abend treffen.«

»Im Hub?«

»Genau.«

»Und das haben Sie dann getan«, drängte ich.

»Klar. Wir haben uns getroffen und miteinander geredet. Er war schon in Panik, und da hab ich das Feuer noch 'n bißchen geschürt, hab ihn einfach angestachelt. Da ist doch nichts dabei.«

»Warum haben Sie mich belogen? Warum haben Sie mir das nicht gleich erzählt?« Ich trieb ihn in die Enge, aber ich hielt es für an der Zeit, beharrlich zu sein.

»Irgendwie schien es nicht richtig. Ich wollte nicht, daß mein Name damit in Zusammenhang gebracht wurde. Donnerstag abend klang besser. Als hätte ich es nicht so eilig gehabt, ihn zu treffen. Besser kann ich das nicht erklären.«

Es war gerade lahm genug, um in meinen Augen einen Sinn zu ergeben. »Also gut. Ich nehm Ihnen das erst mal ab. Was weiter?«

»Das ist alles. Danach hab ich ihn nicht mehr gesehen. Er kam Freitag abend noch mal herein, Coral hat ihn entdeckt und rief mich an, aber als ich dort ankam, war er bereits fort.«

»Mit der Frau?«

»Richtig.«

»Dann hat Coral die also gesehen.«

»Klar, aber sie wußte nicht, wer das war. Sie dachte, eine Kleine hätte sich an ihn rangemacht, 'ne Nutte oder so. Die Kleine hat ihm all seine Drinks gekauft, und Daggett hat die aufgeschleckt. Coral machte sich Sorgen. Nicht, daß es einem von uns wirklich wichtig gewesen wäre, aber Sie wissen ja, wie das so ist. Man will einfach nicht zusehen, wie ein Knabe reingelegt wird, selbst wenn man ihn nicht besonders mag.«

»Vor allem, wenn man gehört hat, daß er dreißigtausend Dollar hat, was?«

»Es waren nicht dreißig. Das haben Sie selbst gesagt. Es waren fünfundzwanzig.« Jetzt, da er zu reden angefangen hatte, wurde Billy offensichtlich knauserig. »Überhaupt, warum bohren Sie weiter und weiter? Ich habe Ihnen alles gesagt, was ich weiß.«

»Was ist mit Coral? Wenn Sie gelogen haben, tut sie das vielleicht auch.«

»Das würde sie nie tun.«

»Was hat sie gesagt, als Sie dorthin kamen?«

Der Ausdruck auf Billys Gesicht veränderte sich leicht, und ich hatte das Gefühl, auf etwas gestoßen zu sein. Ich wußte nur nicht, was. Mein Verstand machte einen Satz vorwärts. »Ist Coral ihnen *gefolgt*?« wollte ich wissen.

»Natürlich nicht.«

»Was hat sie dann gesagt?«

»Coral fühlte sich nicht so gut.«

»Also, was hat sie getan? Heimgegangen?«

»Nicht direkt. Da war diese Grippe im Anzug, und sie hat gefroren. Und als es immer schlimmer wurde, ist sie nach hinten gegangen, ins Büro, und hat sich auf die Couch gelegt. Der Barkeeper dachte, sie wäre gegangen. Ich komm also an und bin wütend, weil ich sie nicht finde, und Daggett auch nicht. Ich weiß nicht, was los ist. Häng 'ne Weile da rum und komm dann hierher zurück, weil ich denke, sie ist hier. Bloß – das ist sie nicht. Es war einfach alles Scheiße, ein Riesendurcheinander, mehr nicht. Sie war die ganze Zeit im Hub.«

»Wann ist sie heimgekommen?«

»Weiß nicht. Spät. Gegen drei. Sie mußte warten, bis der Besitzer den Kassenabschluß gemacht hatte, und dann hat er sie nur ein kleines Stück mitgenommen, und sie mußte im Regen noch sechs Blocks laufen. Seitdem ist sie so krank.«

Ich starrte ihn an, während sich die Räder drehten und drehten. Ich stellte sie mir mit Daggett an der Werft vor, und es paßte hervorragend.

»Warum sehen Sie mich so an?« fragte er

»Sagen wir, ich denke mal laut. Es könnte Coral gewesen sein, nicht wahr? Die Blondine, die das Hub mit ihm verlassen hat? Das hat Sie die ganze Zeit über so beunruhigt.«

»Neenee. So läuft das nicht.« Sein Blick ruhte fasziniert auf mir. Ihm gefiel die Richtung nicht, die ich da einschlug, aber wahrscheinlich hatte er selbst schon darüber nachgedacht.

»Sie haben nur ihr Wort für die Tatsache, daß es diese andere Frau überhaupt gibt.«

»Der Taxifahrer hat sie gesehen.«

»Aber das könnte Coral gewesen sein. Sie könnte es gewesen sein, die Daggett all die Drinks gekauft hat. Er wußte, wer sie war, und deshalb hat er ihr auch vertraut, Ihretwegen. Sie hätte das Taxi rufen und dann mit ihm abfahren können. Vielleicht dachte der Barkeeper, daß sie gegangen war, weil er sie hatte hinausgehen sehen.«

»Verschwinden Sie hier, zum Teufel«, flüsterte Billy.

Sein Gesicht war dunkel angelaufen, und ich sah, wie sich seine Muskeln versteiften. Ich war so in meine Spekulation vertieft gewesen, daß ich nicht darauf geachtet hatte, welche Wirkung das auf ihn hatte. Ich schnappte mir Rock und Schuhe, behielt ihn im Auge, während ich zur Tür ging. Er beugte sich vor und öffnete sie für mich.

Ich hatte kaum die Stufen hinter mich gebracht, als die Tür hinter mir laut zuknallte. Er schob den Vorhang beiseite, starrte mich wütend an, als ich rückwärts aus dem Parkplatz fuhr. Kaum senkte sich der Vorhang, da eilte ich auch schon zu dem Fenster des Anhängers, durch das ich ihn schon einmal beobachtet hatte. Die Jalousien waren geschlossen, aber der Vorhang klaffte ein wenig auf einer Seite, gerade genug, um mir einen Blick hinein zu erlauben.

Billy war auf die Couch gesunken, den Kopf in die Hände gestützt. Er schaute auf. Die Frau, die hinten im Schlafzimmer gewesen war, war jetzt herausgekommen und lehnte an der Wand, während sie sich eine neue Zigarette anzündete. Ich konnte ein Stück von ihren schweren Schenkeln sehen und den Saum eines Shorties aus hellgelbem Nylon. Wie ein Ertrinkender streckte Billy die Hände nach ihr aus und zog sie an sich, vergrub das Gesicht zwischen ihren Brüsten. Lovella. Er fing an, durch den Stoff an ihrer Brust zu saugen, hinterließ feuchte Flecken auf dem Nylon. Sie starrte mit demselben Ausdruck auf ihn herab, den junge Mütter haben, wenn sie ein Baby in der Öffentlichkeit stillen. Faul beugte sie sich vor und drückte ihre Zigarette auf einem Eßteller aus, vergrub dann die Finger in seinem Haar. Er packte sie bei den Knien und legte sie auf den Boden, schob ihr Hemd hoch bis zur Taille. Tiefer, tiefer, tiefer ging er.

Ich machte mich auf den Weg zum Hub.

20

Sah aus wie eine weitere schlechte Nacht im Hub. Der Regen hatte wieder zugenommen, und das Geschäft war flau. Das Dach leckte an zwei Stellen, und jemand hatte Eimer daruntergestellt, die die Tropfen auffingen – einen auf die Bar, den anderen bei der Damentoilette. Man sah lediglich ein paar Trinker aus der Nachbarschaft – alte Frauen mit dicken Beinen und schweren Pullovern, die um zwei Uhr nachmittags angefangen hatten und bis zum Schluß stetig Bier konsumierten, Männer mit nasalen Stimmen und krächzendem Lachen, deren Nasen dick und rot vom Alkohol waren. Die Billardspieler waren größtenteils junge Mexikaner, die rauchten, bis ihre Zähne gelb wurden, und sich zankten wie junge Hunde. An diesem Abend war der Billardraum verlassen, die grünbezogenen Tische schienen zu leuchten, als würden sie von innen angestrahlt. Ich zählte alles in allem vier Kunden, und einer von ihnen schlief, den Kopf auf den Armen. Die Musikbox litt an einem Defekt, der die Musik klingen ließ, als spielte man sie unter Wasser.

Ich näherte mich der Bar, an der Coral auf einem hohen Hocker thronte. Sie trug eine Bluse im Wildwest-Stil, mit einem Silberfaden, der durch das braune Karo lief, enge Jeans, die an den Knöcheln aufgerollt waren, und hochhackige Schuhe mit kurzen, weißen Socken. Sie mußte mich von der Beerdigung her erkannt haben, denn als ich fragte, ob ich mit ihr sprechen könnte, hüpfte sie ohne ein Wort von dem Hocker und ging auf die andere Seite der Bar.

»Möchten Sie etwas trinken?«

»Einen Gespritzten. Danke.«

Sie schenkte für mich ein und zapfte sich selbst dann ein Bier. Wir setzten uns in eine Nische auf der Rückseite, so daß sie die Kundschaft im Auge behalten konnte, für den Fall, daß jemand etwas wollte. Aus der Nähe wirkte ihr Haar so buschig und trocken, daß ich Angst bekam, es könnte sich von selbst entzünden. Ihr Make-up war für ihre hellen Farben zu hart, und die Ränder ihrer Schneidezähne sahen kaputt aus, als hätte sie zu viele Bonbons zerbissen. Ihre Erkältung hatte wohl den Höhepunkt erreicht. Ihre Stirn war faltig, die Augen halb zusammengekniffen wie in einer Zeitungsanzeige für Schnupfenmittel. Ihre Nase war so verstopft, daß sie gezwungen war, durch den Mund zu atmen. Trotz allem brachte sie es fertig zu rauchen, sie zündete sich eine Virginia Slim an, kaum daß wir saßen.

»Sie sollten daheim im Bett liegen«, meinte ich und fragte mich dann, warum ich so etwas vorgeschlagen hatte. Billy und Lovella waren derzeit da draußen und sorgten wahrscheinlich dafür, daß der Wohnwagen in seinen Grundfesten erschüttert wurde. Wer hätte dabei schlafen können?

Coral legte ihre Zigarette hin und zog ein Tempo heraus, um sich die Nase zu putzen. Ich habe mich immer gefragt, wo die Leute die Technik des Nasenputzens erlernen. Sie gab der Doppel-Finger-Methode den Vorzug, legte ein Taschentuch über ihre Hände, steckte die Knöchel beider Zeigefinger in die Nasenlöcher und ließ sie nach jedem Schnauben heftig rotieren. Ich hielt den Blick abgewandt, bis sie fertig war, und fragte mich nebenbei, ob sie wohl wußte, wo sich Lovella derzeit aufhielt.

»Was ist mit Lovella los? Sie schien ja völlig außer sich zu sein bei der Beerdigung.«

Coral unterbrach ihre Bemühungen und sah mich an. Zu

spät begriff ich, daß sie wahrscheinlich gar nicht wußte, was »außer sich« bedeutete. Ich konnte sehen, wie sie eine Erklärung suchte.

»Ihr geht es gut. Sie hatte keine Ahnung, daß sie nicht richtig verheiratet waren. Deshalb ist sie zusammengebrochen. Das hat sie umgeworfen.« Sie gab ihrer Nase einen letzten Stoß und nahm dann schniefend ihre Zigarette wieder auf.

»Man sollte meinen, sie wäre erleichtert gewesen«, sagte ich. »Nach allem, was ich gehört habe, hat er sie geprügelt.«

»Anfangs nicht. Sie war verrückt nach ihm, als er rauskam. Ist sie eigentlich immer noch.«

»Deshalb hat sie ihn auf der Beerdigung wohl auch das größte Arschloch der Welt genannt«, bemerkte ich.

Coral warf mir einen kurzen Blick zu und zuckte dann die Achseln. Sie war klüger als Billy, aber nicht viel. Ich hatte hier dasselbe Gefühl wie bei ihm. Ich rührte da an etwas, was sie ruhen lassen wollten, aber ich wußte nicht genug, um die Sache weiter zu verfolgen.

Ich versuchte es auf gut Glück. »Ich dachte, Lovella und Billy hätten mal was miteinander gehabt.«

»Vor Jahren. Als sie siebzehn war. Das zählt nicht.«

»Sie hat mir erzählt, Billy hätte sie mit Daggett zusammengebracht.«

»Ja, mehr oder weniger. Er hat Daggett von ihr erzählt, und Daggett hat geschrieben und gefragt, ob sie keine Brieffreundschaft haben könnten.«

»Zu dumm, daß er seine Frau nie erwähnt hat«, meinte ich. »Ich würde gern mit Lovella reden. Wenn Sie sie sehen, sagen Sie ihr bitte, sie soll sich mit mir in Verbindung setzen.« Ich gab ihr eine Visitenkarte mit meiner Büronummer, die sie achselzuckend entgegennahm.

»Ich werde Lovella nicht sehen«, sagte sie.

»Das glauben Sie.«

Corals Aufmerksamkeit wanderte zu dem Barkeeper hinüber, der einen Finger hochhielt. »Warten Sie.«

Sie ging zur Bar, holte ein paar Drinks und brachte sie an den einzigen anderen Tisch, der besetzt war. Ich versuchte sie mir vorzustellen, wie sie Daggett rücklings aus einem Ruderboot warf, aber es klappte nicht so recht. Sie paßte zu der Beschreibung, aber irgend etwas fehlte noch.

Als sie zu der Nische zurückkam, hielt ich die Schuhe hoch. »Sind das Ihre?«

»Ich trag kein Wildleder«, meinte sie nur.

Das gefiel mir. Es war fast, als ob Wildleder gegen ihren persönlichen Kleiderkodex verstieß. »Was ist mit dem Rock?«

Sie zog ein letztes Mal an ihrer Zigarette und drückte sie in dem Metallascher aus, stieß dann eine Rauchwolke aus. »Nee. Wem gehört der?«

»Ich glaube, die Blondine, die Daggett umgebracht hat, trug ihn Freitag abend. Billy sagt, sie hat ihn hier aufgelesen.«

Verspätet heftete sie den Blick auf den Rock. »Ja, das stimmt. Ich hab sie gesehen«, sagte sie.

»Sieht der aus wie der Rock, den sie angehabt hat?«

»Könnte sein.«

»Wissen Sie, wer sie ist?«

»Mh-mh.«

»Ich will nicht grob werden, Coral, aber ich könnte ein bißchen Hilfe gebrauchen. Wir sprechen hier von Mord.«

»Ich bin auch ganz aufgewühlt deswegen«, erklärte sie gelangweilt.

»Ist Ihnen das denn alles egal?«

»Sind Sie verrückt? Warum sollte ich mich denn um Daggett kümmern? Er war Abschaum.«

»Und was ist mit der Blonden?«

Coral schüttelte eine weitere Zigarette aus der Packung. »Warum lassen Sie das nicht ruhen, Kindchen. Sie haben kein Recht, uns irgend etwas davon zu fragen. Sie sind nicht von der Polizei.«

»Ich kann fragen, was ich will«, sagte ich sanft. »Ich kann Sie nicht zwingen, mir zu antworten, aber ich kann Sie immerhin fragen.«

Sie wurde unruhig, rutschte auf ihrem Platz herum. »Wissen Sie was? Ich mag Sie nicht. Leute wie Sie machen mich krank.«

»Tatsächlich? Was für Leute?«

Sie ließ sich Zeit, löste ein Streichholz aus einem Briefchen, kratzte mit der Spitze über die Fläche, bis es aufflammte. Dann zündete sie ihre Zigarette an. Das Streichholz erzeugte ein leises Klirren, als es in den Aschenbecher fiel. Sie stützte das Kinn in die Handfläche und lächelte mich unfreundlich an. Ich wollte, sie hätte sich die Zähne machen lassen, damit sie hübscher aussah. »Ich wette, Sie haben es wirklich leicht gehabt, was?« Ihre Stimme triefte vor Sarkasmus.

»Außerordentlich.«

»Hübsches, gutbürgerliches Mittelklasseheim. Die ganze Mama-Papa-Geschichte. Ich wette, Sie hatten kleine Brüder und Schwestern. Einen süßen, kleinen, wuscheligen weißen Hund ...«

»Das ist erstaunlich«, sagte ich.

»Zwei Autos. Vielleicht einmal die Woche eine Putzfrau. Ich bin nie aufs College gegangen. Ich hatte nie einen Daddy, der mir all das gegeben hat.«

»Nun, das erklärt dann ja alles«, sagte ich. »Ich habe Ihre Mom kennengelernt, wissen Sie. Sie sieht aus wie jemand, der sein Leben lang hart gearbeitet hat. Zu dumm, daß Sie die Anstrengung nicht zu schätzen wissen, die sie Ihretwegen unternommen hat.«

»Was für eine Anstrengung? Sie arbeitet im Supermarkt.«

»Verstehe. Sie finden, sie sollte etwas Vornehmes machen, so wie Sie.«

»Ich werde *das* bestimmt nicht bis an mein Lebensende tun, wenn Sie das glauben.«

»Was ist aus Ihrem Vater geworden? Wo war er die ganze Zeit?«

»Wer weiß. Der ist schon lange abgehau'n.«

»Und hat sie mit den kleinen Kindern allein gelassen?«

»Hören Sie auf. Ich weiß nicht mal, warum ich das überhaupt erwähnt hab. Vielleicht kommen Sie jetzt zur Sache, damit ich an meine Arbeit zurück kann.«

»Erzählen Sie mir von Doug.«

»Geht Sie nichts an.« Sie glitt aus der Nische. »Die Zeit ist um«, sagte sie und ging davon. Himmel, und da saß ich und versuchte, freundlich zu sein.

Ich nahm wieder die Schuhe und den Rock und ließ ein paar Münzen auf den Tisch fallen. Dann ging ich zum Eingang, blieb im Schutz der Tür stehen, ehe ich in den Regen hinaustrat. Es war 10 Uhr 17, und auf der Milagro herrschte kein Verkehr. Die Straße schimmerte schwarz, und der Regen machte ein Geräusch wie Schinken, der in der Pfanne brutzelt, als er aufs Pflaster fiel. Von den Gullideckeln stieg Dunst auf, und wo das Wasser aus den Regenrinnen herabschoß, rauschte ein immer breiter werdender Bach in die Abflußrinnen.

Ich war unruhig, noch nicht bereit, für diesen Abend Schluß zu machen. Ich dachte daran, bei Rosie reinzuschauen, aber da würde es wahrscheinlich genauso aussehen wie im Hub – rauchig, schäbig, deprimierend. Zumindest hatte die Luft draußen, wenn sie auch kalt war, den süßlichen, blumigen Geruch von nassem Beton. Ich ließ den Wagen an und wendete, schlug den Weg zum Strand ein. Regen prasselte an die Windschutzscheibe.

Ich bog nach rechts in die Cabana ein und fuhr den Boulevard entlang. Zu meiner Linken, selbst ohne sichtbaren Mond, konnte ich die Brandung ausmachen, ein graues Schimmern, das sich mit donnernder Monotonie auf sich selbst zurückwarf. Draußen im Meer konnte ich die Lampen an den Öltürmen durch den Nebel blinken sehen. Ich hatte an einer Ampel gehalten, als ich hinter mir eine Hupe hörte. Ich blickte in den Rückspiegel. Ein kleiner, roter Honda fuhr in die Spur neben mir. Es war Jonah, scheinbar ebenso wie ich auf dem Heimweg. Er machte mir ein Zeichen. Ich beugte mich über den Sitz und kurbelte das Fenster auf der Beifahrerseite herunter.

»Kann ich dich zu 'nem Drink einladen?«

»Sicher. Wo?«

Er deutete auf das Crow's Nest zu seiner Rechten, ein Restaurant, dessen Außenbeleuchtung noch brannte. Die Ampel sprang um, und er fuhr an. Ich folgte ihm, bog hinter ihm auf den Parkplatz ein. Wir parkten Seite an Seite. Er stieg zuerst aus, stemmte sich gegen den Regen, während er einen Schirm öffnete und damit zu meiner Tür kam. Wir drängten uns aneinander und hüpften über Pfützen bis zum Eingang. Er hielt mir die Tür auf, und ich trat ein, hielt sie dann für ihn, während er den Schirm senkte und kurz ausschüttelte.

Das Crow's Nest war in einem halbherzigen Marinestil eingerichtet, der sich hauptsächlich zusammensetzte aus Fischernetzen und Tauen, die man über die Dachsparren drapiert hatte, und Seekarten, die unter einem halben Zoll Polyurethan in die Tischplatten eingelassen waren. Der Restaurantteil war geschlossen, aber die Bar schien noch offen. Ich sah, daß etwa zehn Tische besetzt waren. Die Unterhaltung war gedämpft, die Beleuchtung diskret, unterstützt von dicken, runden Krügen, in denen durch orangefarbenes Glas Kerzen schimmerten. Jonah steuerte uns an einer kleinen Tanzfläche vorbei auf einen Tisch in der Ecke zu. Der Ort strahlte nervöse Erregung aus. Wir wurden vom Wetter geschützt, zusammengebracht wie verlorene Seelen, die zwischen zwei Flügeln am Flughafen gestrandet sind.

Die Kellnerin erschien, und Jonah sah mich an.

»Entscheide du«, sagte ich.

»Zwei Margaritas. Cuervo Gold, Grand Marnier, kein Salz«, sagte er. Sie nickte und entfernte sich.

»Sehr eindrucksvoll«, bemerkte ich.

»Ich dachte, das könnte dir gefallen. Was treibt dich raus?«

»Daggett natürlich.« Ich weihte ihn ein, und dabei wurde mir klar, daß ich von Billy Polo und Konsorten wirklich genug hatte für diesen Tag.

»Laß uns nicht über ihn sprechen«, bat ich, als ich fertig war. »Erzähl mir, woran du arbeitest.«

»Kommt nicht in Frage. Ich bin zum Entspannen hier.«

Die Kellnerin brachte unsere Drinks, und wir machten eine Pause, während sie sich vorsichtig, mit geschlossenen Knien, bückte und vor jeden von uns eine Cocktailserviette legte und dazu unsere Drinks stellte. Sie war wie ein Bootsmann gekleidet, bloß daß ihre kurze weiße Hose aus Lastex bestand und ihre Gesäßbacken hinten heraushingen. Ich fragte mich, wie lange derartige Uniformen sich wohl halten würden, wenn man vom Nachtmanager verlangte, seinen haarigen Hintern in eine zu quetschen.

Nachdem die Kellnerin gegangen war, stieß Jonah mit mir an. »Auf regnerische Abende«, sagte er. Wir tranken. Der Tequila lief mir heiß die Kehle herunter, und ich mußte mir auf die Brust schlagen. Jonah lächelte und genoß mein Unbehagen.

»Was treibt dich so spät auf die Straße?« erkundigte ich mich.

»Ich hatte noch Sachen aufzuarbeiten. Außerdem meide ich die Wohnung. Camillas Schwester ist für eine Woche aus Idaho gekommen. Die beiden trinken wahrscheinlich Wein und ziehen über mich her.«

»Daraus schließe ich, daß ihre Schwester dich nicht mag.«

»Sie hält mich für eine Niete. Camilla hatte Geld früher. Deirdre findet, daß keine von ihnen sich mit Knaben einlassen sollte, die Gehalt beziehen. Und noch dazu ein Cop? Das ist zu kleinbürgerlich. Herrje, ich muß aufpassen. Ich beklage mich ja nur noch über mein Leben daheim. Ich höre mich schon fast an wie Dempsey.«

Ich lächelte. Lieutenant Dempsey hatte jahrelang im Drogendezernat gearbeitet. Ein unglücklich verheirateter Mann, der seine Tage damit zubrachte, sein Schicksal zu beklagen. Schließlich war seine Frau gestorben, und er hatte sich umgedreht und eine andere geheiratet, die genauso war wie sie. Er war vorzeitig in Rente gegangen, und die beiden waren in einem Wohnmobil davongebraust. Seine Postkarten ans Dezernat waren amüsant, erweckten in den

Leuten aber doch ungute Gefühle, wie ein Comic, in dem boshafte Witze auf Kosten eines Ehegatten gerissen werden.

Die Unterhaltung schwand dahin. Die Musik im Hintergrund kam vom Band, alte Johnny Mathis Songs, deren Texte an eine Zeit denken ließen, als das Sichverlieben noch nicht durch Herpes, die Angst vor Aids, zahlreiche Ehen, Unterhaltszahlungen, Feminismus, sexuelle Revolution, die Bombe, die Pille, die Billigung des Therapeuten oder das Schreckgespenst von Kindern an jedem zweiten Wochenende erschwert wurde.

Jonah sah gut aus. Die Kombination von Schatten und Kerzenlicht wusch die Falten aus seinem Gesicht und brachte das Blau seiner Augen zum Strahlen. Sein Haar sah sehr dunkel aus, und die Nässe ließ es seidiger erscheinen. Er trug ein weißes Hemd, am Hals offen, die Ärmel aufgekrempelt, auf seinen Unterarmen kräuselten sich dunkle Haare. Für gewöhnlich besteht da etwas zwischen uns, ein Strom, der wohl durch den primitiven Drang der menschlichen Rasse entsteht, sich fortzupflanzen. Meistens wird die körperliche Reaktion durch äußerste Vorsicht meinerseits unter Kontrolle gehalten, durch die Ambivalenz seinem Status als Ehemann gegenüber, durch die Umstände, sein eigenes Verhalten, durch das Wissen auf beiden Seiten, daß es kein Zurück mehr gibt, wenn wir gewisse Grenzen erst einmal überschritten haben, und daß man die Folgen nicht vorhersehen kann.

Wir bestellten eine zweite Runde Drinks, dann eine dritte. Wir tanzten langsam, sagten kein Wort. Jonah roch nach Seife, und sein Kinn war glatt, und manchmal summte er, ein tiefes Brummen, wie ich es nicht mehr gehört hatte, seit ich als kleines Kind bei meinem Vater auf dem Schoß saß und ihm zuhörte, wenn er mir vorlas, noch bevor ich wußte, was Worte bedeuteten. Ich dachte an Billy Polo, wie er Lovell auf den Boden gelegt hatte. Das Bild war eine Qual, denn es verriet seine Bedürfnisse. Ich war immer so stoisch, so bemüht, nur ja keine Fehler zu machen. Manchmal frage ich mich, wo der Unterschied ist zwischen vorsichtig und tot sein. Ich dachte über den Regen nach und wie schön es ist, auf saubere Laken zu sinken. Ich legte den Kopf zurück, und Jonah sah mich fragend an.

»Das ist alles Billy Polos Schuld«, sagte ich.

Er lächelte. »Was?«

Ich musterte ihn einen Augenblick lang. »Was würde Camilla tun, wenn du heute nacht nicht heimkommen würdest?«

Sein Lächeln verging, und seine Augen bekamen diesen Blick. »Sie ist es doch, die über eine offene Ehe spricht«, sagte er.

Ich lachte. »Ich wette, das gilt für sie, aber nicht für dich.«

»Nicht mehr«, sagte er.

Sein Kuß schien vertraut.

Wir gingen kurz darauf.

21

Um neun Uhr fuhr ich ins Büro. Die Regenwolken hingen über den Bergen, zogen weiter nach Norden, aber über uns zeigte der Himmel das Blauweiß von ausgewaschenem Jeansstoff. Die Stadt erschien klar und scharf umrissen wie durch eine neue Brille. Ich öffnete die Fenstertüren und trat auf den Balkon, hob die Arme und wackelte kurz mit dem

Unterkörper, wie es Fußballer so gern machen. *Das* ist für dich, Camilla Robb, dachte ich, lachte und ging zum Spiegel, um mich zu betrachten und hemmungslos Grimassen zu schneiden. *Amazing Grace.* Ich sah aus wie ich selbst. Während Tränen das Selbst auslöschen, verbessert guter Sex es, und ich verspürte frische Energie.

Ich setzte Kaffee auf und machte mich an die Arbeit, tippte meine Notizen, Einzelheiten der Gespräche, die ich mit Billy und Coral geführt hatte. Cops und Detektive ersticken immer in Papierkram. Von allem muß man schriftliche Berichte anfertigen, so daß jeder, der anschließend Einblick darein nimmt, immer ein klares und umfassendes Resümee der Untersuchung bis zu diesem Zeitpunkt hat. Da ein Privatdetektiv auch Dienstleistungen dieser Art in Rechnung stellt, muß ich immer Buch führen über meine Stunden und Ausgaben und zwischendurch immer wieder Berichte vorlegen, damit ich sicher sein kann, mein Geld zu bekommen. Ich ziehe die Arbeit draußen vor, aber ich nehme an, das tun wir alle. Wenn ich meine Tage im Büro hätte zubringen wollen, dann hätte ich eine Ausbildung gemacht und würde jetzt bei der Versicherungsgesellschaft nebenan arbeiten. Ihre Arbeit scheint in achtzig Prozent der Zeit langweilig zu sein, während mich meine vielleicht in einer von zehn Stunden langweilt.

Um halb zehn setzte ich mich telefonisch mit Barbara Daggett in Verbindung, gab ihr einen mündlichen Bericht, der mit dem übereinstimmte, den ich für sie zur Post geben würde. Die doppelte Mühe war zwar eigentlich nicht nötig, aber ich machte sie mir trotzdem. Zum Teufel, es war schließlich ihr Geld. Sie hatte Anspruch auf die beste Leistung, die sie kriegen konnte. Anschließend machte ich die Ablage, schloß dann wieder ab, nahm den grünen Rock und die hohen Schuhe mit nach unten und ging zu meinem Wagen, fuhr dann zu Marilyn Smith. Ich kam mir allmählich vor wie der Prinz auf der Suche nach Aschenputtel, den Schuh in der Hand.

Ich nahm den Highway nach Norden, atmete tief die frische Luft ein. Nach Colgate braucht man nur fünfzehn Minuten, aber ich hatte doch Gelegenheit, über die vergangene Nacht nachzudenken. Jonah hatte sich als Clown im Bett erwiesen ... witzig und einfallsreich. Wir hatten uns aufgeführt wie ungezogene Kinder, hatten Snacks gegessen, Gespenstergeschichten erzählt und uns zwischendurch immer mal wieder geliebt, was gleichzeitig intensiv und gemütlich gewesen war. Ich fragte mich, ob ich ihn vielleicht in einem früheren Leben gekannt hatte. Ich fragte mich, ob ich ihn wieder kennen würde. Er war so großzügig und zärtlich, so erstaunt darüber, mit jemandem zusammenzusein, der nicht kritisierte oder sich zurückhielt, der nicht vor seiner Berührung zurückwich wie vor der einer schleimigen Schnecke. Ich konnte mir nicht vorstellen, wohin das führen würde, und ich wollte mir keine Gedanken machen. Ich bringe es fertig, alles kaputtzumachen, weil ich versuche, alle Probleme schon im voraus zu lösen, anstatt mich einfach um die Dinge zu kümmern, die gerade anfallen.

Ich fuhr natürlich an meiner Ausfahrt vorbei. Ich sah sie aus dem Augenwinkel, als ich vorbeibrauste, fluchte fröhlich, bog bei der nächsten Ausfahrt ab und fuhr zurück.

Als ich schließlich Wayne und Marilyn Smiths Haus erreichte, war es fast zehn Uhr. Die Fahrräder, die auf der Veranda gestanden hatten, waren fort. Die Orangenbäume hatten zwar kaum noch Blätter, so alt waren sie, strahlten aber immer noch eine Aura reifer Früchte aus, ein leichter Duft stieg aus dem Hain auf. Ich parkte meinen Wagen auf der Auffahrt hinter dem kompakten Kombi, von dem ich vermutete, daß er ihr gehörte. Ein kurzer Blick in den Wagen offenbarte mir Pappbehälter vom Schnellimbiß, eine Softball-Ausrüstung, Schulunterlagen und Hundehaare.

Ich klingelte. Die Eingangshalle war verlassen, aber ein Labrador sprang zur Haustür; seine Krallen kratzten über die Fliesen, als er schlitternd bremste und munter bellte. Der gesamte Körper des Hundes wackelte wie ein Fisch an der Angel.

»Kann ich Ihnen helfen?«

Überrascht wandte ich mich nach rechts. Marilyn Smith stand in T-Shirt, ausgewaschener Jeans und Strohhut am Fuß der Verandatreppe. Sie trug Gartenhandschuhe aus Ziegenleder und leuchtendgelbe Plastikschuhe, die schlammbespritzt waren. Als sie mich erkannte, veränderte sich ihr Gesichtsausdruck von freundlicher Frage zu kaum verhülltem Abscheu.

»Ich arbeite im Garten«, erklärte sie, als hätte ich das nicht selbst erraten können. »Wenn Sie mit mir reden wollen, müssen Sie mitkommen.«

Ich folgte ihr über den regennassen Rasen. Sie schlug geistesabwesend mit einem schmutzigen Handtuch gegen ihren Schenkel.

»Ich habe Sie bei der Beerdigung gesehen«, begann ich.

»Wayne hat darauf bestanden«, erwiderte sie, sah mich dann über die Schulter hinweg an. »Wer war die betrunkene Frau? Sie hat mir gefallen.«

»Lovella Daggett. Sie dachte, sie wäre mit ihm verheiratet, aber es stellte sich heraus, daß seine erste Ehe noch gültig war.«

Als wir den Gemüsegarten erreichten, watete sie zwischen zwei tropfenden Ranken hindurch. Der Garten hatte bereits die Winterphase erreicht – Brokkoli, Blumenkohl. Sie war beim Jäten gewesen. Ich konnte die herausgerupften Pflanzen hier und da sehen. Weiter unten an der Reihe konnte man erkennen, daß die Erde frisch umgegraben worden war. Schwere Erdbrocken häuften sich neben einer flachen Grabungsstelle.

»Ist es nicht zu naß zum Jäten?«

»Die Erde hier hat einen hohen Ton-Anteil. Wenn sie erst einmal ausgetrocknet ist, ist es unmöglich«, sagte sie.

Sie zog die Handschuhe aus und fing an, Streifen von einem alten Kopfkissenbezug zu reißen, band damit die Erbsenpflanzen hoch, die durch den Regen nach unten hingen. Die weißen Stoffstreifen bildeten einen grellen Kontrast zu dem hellen Grün der Pflanzen. Ich hielt den Rock und die Schuhe hoch, die ich mitgebracht hatte.

»Erkennen Sie die?«

Sie warf kaum einen Blick auf die Gegenstände, aber das eisige Lächeln erschien. »Hat der Mörder das getragen?«

»Möglich.«

»Sie haben Fortschritte gemacht, seit ich Sie das letzte Mal gesehen habe. Vor drei Tagen waren Sie noch nicht mal sicher, daß es Mord war.«

»So verdiene ich mein Geld«, erklärte ich.

»Vielleicht hat Lovella ihn umgebracht, als sie feststellte, daß er Bigamist war.«

»Wäre möglich. Aber Sie haben mir immer noch nicht gesagt, wo Sie in jener Nacht gewesen sind.«

»Oh, aber natürlich habe ich das. Ich war hier. Wayne war im Büro, und keiner von uns hat Zeugen, die diese Aussage bestätigen können.« Sie hatte wieder diesen Ton angeschlagen, sanft und ironisch.

»Ich würde gern mit ihm sprechen.«

»Machen Sie einen Termin aus. Er steht im Telefonbuch. Fahren Sie ins Büro. Das Granger Building in der State.«

»Marilyn, ich bin nicht Ihre Feindin.«

»Doch, wenn ich ihn umgebracht habe«, widersprach sie.

»Ach so, ja. In diesem Fall wäre ich es wohl.«

Sie riß einen weiteren Stoffstreifen ab. Er hing schlaff von ihrer Hand wie etwas Totes. »Hört sich an, als hätten Sie schon Verdächtige. Zu schade, daß Sie keine Beweise haben.«

»Aber ich habe jemanden, der sie gesehen hat, und das sollte doch wohl helfen, meinen Sie nicht? Hier handelt es sich nur um die Vorarbeit, das Eingrenzen«, erklärte ich. Das war natürlich Quatsch. Ich war mir nicht sicher, ob der Motel-Angestellte irgend jemanden erkennen würde.

Ihr Lächeln wurde um ein Watt blasser. »Ich will nicht mehr mit Ihnen reden«, hauchte sie.

Ich hob die Hände, als hätte sie mit einer Waffe auf mich gezielt. »Bin schon weg«, sagte ich. »Aber ich muß Sie warnen, ich bin hartnäckig. Ich vermute, daß Sie das beunruhigend finden werden.«

Ich hielt den Blick auf sie geheftet, als ich fortging. Die schlammbedeckte Hacke, die sie benutzte, war mir nicht entgangen, und ich hielt es für besser, ihr nicht den Rücken zuzuwenden.

Auf dem Weg in die Stadt fuhr ich bei den Westfalls vorbei. Ich mußte irgendwann auch Barbara Daggett den Rock zeigen, aber *The Close* lag auf meinem Weg. Die niedrige Feldsteinmauer, die das Grundstück umgab, war noch dunkelgrau vom Regen. Ich fuhr durchs Tor und parkte unten in dem dichten Regen an der Straße, wie ich es schon einmal getan hatte. Am Tage lagen die acht viktorianischen Häuser im Schatten, der Sonnenschein durchdrang kaum die Zweige der Bäume. Ich verschloß den Wagen und ging den Weg zum Eingang empor. Die Stämme der Eichen im Hof waren von einem Pilz überzogen, der so grün war wie das oxydierte Kupfer eines Daches. Hohe Palmen markierten die Ecken des Hauses. Die Luft war kühl und feucht nach dem Sturm.

Die Haustür stand offen. Von der Halle konnte man direkt durch die Küche sehen, und ich stellte fest, daß auch die Hintertür offenstand, die Schutztür mit dem Fliegengitter unverriegelt war. Ein Kofferradio stand auf der Anrichte und Musik dröhnte heraus. Ich klingelte, aber das Geräusch ging in den letzten Tönen der Musik unter.

Ich verließ die Veranda auf der Vorderseite des Hauses und ging nach hinten, schaute von dort ins Haus. Wie auch der Rest des Hauses war die Küche erneuert worden. Die Besitzer hatten sie modernisiert, dabei aber den viktorianischen Charakter beibehalten. Die Wände schmückte eine kleinbedruckte Blumentapete mit vielen Weiden, Eichen und Farnen. Die Türen des Küchenschrankes waren durch Bleiglas ersetzt worden, aber die Geräte waren alle vom Modernsten.

Niemand war im Zimmer. Eine Tür zur Linken stand offen, der Schatten dahinter ließ vermuten, daß sich dort die Treppe in den Keller befand. Es sah aus, als wäre jemand unterbrochen worden, als er sie gerade ausräumte. Eine elektrische Kaffeemaschine war neben dem Herd eingestöpselt. Als ich noch hinschaute, ging das rote Licht an. Mit Verspätung stieg mir jetzt auch der Duft von heißem Kaffee in die Nase.

Die Musik endete, und der Sprecher machte seine abschließenden Bemerkungen über das Stück und sagte dann ein Konzert von Brahms in e-Moll an. Ich klopfte an den Rahmen der Schutztür, hoffte, daß mich jemand hören würde, ehe die Musik wieder erklang. Ramona tauchte aus den Tiefen des Kellers auf. Sie trug einen Wollrock aus gedämpftem, grauem Karo, mit dunkelbraunen Streifen darin. Ihr Pullover war dunkelbraun, mit einer weißen Bluse darunter, deren Kragen am Hals züchtig von einer antiken Brosche zusammengehalten wurde. Ich beschloß, die Schuhe und den Rock, den ich mitgebracht hatte, nicht zu erwähnen.

»Tony?« fragte sie. »Oh, Sie sind es.«

Sie hatte den Arm voll mit blauen Badehandtüchern, die sie auf einen Stuhl fallen ließ. »Ich dachte, ich hätte jemanden klopfen gehört. Durch das Fliegengitter konnte ich nicht sehen, wer es war.« Im Vorbeigehen stellte sie das Radio ab und öffnete dann die Tür, um mich einzulassen.

»Tony bringt die Einkäufe aus der Garage herein. Wir sind gerade vom Markt zurückgekommen. Nehmen Sie doch Platz. Möchten Sie eine Tasse Kaffee? Ich habe ihn gerade frisch gemacht.«

»Ja, gern, sehr freundlich.« Ich nahm den Stapel Handtücher vom Stuhl und setzte mich, legte Rock und Schuhe vor mir auf den Tisch. Ich sah, wie ihr Blick hinüberwanderte, aber sie gab keinen Kommentar ab.

»Hat er heute keine Schule?« erkundigte ich mich.

»Sie mußten heute eine Arbeit schreiben, und da er früh fertig war, haben sie ihn gehen lassen. Er hat ohnehin schon bald einen Termin bei seinem Therapeuten.«

Ich sah ihr zu, wie sie durch die Küche ging und Tassen und Teller holte. Sie hatte eine dieser Frisuren, die nach einem Kopfschütteln perfekt sitzen. Ich bearbeite meine eigene alle sechs Wochen mit einer Nagelschere vor einem Spiegel und bringe damit alle Friseure zum Erblassen, wenn sie mich sehen. »Wer hat Ihnen denn das *angetan*?« fragen sie immer. Ich wünschte mir perfekte Wellen wie ihre, aber ich glaubte nicht, daß ich diese Wirkung erzielen könnte.

Ramona schenkte zwei Tassen Kaffee ein. »Da ist noch etwas, was ich wohl vorher schon hätte erwähnen sollen«, sagte sie. Sie zog ein Keramikkännchen vom Regal und füllte es mit Milch, bemerkte dann, daß ich darauf wartete, daß sie weitersprach. Ihr Lächeln war dünn. »John Daggett rief Montag abend hier an und bat darum, mit Tony sprechen zu dürfen. Ich habe mir seine Nummer geben lassen, aber Ferrin und ich entschieden, daß es nicht so gut wäre. Es ist jetzt vielleicht nicht mehr so wichtig, aber ich dachte, Sie sollten es wissen.«

»Wieso fällt Ihnen das jetzt ein?«

Sie zögerte. »Ich habe zufällig die Nummer auf dem Block neben dem Telefon gesehen. Ich hatte es völlig vergessen.«

Ich konnte spüren, wie sich meine Nackenhaare sträubten. Irgend etwas stimmte hier nicht, aber ich war mir nicht sicher, was es war.

»Warum erzählen Sie mir das jetzt?«

»Ich dachte, Sie wären dabei festzustellen, was er am Anfang der Woche gemacht hat?«

»Ich wußte gar nicht, daß ich Ihnen das erzählt habe.«

Ihre Wangen färbten sich rot. »Marilyn Smith hat angerufen. Sie hat es erwähnt.«

»Woher wußte Daggett, wo er Sie erreichen kann? Als ich am Samstag mit ihm gesprochen habe, hatte er keine Ahnung, wo Tony steckte, und er kannte bestimmt nicht Ihren Namen und Ihre Nummer.«

»Ich weiß nicht, woher er das hatte. Aber warum ist das wichtig?«

»Woher soll ich wissen, daß Sie sich nicht für Freitag abend mit ihm verabredet haben?«

»Warum sollte ich das tun?« fragte sie.

Ich starrte sie an. Den Bruchteil einer Sekunde später begriff sie, worauf ich hinauswollte.

»Aber ich war Freitag abend hier.«

»Bislang hat mir das noch niemand bestätigt.«

»Das ist doch lächerlich! Fragen Sie Tony. Er weiß, daß ich hier war. Das können Sie selbst nachprüfen.«

»Das habe ich auch vor.«

Tony polterte die hölzernen Stufen zur Veranda empor, mit zwei weiteren Einkaufstüten beladen. Seine Aufmerksamkeit war abgelenkt, als er nach dem Türgriff tastete und ihn zweimal verfehlte. »Tante Ramona, kannst du mir helfen?«

Sie ging zur Tür und hielt sie ihm auf. Tony bemerkte mich und den grünen Rock fast gleichzeitig, und ich sah, wie sein Blick fragend zum Gesicht seiner Tante sprang. Ihr Gesichtsausdruck blieb neutral, aber sie fing sofort an zu hantieren, schob Konserven beiseite, damit er eine der Tüten auf den Tisch stellen konnte. Die zweite Tüte nahm sie selbst und stellte sie auf die Anrichte. Sie wühlte darin und nahm dann eine Schachtel mit Eiskrem heraus. »Die verstaue ich wohl besser«, murmelte sie. Sie ging zum Gefrierschrank hinüber.

»Was machen Sie denn hier?« wandte sich Tony an mich.

»Ich war neugierig, wie es dir geht. Deine Tante hat mir erzählt, daß du Montag abend Migräne hattest.«

»Mir geht's gut.«

»Was sagst du zu dem Begräbnis?«

»'n Haufen Irre«, sagte er.

»Laß uns auspacken, Liebling«, sagte seine Tante. Die beiden fingen an, die Einkäufe zu verstauen, während ich meinen Kaffee nippte. Ich wußte nicht, ob sie ihn absichtlich ablenkte oder nicht, aber das war jedenfalls die Wirkung.

»Brauchen Sie Hilfe?« erkundigte ich mich.

»Es geht schon«, murmelte sie.

»Wer war denn die Frau, die verrückt gespielt hat?« fragte Tony. Lovella hatte offensichtlich auf jedermann großen Eindruck gemacht.

Ramona hielt Saft in einer großen Plastikflasche hoch. »Stell die in den Kühlschrank, wenn du schon dabei bist«, bat sie.

Sie ließ die Flasche zu früh los, ehe er sie gut im Griff hatte, und er mußte sich anstrengen, um sie zu fangen, ehe sie zu Boden fiel. Hatte sie das absichtlich gemacht? Er wartete auf meine Antwort, also gab ich ihm eine kurze Zusammenfassung der Geschichte. Es war natürlich Klatsch, aber er war so lebendig, wie ich ihn noch nie gesehen hatte, und ich hoffte, seine Aufmerksamkeit zu halten.

»Ich will Sie ja nicht unterbrechen, aber Tony hat noch Hausaufgaben zu erledigen. Sie können natürlich Ihren Kaffee noch austrinken«, sagte sie. Ihr Ton legte nahe, daß ich ihn runterspülte und dann verschwand.

»Ich muß sowieso wieder ins Büro zurück«, sagte ich und stand auf. Ich schaute zu Tony hinüber. »Kann er mich zum Wagen begleiten?«

Er warf Ramona einen Blick zu, aber sie schlug davor die Augen nieder. Sie protestierte nicht. Also senkte er zustimmend den Kopf.

Er hielt die Tür für mich auf, während ich Rock und Schuhe einpackte und mich wieder ihr zuwandte. »Das hätte ich fast vergessen. Die gehören nicht zufällig Ihnen?«

»Bestimmt nicht«, sagte sie zu mir, und dann zu ihm: »Bleib nicht so lange.«

Er sah aus, als wollte er etwas sagen, zuckte dann aber nur mit den Schultern. Er folgte mir auf die Veranda hinaus und dann die Treppe hinunter. Ich ging voraus ums Haus herum. Der Weg zur Straße war in unregelmäßigen Abständen mit Steinen gepflastert, und ich mußte aufpassen, wohin ich trat.

»Ich habe eine Frage«, sagte ich, als wir den Wagen erreichten.

Er beobachtete mich aufmerksam, interessiert, aber auf der Hut.

»Ich wüßte gern mehr über die Migräne, die du Freitag abend gehabt hast. Erinnerst du dich, wie lange die gedauert hat?«

»Freitag abend?« Seine Stimme klang vor Überraschung krächzend.

»Richtig. Hattest du an jenem Abend nicht Migräne?«

»Ich denke schon.«

»Erinnere dich genau. Laß dir Zeit.«

Er schien sich nicht wohl zu fühlen, suchte nach einem sichtbaren Hinweis. Das hatte ich schon früher bei ihm beobachtet, daß er versuchte, Körpersprache zu lesen, um so antworten zu können, was von ihm erwartet wurde. Ich wartete stumm, ließ seine Sorge noch zunehmen.

»Ich glaube, das war der Tag, an dem ich eine hatte. Als ich aus der Schule heimkam. Aber dann ist sie vergangen.«

»Um welche Zeit war das?«

»Wirklich spät. Nach Mitternacht. Vielleicht zwei ... halb drei, so um den Dreh.«

»Wie kommt es, daß du dich an die Zeit erinnerst?«

»Tante Ramona hat mir in der Küche ein paar Sandwiches gemacht. Ich hatte wirklich schlimme Kopfschmerzen, und ich hatte stundenlang gebrochen und deshalb nicht zu Abend gegessen. Ich war am Verhungern. Ich muß auf die Küchenuhr gesehen haben.«

»Was für Sandwiches?«

»Was?«

»Ich habe mich gefragt, was für Sandwiches sie dir wohl gemacht hat.«

Sein Blick saugte sich in meinem fest. Die Sekunden verstrichen. »Hackbraten«, sagte er schließlich.

»Danke. Das hilft mir weiter.«

Ich öffnete die Fahrertür des VW, warf Rock und Schuhe auf den Beifahrersitz und stieg ein. Seine Version entsprach im großen und ganzen der seiner Tante, aber ich hätte schwören können, daß »Hackbraten« geraten war.

Ich ließ den Wagen an und wendete, fuhr auf das Tor zu. Ich erhaschte noch einen Blick auf ihn im Rückspiegel, aber da ging er bereits zum Haus zurück.

22

Es ist eine Tatsache im Leben, daß man jeden einzelnen Schritt durchlaufen muß, wenn sich ein Fall nicht lösen läßt, daß man Wasser aufpeitschen und an allen Käfigen im Zoo rütteln muß. Zu diesem Zweck machte ich auf meinem Weg zurück in die Stadt einen großen Umweg, der auch einen Halt in der Wohnwagenstadt beinhaltete. Ich hoffte,

Lovella wäre noch dort. Es war mir klar, schließlich bin ich kein Dummkopf, daß es ein sinnloses Unterfangen war, einen grünen Wollrock und ein Paar Schuhe durch die ganze Stadt zu schleifen. Niemand würde sie als sein Eigentum beanspruchen, und wenn ja, was dann? Die Gegenstände bewiesen überhaupt nichts. Niemand würde bei ihrem Anblick schluchzend zusammenbrechen und gestehen. Es war einfach nur meine Art, ihnen allen zu zeigen, daß ich immer noch an der Arbeit war und Fortschritte machte, so unwesentlich sie auch erscheinen mochten.

Ich klopfte an die Tür des Anhängers, aber niemand öffnete. Ich kritzelte eine Nachricht auf die Rückseite einer Visitenkarte und bat um Lovellas Anruf. Ich schob die Karte in die Tür, ging zu meinem Wagen zurück und fuhr in die Stadt.

Wayne Smiths Büro lag im siebten Stock des Granger Building im Zentrum von Santa Teresa. Abgesehen vom Uhrturm auf dem Justizgebäude ist das Granger wohl das einzige Bauwerk in der State Street, das mehr als zwei Stockwerke hoch ist.

Der Charme der Innenstadt besteht zum großen Teil darin, daß sie so flach ist. Sie wirkt irgendwie spanisch. Sogar die Sockel der Müllcontainer sind verputzt und mit dekorativen Kacheln verziert. Die Telefonzellen sehen aus wie kleine Hütten, und wenn man die Tatsache ignorieren kann, daß die Penner sie als Pissoirs benutzen, dann ist die Wirkung toll. Blumenkästen, Jacaranda-Bäume und Palmen säumen den Fußweg. Niedrige, reich verzierte Wände werden hier und da breiter und bilden so Sitzgelegenheiten für müde Käufer. Alles ist sauber, gepflegt und angenehm fürs Auge.

Das Granger Building sieht genauso aus wie hundert

andere, die in den zwanziger Jahren erbaut worden sind – gelbe Ziegel, symmetrische, schmale Fenster, von Granitfriesen gesäumt, über allem ein steiles, spitzes Dach mit passenden Giebeln. Der Stil ist eine Anomalität in dieser Stadt, fällt zwischen spanisch, viktorianisch und stillos. Dennoch ist das Gebäude ein Charakteristikum und beherbergt ein Kino, ein Juweliergeschäft und sieben Stockwerke mit Büroräumen.

Auf dem Wandschild in der Marmorhalle suchte ich nach Wayne Smiths Suite-Nummer. Er hatte die Nummer 702. Es gab zwei Fahrstühle im Haus, von denen einer außer Betrieb war. Die Tür stand offen, der Mechanismus war deutlich zu sehen. Es ist nicht gut, solche Sachen genauer zu mustern. Wenn man sieht, wie ein Lift tatsächlich funktioniert, dann begreift man, wie unwahrscheinlich das ganze System ist – da wird ein ganzes Zimmer voller Menschen an ein paar langen Drähten nach oben und unten gezogen. Lächerlich.

Ein Typ im Overall stand da und wischte sich das Gesicht mit einem Tuch ab.

»Wie läuft's?« fragte ich, während ich darauf wartete, daß die Türen des anderen Fahrstuhls sich öffneten.

Er schüttelte den Kopf. »Irgendwas ist immer, nicht? Letzte Woche war es dieser, der nicht funktioniert hat.«

Die Türen glitten auf, und ich trat ein, drückte auf die Sieben. Die Türen schlossen sich, und eine Weile passierte gar nichts. Schließlich trat der Aufzug mit einem Satz seinen Aufstieg an, hielt im siebten Stock. Es gab einen zweiten endlosen Aufenthalt. Ich drückte auf den »TÜR AUF«-Knopf. Nichts. Ich versuchte zu schätzen, wie lange ich überleben könnte, nur mit diesem einen, kleinen Stück Kaugummi unten aus der Tasche. Mit der flachen

Hand hämmerte ich auf den Knopf, und die Türen glitten auf.

Der Gang war schmal und schwach erleuchtet, da es nur ein Fenster nach draußen gab, das sich am anderen Ende des Ganges befand. Vier dunkle, holzgetäfelte Türen gingen auf jeder Seite ab. Die Namen der Mieter waren in Goldbuchstaben darauf angebracht, die aussahen, als befänden sie sich dort, seit es das Gebäude gab. Ich konnte nirgendwo Aktivitäten ausmachen, keinen Laut, kein gedämpftes Telefonklingeln. Wayne Smith, C. P. A. stand auf der ersten Tür rechts. Ich stellte mir eine Empfangsdame in einem kleinen Warteraum vor und drehte deshalb einfach den Griff, trat ein, ohne zu klopfen. Es gab nur einen großen Raum. Dämmriges Tageslicht fiel durch herabgezogene Jalousien ins Zimmer. Wayne Smith lag auf dem Boden, die Beine auf den Sitz seines Drehstuhls gelegt. Er drehte sich um und starrte mich an.

»Oh, Verzeihung! Ich dachte, es würde ein Wartezimmer geben«, sagte ich. »Ist alles in Ordnung?«

»Klar. Kommen Sie rein«, antwortete er. »Ich habe meinen Rücken ausgeruht.« Er zog die Beine vom Stuhl, augenscheinlich unter Schmerzen. Dann rollte er auf eine Seite und stemmte sich in eine sitzende Position, wobei er zusammenzuckte. »Sie sind Kinsey Millhone. Marilyn hat Sie mir gestern bei der Beerdigung gezeigt.«

Ich beobachtete ihn, fragte mich, ob ich ihm helfen sollte. »Was haben Sie denn gemacht?«

»Mein Rücken hat mich im Stich gelassen. Tut verdammt weh«, beklagte er sich. Nachdem er endlich auf den Füßen stand, grub er eine Faust ins Gesäß, drehte leicht eine Schulter, als wollte er einen Krampf vertreiben. Er hatte die Gestalt eines Läufers – schmal, sehnige Muskeln. Er sah älter aus als seine Frau, vielleicht Ende Vierzig, während ich sie Anfang Dreißig schätzte. Sein Haar war hell, kurzgeschnitten wie eine Frisur aus einem Jahrbuch aus den fünfziger Jahren. Ich fragte mich, ob er irgendwann beim Militär gewesen war. Seine Frisur legte nahe, daß er an der Vergangenheit hing, vielleicht von einem bedeutenden Ereignis dort gefangengehalten wurde. Seine Augen waren hell, sein Gesicht hatte zahllose Falten. Er trat ans Fenster und schob alle drei Jalousien hoch. Im Zimmer wurde es unerträglich hell.

»Setzen Sie sich«, forderte er mich auf.

Ich hatte die Wahl zwischen einer Schlafcouch und einem gegossenen Plastikstuhl. Ich entschied mich für den Stuhl, sah mich schnell um, während er sich auf seinen Drehstuhl niederließ wie in ein dampfendes Sitzbad. Er besaß sechs Metallbücherregale, die ein wenig zur Seite hingen durch das Gewicht all der Handbücher. Überall stapelten sich braune Akten, seine Schreibtischplatte war kaum noch zu sehen. Korrespondenz häufte sich neben seinem Stuhl, Regierungsschreiben und neueste Steuermeldungen auf der Fensterbank. Von diesem Mann würde man nicht gern abhängen, wenn es darum ging, sich einer Buchprüfung zu unterziehen. Er sah aus wie einer von denen, die sie einem anhängen.

»Ich habe mit Marilyn gesprochen. Sie sagte, Sie wären bei uns daheim gewesen. Ihr Interesse an uns erstaunt uns.«

»Barbara Daggett hat mich eingestellt, damit ich den Tod ihres Vaters untersuche. Mich interessiert jeder.«

»Aber warum reden Sie mit uns? Wir haben den Mann seit Jahren nicht gesehen.«

»Hat er sich letzte Woche nicht mit Ihnen in Verbindung gesetzt?«

»Warum hätte er das tun sollen?«

»Er hat Tony Gahan gesucht. Ich dachte, er hätte vielleicht versucht, durch Sie auf seine Spur zu kommen.«

Das Telefon klingelte, und er griff danach und führte ein Geschäftsgespräch, während ich ihn musterte. Er trug ausgestellte Hosen, die ein winziges bißchen zu kurz waren, und seine Socken waren aus Nylon und gingen wahrscheinlich bis über sein Knie. Er wechselte zu seinem Abschiedston, versuchte, das Gespräch zu beenden. »Hmhm. Hm-hm. Okay, prima. Bestens. Das machen wir. Ich hab die Formulare schon hier. Am Monatsende läuft die Frist ab. Schön.«

Mit erschöpftem Kopfschütteln legte er auf.

»Nun ja«, sagte er, um auf unser Thema zurückzukommen.

»Nun ja, also schön. Ich nehme nicht an, daß Sie noch wissen, wo Sie Freitag abend waren.«

»Ich war hier, habe Vierteljahresberichte geschrieben.«

»Und Marilyn war daheim bei den Kindern?«

Er saß da und starrte mich an. Ein Lächeln flackerte auf seinem Gesicht. »Wollen Sie etwa andeuten, daß wir bei John Daggetts Tod die Hand im Spiel gehabt hätten?«

»Irgend jemand muß das wohl«, erklärte ich.

Er lachte, fuhr sich mit der Hand übers Haar, als müßte er feststellen, ob ein neuer Schnitt fällig wäre. »Miss Millhone, Sie haben schon Nerven. In den Nachrichten hieß es, es handelte sich um einen Unfall.«

Ich lächelte. »Das glauben die Cops immer noch. Aber ich bin anderer Meinung. Ich glaube, eine ganze Reihe von Menschen hat Daggetts Tod gewünscht. Und dazu gehören auch Marilyn und Sie.«

»Aber wir hätten so etwas nicht tun können. Sie können

das nicht im Ernst meinen. Ich habe den Mann gehaßt, zweifellos, aber wir laufen nicht herum, spüren einen Mann auf und bringen ihn dann um. Großer Gott.«

Ich behielt meinen freundlichen Ton bei. »Aber Sie haben ein Motiv, und Sie hatten Gelegenheit.«

»Damit können Sie nichts beweisen. Wir sind anständige Leute. Wir bekommen nicht einmal Strafzettel. John Daggett muß eine Menge Feinde gehabt haben.«

Ich nickte zustimmend. »Die Westfalls«, fing ich an. »Billy Polo und seine Schwester, Coral. Scheinbar ein paar Gauner aus dem Gefängnis.«

»Was ist mit der Frau, die bei der Beerdigung solch ein Geheul gemacht hat? In meinen Augen sah sie aus wie eine ziemlich gute Kandidatin.«

»Ich habe mit ihr geredet.«

»Nun, dann gehen Sie wohl besser und reden noch mal mit ihr. Mit uns verlieren Sie nur Zeit. Niemand wird verhaftet, nur weil er ›Motiv‹ und ›Gelegenheit‹ hatte.«

»Dann müssen Sie sich ja auch keine Sorgen machen.«

Er schüttelte wieder den Kopf, sein Mißtrauen war offensichtlich. »Wie ich sehe, haben Sie alle Hände voll zu tun. Ich würde mich freuen, wenn Sie Marilyn heraushalten könnten. Sie hat genug Kummer gehabt.«

»Das habe ich verstanden«, sagte ich. »Danke für Ihre Zeit. Ich hoffe, ich muß Sie nicht wieder belästigen.« Ich ging zur Tür.

»Das hoffe ich auch.«

»Wissen Sie, wenn Sie ihn umgebracht haben oder wissen, wer es war, dann werde ich das herausfinden. Noch ein paar Tage, dann gehe ich sowieso zu den Cops. Sie werden Ihr Alibi untersuchen, gründlicher, als Sie es für möglich gehalten haben.«

Er streckte die Hände aus, die Handflächen nach oben. »Wir sind unschuldig, bis man uns das Gegenteil beweist«, erklärte er und lächelte jungenhaft.

23

Während ich auf den Fahrstuhl wartete, ging ich in Gedanken das Gespräch noch einmal durch, versuchte herauszufinden, was mir entgangen war. Oberflächlich betrachtet war an seiner Antwort alles in Ordnung, aber ich fühlte mich gereizt und unwohl, vielleicht nur, weil ich nicht weiterkam. Ich haute auf den ABWÄRTS-Knopf. »Komm schon«, sagte ich. Die Fahrstuhltür öffnete sich ein Stück. Ungeduldig schob ich sie zurück und stieg ein. Die Türen schlossen sich, und der Fahrstuhl fuhr ein Stockwerk tiefer, ehe er erneut hielt. Die Türen öffneten sich. Tony Gahan stand im Flur, eine Einkaufstüte in der Hand. Er schien ebenso überrascht, mich zu sehen, wie ich es war, ihn zu sehen.

»Was machen Sie denn hier?« fragte er. Er stieg ein, und wir fuhren nach unten.

»Ich mußte jemanden oben sprechen«, antwortete ich. »Und du?«

»Ein Termin bei meinem Psychotherapeuten. Er war nicht in der Stadt, und jetzt hat sich sein Rückflug verzögert. Seine Sekretärin soll ihn in einer Stunde abholen. Deshalb hat sie mir gesagt, ich soll um fünf noch mal kommen.«

Wir kamen in der Halle an.

»Wie kommst du heim? Soll ich dich fahren?« fragte ich.

Er schüttelte den Kopf. »Ich bleib einfach hier.« Er

deutete auf eine Spielhalle gegenüber, in der ein paar Jugendliche aus der High-School herumhingen.

»Bis später dann«, sagte ich.

Wir trennten uns, und ich kehrte zum Parkplatz hinter dem Haus zurück. Ich stieg in meinen Wagen und fuhr die vier Blocks zu meinem Büro. Ich parkte und ließ den Rock und die Schuhe erst einmal auf dem Rücksitz liegen.

Auf dem Anrufbeantworter war keine Nachricht aufgezeichnet, aber die Post war gekommen, und ich blätterte sie durch und fragte mich, was ich sonst mit meiner Zeit anfangen sollte. Ich war richtig erschöpft, nachdem die emotionelle Energieladung von Jonah aufgebraucht war. Ich bin nicht daran gewöhnt, viel zu trinken, und da ich allein bin, schlafe ich sonst viel mehr. Er war um fünf Uhr gegangen, ehe es hell wurde, und ich hatte es gerade noch geschafft, eine Stunde zu schlafen, ehe ich schließlich aufstand, joggte, duschte und mir etwas zu essen machte.

Ich lehnte mich in meinem Stuhl zurück, legte die Füße auf den Tisch und hoffte, daß mir niemand ein Nickerchen übelnehmen würde. Als ich wieder zu mir kam, hatten die Zeiger der Uhr sich auf wundersame Weise von 12 Uhr 10 auf 2 Uhr 50 bewegt, und mein Kopf dröhnte. Ich kam taumelnd auf die Füße und trottete den Gang entlang zur Damentoilette. Ich pinkelte, wusch mir Gesicht und Hände, spülte mir den Mund und starrte mein Spiegelbild an. Mein Haar war hinten platt gedrückt und stand dafür überall sonst steif nach oben. Das fluoreszierende Licht im Raum ließ meine Haut krank erscheinen. Waren das die Folgen von Sex mit einem verheirateten Mann? »Nun, das will ich doch wohl hoffen«, sagte ich. Ich hielt den Kopf unters Wasser und trocknete mein Haar dann mit acht Runden Heißluft aus der Maschine an der Wand, die (wie ein Schild verkündete) montiert worden war, um vor den Gefahren von Krankheiten zu schützen, die durch den Abfall bei Papierhandtüchern übertragen werden könnten. Ich überlegte, welche Krankheiten damit wohl gemeint sein könnten. Typhus? Diphtherie?

Ich konnte hören, wie das Telefon in meinem Büro am Ende des Ganges läutete, und fing an zu rennen. Ich schnappte es beim sechsten Klingeln, riß den Hörer hoch und schnaufte ein atemloses »Hallo« hinein.

»Hier ist Lovella«, sagte eine bedrückte Stimme. »Ich habe die Nachricht gekriegt, daß ich Sie anrufen soll.«

Ich holte tief Luft. »Richtig. Ich dachte, wir sollten miteinander sprechen. Das haben wir nicht mehr getan, seit ich Sie in L. A. besucht habe.« Ich ging um meinen Schreibtisch herum und setzte mich, noch immer bemüht, zu Atem zu kommen.

»Ich bin wütend auf Sie, Kinsey«, erklärte sie. »Warum haben Sie mir nicht erzählt, daß Sie Daggetts Geld hatten?«

»Wozu denn? Ich hatte einen Kassenscheck, aber er war nicht auf Sie ausgestellt. Warum hätte ich ihn also erwähnen sollen?«

»Weil ich da stand und Ihnen erzählt habe, daß ich mit 'nem Kerl verheiratet war, der mich fast umgebracht hätte, und Sie erzählen mir, ich soll mich ans Frauenhaus wenden und all so 'n Quatsch! Und die ganze Zeit hatte Daggett Tausende von Dollar.«

»Aber er hat das Geld gestohlen. Hat Billy Ihnen das nicht erzählt?«

»Mir ist es egal, woher es kommt. Ich hätte nur gern ein bißchen was für mich. Jetzt ist er tot, und sie kriegt alles.«

»Wer, Essie?«

»Die und ihre Tochter.«

»Ach, hören Sie auf, Lovella. Er kann denen kaum genug hinterlassen haben, um sich deshalb Gedanken zu machen.«

»Jedenfalls mehr, als er mir hinterlassen hat. Wenn ich von dem Geld gewußt hätte, hätte ich ihn vielleicht überreden können, mir was abzugeben.«

»Ja, richtig, so großzügig, wie der war«, bemerkte ich trocken. »Wenn Sie das Geld in die Hände bekommen hätten, dann wären jetzt vielleicht Sie tot, nicht er. Außer Billy hat mich belogen, was die Knaben aus San Luis angeht, die hinter ihm her waren.« Ich hatte diese Geschichte nie ernst genommen, aber vielleicht wurde es Zeit, daß ich das tat.

Sie blieb stumm. Ich konnte förmlich hören, wie sie eine andere Gangart einschlug. »Ich weiß nur, daß Sie ein Miststück sind, und er war das auch.«

»Tut mir leid, daß Sie so denken, Lovella. John hat mich angestellt, und ich war in erster Linie ihm verpflichtet. – Das war falsch, wie sich herausgestellt hat, aber so war es nun mal. Möchten Sie noch ein bißchen mehr Dampf ablassen, oder können wir uns einem anderen Thema zuwenden?«

»Ja. Ich hätte das Geld bekommen sollen, nicht jemand anders. Ich war es doch, die er herumgeprügelt hat. Ich hab noch immer zwei gebrochene Rippen und ein Auge, das aussieht, als wäre es eingesunken.«

»Sind Sie deshalb bei der Beerdigung so ausgerastet?«

Ihr Ton wurde sanfter. »Tut mir leid, daß das passiert ist. Aber ich konnte nicht anders. Ich hatte seit zehn Uhr in 'ner Bar gesessen und Bloody Marys getrunken, und da hab ich wohl die Kontrolle verloren. Aber das hat mich auch wahnsinnig gemacht, dieses ganze Bibelgesumse. Daggett ist nie im Leben in der Kirche gewesen, und da war das einfach nicht richtig. Und diese fette alte Schachtel behauptet, sie wäre mit ihm verheiratet? Ich wollte meinen Augen nicht trauen. Die sah ja aus wie 'ne Bulldogge.«

Ich mußte lachen. »Vielleicht hat er sie nicht wegen ihres Aussehens geheiratet.«

»Na ja, das hoffe ich doch.«

»Wann haben Sie ihn zum letzten Mal gesehen?«

»Im Bestattungsinstitut, wo sonst?«

»Davor, meine ich.«

»An dem Tag, als er aus L. A. fort ist. Montag vor einer Woche. Danach hab ich ihn nicht wiedergesehen.«

»Ich dachte, Sie hätten vielleicht 'nen Bus genommen, nachdem ich am Donnerstag fort war.«

»Nein, hab ich nicht.«

»Aber Sie hätten es tun können, oder nicht?«

»Warum? Ich wußte ja nicht mal, wo er war.«

»Aber Billy wußte es. Sie hätten letzte Woche zu Coral kommen können. Sie hätten ihn Freitag abend im Hub treffen und ihm ein paar Drinks kaufen können.«

Ihr Lachen war sauer. »Darauf können Sie mich nicht festnageln. Wenn das ich gewesen bin, wie kommt's, daß Coral mich nicht erkannt hat, hm?«

»Soviel ich weiß, hat sie das. Sie sind Freunde. Vielleicht hat sie einfach nur den Mund gehalten.«

»Warum sollte sie das tun?«

»Vielleicht wollte sie Ihnen helfen.«

»Coral mag mich nicht mal. Sie glaubt, ich wär 'ne Hure. Warum sollte sie mir da helfen?«

»Ich hab ihn nicht umgebracht, Kinsey, wenn Sie das meinen.«

»Das sagt jeder. Sie sind alle vollkommen unschuldig. Daggett wurde umgebracht, aber niemand ist schuld. Erstaunlich.«

»Sie brauchen mir ja nicht zu glauben. Fragen Sie doch Billy. Wenn der erst zurückkommt, kann er Ihnen sowieso sagen, wer es war.«

»He, das klingt ja toll. Und wie will er das schaffen?«

Eine Pause entstand, als hätte sie etwas gesagt, was sie eigentlich nicht hätte verraten dürfen. »Er dachte, er hätte bei der Beerdigung jemanden erkannt, und dann ist ihm eingefallen, wo er die früher schon gesehen hatte«, erzählte sie zögernd.

Ich starrte auf den Hörer. Blitzschnell fiel mir Billys Blick wieder ein, wie er die kleine Gruppe anstarrte, die sich aus den Westfalls, Barbara Daggett und den Smith' zusammensetzte. »Ich verstehe das nicht. Was hat er vor?«

»Er hat ein Treffen angesetzt. Er will herausfinden, ob seine Theorie richtig ist, und dann will er Sie anrufen, hat er gesagt.«

»Er will sich mit ihr *treffen*?«

»Das sagte ich doch, oder nicht?«

»Das sollte er nicht allein tun. Warum hat er nicht die Polizei verständigt?«

»Weil er sich vor denen nicht zum Narren machen will. Wenn er sich nun irrt? Er hat sowieso keine Beweise. Nur ein Gefühl, und selbst das ist nicht hundertprozentig.«

»Haben Sie eine Ahnung, von wem er gesprochen hat?«

»Mh-mh. Er wollte es mir nicht sagen, aber er war ziemlich zufrieden mit sich. Er sagte, so könnten wir vielleicht doch noch etwas Geld bekommen.«

O Gott, dachte ich, nicht Erpressung. Ich konnte fühlen, wie mein Herz in die Hose sackte. Billy Polo war nicht schlau genug, um das aufzuziehen. Er würde es versauen wie jedes andere Verbrechen, an dem er sich versucht hatte. »Wo soll das Treffen stattfinden?«

»Warum fragen Sie?« Sie wurde vorsichtig.

»Weil ich hinfahren will!«

»Ich glaube nicht, daß ich es Ihnen sagen sollte.«

»Lovella, tun Sie mir das nicht an.«

»Nun, er hat nicht gesagt, daß ich das könnte.«

»Sie haben mir schon soviel erzählt, warum da nicht auch den Rest? Er könnte in Schwierigkeiten sein.«

Sie zögerte, dachte darüber nach. »Irgendwo unten am Strand. Er ist nicht blöd, wissen Sie. Er hat dafür gesorgt, daß es ein öffentlicher Ort ist. Er hat sich gesagt, am hellichten Tag würde es keine Probleme geben, schon gar nicht mit anderen Leuten in der Nähe.«

»An welchem Strand?«

»Was, wenn er wütend auf mich wird?«

»Das bringe ich selbst mit ihm in Ordnung. Ich werde *schwören*, daß ich die Information aus Ihnen herausgepreßt habe.«

»Es wird ihm nicht gefallen, wenn Sie auftauchen und alles verderben.«

»Ich werde nichts verderben. Ich halte mich im Hintergrund und sorge dafür, daß er okay ist. Das ist alles.«

Stille. Sie war so langsam, daß ich dachte, ich müßte schreien. »Sehen Sie es doch mal so«, sagte ich. »Er könnte über Hilfe froh sein. Wenn er nun Rückendeckung braucht?«

»Billy würde keine Rückendeckung von *einer Frau* brauchen.«

Ich schloß die Augen, versuchte, meine Wut zu zügeln. »Geben Sie mir wenigstens einen Tip, Lovella, oder ich komme zum Wohnwagen und reiße Ihnen das Herz aus der Brust.« Das verstand sie.

»Verraten Sie ihm bloß nicht, wer es Ihnen erzählt hat«, warnte sie.

»Ich schwöre es bei meinem Leben. Kommen Sie schon.«

»Ich glaube, es ist der Parkplatz in der Nähe des Bootssteges ...«

Ich knallte den Hörer hin und schnappte meine Handtasche. Hastig schloß ich das Büro ab und rannte den Gang entlang, nahm immer zwei, drei Stufen auf einmal die Treppe hinab. Ich hatte meinen Wagen am anderen Ende vom Parkplatz abstellen müssen, und als ich jetzt zum Aufseher kam, standen drei andere Wagen vor meinem. »Macht schon, macht schon«, murmelte ich und trommelte auf das Steuerrad.

Endlich war ich an der Reihe. Ich zeigte dem Mann meine Parkerlaubnis und schoß durchs Tor, sobald der Balken hochging.

Chapel ist Einbahnstraße, vom Strand landeinwärts, also mußte ich nach rechts abbiegen, dann nach links auf die Einbahnstraße zum Strand. Die Ampel an der 101. stand auf Rot, und das hielt mich auf. Aber ich wollte nicht zwei Minuten zu spät auftauchen und die einzige Chance verderben, die ich vielleicht hatte. Ich sah mich schon im Gefängnis ... und Billy Polo.

Die Ampel wurde grün, und ich überquerte den Highway. Noch zwei Blocks und ich erreichte die Cabana, bog nach rechts ab. Der Eingang zu dem Parkplatz, zu dem ich wollte, befand sich ganz am anderen Ende, hinter der Kurve, in der Nähe vom Santa Teresa City College. Ich holte mir eine Karte aus dem Automaten und überflog den

Parkplatz. Ich hoffte, einen Blick auf Billys weißen Chevy zu erhaschen. Der Jachthafen lag zu meiner Rechten, die Sonne wurde von den weißen Segeln eines eleganten Bootes reflektiert, das soeben aus dem Hafen glitt. Der Bootsslip war am Ende des Parkplatzes, jenseits eines zweiten Tores. Ich zog ein zweites Ticket, und die Schranke ging hoch. Ich fand eine Parklücke, stellte meinen Wagen ab und ging zu Fuß weiter.

Vier Jogger kamen an mir vorbei. Ich sah Leute bei den Booten, Leute auf dem Weg, bei dem Snack Shop und den öffentlichen Einrichtungen. Ich wurde schneller, suchte die Gegend vor mir nach einem Zeichen von Billy oder der Blondine ab. Ich hörte es direkt vor mir dreimal schnell und hohl knallen. Ich rannte. Niemand sonst reagierte, aber ich hätte schwören können, daß es Schüsse gewesen waren.

Ich erreichte den Bootsslip, wo sich der Parkplatz ins Wasser senkt. Niemand war zu sehen. Niemand rannte, niemand verließ hastig die Szene. Die Luft war still, das Wasser leckte leise über den Asphalt. Zwei Piers erstreckten sich ungefähr neun Meter weit ins Wasser, aber beide waren leer, keine Boote oder Fußgänger zu sehen. Ich machte eine Kehrtwendung um dreihundertsechzig Grad, musterte jeden Zentimeter der Gegend. Und dann entdeckte ich ihn. Er lag auf der Seite, neben einem Bootsanhänger, einen Arm sonderbar verrenkt unter sich. Er keuchte, kämpfte, drehte sich selbst auf den Rücken. Hastig lief ich über den Teer.

Ein Mann in abgeschnittener Hose kam aus dem Snack Shop und starrte mich an, als ich vorbeilief. »Ist der Knabe in Ordnung?«

»Rufen Sie die Polizei. Einen Krankenwagen«, fuhr ich ihn an.

Ich kniete neben Billy, verrenkte mich, bis er mich sehen konnte. »Ich bin es, keine Angst. Du wirst wieder gesund. Gleich kommt Hilfe.«

Billys Blick wanderte zu mir. Sein Gesicht war grau, und eine Pfütze aus ziemlich rotem Blut unter ihm wurde immer größer. Ich nahm seine Hand und hielt sie. Eine Menschenmenge sammelte sich, von allen Seiten kamen Leute herbeigerannt. Ich konnte sie hinter meinem Rücken murmeln hören.

Jemand reichte mir ein Handtuch. »Wollen Sie ihn damit zudecken?«

Ich nahm das Handtuch. Ich ließ ihn gerade lange genug los, um sein Hemd aufzuknöpfen, öffnete es, damit ich sehen konnte, womit ich es zu tun hatte. In seinem Bauch war ein Loch. Man mußte von hinten auf ihn geschossen haben, denn was ich vor mir sah, war eine ausgefranste Austrittswunde, aus der Blut quoll. Die Kugel mußte die Baucharterie getroffen haben. Ein Stück seiner Eingeweide war sichtbar, grau und glänzend wölbte es sich aus dem Loch. Ich spürte, wie meine Hände zu zittern anfingen, aber ich zwang mich zu einem nichtssagenden Gesichtsausdruck. Er beobachtete mich, versuchte, in meinem Gesicht zu lesen. Ich machte ein Kissen aus dem Handtuch, preßte es auf die Wunde, um das Blut zu stoppen.

Er stöhnte, atmete schnell. Seine eine Hand lag auf der Brust, seine Finger flatterten. Ich nahm wieder seine Hand, drückte sie fest.

Er bewegte den Kopf. »Wo . . . ist mein Bein? Ich kann da unten nichts fühlen.«

Ich warf einen Blick zu seinem rechten Knie. Es sah aus, als wäre das Hosenbein an einem Nagel hängengeblieben. Blut und Knochen schienen durch den Riß zu dringen.

»Reg dich nicht auf. Das können die wieder in Ordnung bringen. Du schaffst das«, sagte ich. Ich erwähnte das Blut nicht, das durch das Handtuch drang. Ich dachte mir, daß er das wahrscheinlich wußte.

»Ich hab 'nen Bauchschuß.«

»Ich weiß. Entspann dich. Es ist nicht schlimm. Der Krankenwagen ist unterwegs.«

Die Hand, die ich hielt, war eiskalt, die Finger bleich. Es gab Fragen, die ich hätte stellen müssen, aber ich tat es nicht. Ich konnte nicht. Man belästigt einen Sterbenden nicht mit einem verdammten Verhör wie ein verdammter Profi. Das hier waren nur er und ich, und nichts und niemand sonst hatte damit zu tun.

Ich musterte sein Gesicht, sandte ihm Liebe durch meine Augen, wollte ihn mit meiner Willenskraft zwingen zu leben. Sein Haar wirkte lockiger, als ich es in Erinnerung hatte. Mit meiner freien Hand strich ich es ihm aus der Stirn. Schweiß perlte auf seiner Oberlippe.

»Ich sterbe ... ich fühle, wie ich sterbe ...« Er klammerte sich krampfhaft an meine Hand, bäumte sich auf unter einer Woge von Schmerz.

»Ganz ruhig. Du wirst wieder ganz gesund.«

Er fing an, schneller zu atmen, und dann ließ sein Kampf nach. Ich konnte sehen, wie das Leben von ihm wich, wie alles verblaßte – Farbe, Energie, Bewußtsein, Schmerz. Der Tod kommt in einer Wolke, die sich wie ein Schleier senkt. Billy Polo seufzte, den Blick noch immer auf mein Gesicht geheftet. Seine Hand entspannte sich in meiner, aber ich hielt sie weiter fest.

24

Ich saß auf dem Bordstein in der Nähe des Snack Shops und starrte auf den Asphalt. Der Besitzer hatte mir eine Dose Cola gebracht, und ich hielt das kühle Metall an meine Schläfe. Mir war übel, aber sonst war alles in Ordnung mit mir. Lieutenant Feldman war erschienen und beugte sich jetzt über Billys Leiche, sprach mit den Jungs vom Labor. Der Krankenwagen hatte gewendet und wartete mit offenen Türen, als wollte er den Leichnam vor den Blicken des Publikums schützen. Zwei Streifenwagen parkten in der Nähe, ihre Funkgeräte bildeten einen quäkenden Gegensatz zu dem Gemurmel der Menge. Gewaltsamer Tod zieht immer Zuschauer an, und ich konnte hören, wie sie ihre Kommentare abgaben, Vermutungen anstellten, wie der letzte Akt gespielt worden war. Sie waren nicht grausam, nur neugierig. Vielleicht war es gut für sie zu sehen, wie grotesk Mord tatsächlich ist.

Die Streifenbeamten Gutierrez und Pettigrew waren wenige Minuten nach Billys Tod eingetroffen und hatten über Funk die Spurensicherung gerufen. Die beiden würden wahrscheinlich zur Wohnwagenstadt hinüberfahren, um Coral und Lovella die Nachricht zu überbringen. Ich hatte das Gefühl, ich sollte mitfahren, aber ich brachte es noch nicht über mich. Ich würde fahren, aber im Augenblick hatte ich noch Schwierigkeiten, mit der Tatsache von Billys Tod fertigzuwerden. Es war so schnell passiert. Es war so unwiderruflich. Es fiel mir schwer zu akzeptieren, daß wir das Band nicht noch einmal zurückspulen und die letzten fünfzehn Minuten anders spielen konnten. Ich würde früher kommen. Ich würde ihn warnen, und er könnte unverletzt davongehen. Er würde mir seine Theorie erzählen, und dann könnte ich ihm das Bier kaufen, das ich ihm an diesem ersten Abend im Hub versprochen hatte.

Feldman tauchte auf. Ich ertappte mich dabei, daß ich auf seine Hosenbeine starrte, unfähig, aufzublicken. Er zündete eine Zigarette an und begab sich auf meine Höhe hinunter, hockte ebenfalls am Straßenrand. Ich umklammerte meine Knie, fühlte mich wie betäubt. Ich kenne den Mann kaum, aber das, was ich von ihm gesehen habe, hat mir immer gefallen. Er sieht aus wie eine Kreuzung zwischen Jude und Indianer – ein großes, flaches Gesicht, hohe Wangenknochen, eine große gebogene Nase. Er ist ein großer Mann, ungefähr fünfundvierzig, mit dem Haarschnitt eines Cops, den Kleidern eines Cops und einer tiefen, rollenden Stimme. »Weihen Sie mich schnell ein?« bat er.

Es war die Bewegung, als ich meinen Mund öffnete, die die Tränen hervorrief. Ich riß mich zusammen, wollte sie unterdrücken. Ich schüttelte den Kopf, kämpfte mit dem fast überwältigenden Druck des Bedauerns. Er reichte mir ein Taschentuch, und ich drückte es an meine Augen, faltete es dann und richtete meine Bemerkungen an dieses Rechteck aus weißer Baumwolle. In eine Ecke war ein »F« gestickt, bei dem sich ein Faden löste.

»Tut mir leid«, murmelte ich.

»Das ist schon in Ordnung. Lassen Sie sich Zeit.«

»Er war so ein Versager«, sagte ich. »Ich glaube, das ist es auch, was mich so fertigmacht. Er dachte, er wäre so schlau und so hart.«

Ich machte eine Pause. »Ich schätze, man weiß nie vorher, welche Menschen einem im Leben berühren.«

»Hat er nicht gesagt, wer auf ihn geschossen hat?«

Ich schüttelte den Kopf. »Ich hab nicht gefragt. Ich wollte die letzten Minuten seines Lebens nicht mit solchem Zeug vertun. Es tut mir leid.«

»Nun, er hätte es vielleicht ohnehin nicht verraten. Um was ging es?«

Ich fing an zu reden, erzählte alles, was mir in den Sinn kam. Er ließ mich plappern, bis ich schließlich die Beherrschung wiederfand und anfing, es systematisch auszubreiten. Nach Hunderten von Berichten kannte ich den Weg. Ich ging alles der Reihe nach durch, während er nickte und sich Notizen in einem abgegriffenen, schwarzen Büchlein machte.

Als ich fertig war, steckte er seinen Kuli fort und schob das Notizbuch zurück in die Innentasche seines Jacketts. Dann stand er auf, und automatisch erhob ich mich mit ihm.

»Was nun?« fragte ich.

»Ehrlich gesagt, Daggetts Akte liegt bei mir auf dem Tisch«, erzählte er. »Robb hat mir erzählt, Sie würden es für einen Mord halten, und ich dachte, ich schaue es mir mal an. Wir hatten einen Doppelmord, einen von diesen Exekutionskommandos, im Bluffs, gestern nacht, und da haben wir alle unsere Leute hingeschickt, deshalb hatte ich bislang noch keine Zeit für Daggett. Es wäre schon gut, wenn Sie aufs Revier kommen und selbst mit Lieutenant Dolan sprechen würden.«

»Ich möchte erst Billys Schwester aufsuchen«, bat ich. »Das ist schon der zweite Bruder, den sie im Zusammenhang mit Daggett verloren hat.«

»Sie glauben nicht, daß sie es war, die ihn umgebracht hat?«

Ich schüttelte den Kopf. »Ich dachte, sie hätte mit Daggetts Tod zu tun, aber ich kann mir nicht vorstellen, daß sie hierin verwickelt ist. Es sei denn, mir ist etwas Wesentliches entgangen. Erstens hätte er sie nicht hier draußen treffen müssen. Ich bin sicher, daß es jemand war, den er bei der Beerdigung gesehen hat.«

»Machen Sie eine Liste, und die gehen wir dann durch«, meinte er.

Ich nickte. »Ich kann auch am Büro vorbeifahren und meine Berichte kopieren. Und Lovella weiß vielleicht auch mehr, als sie uns bislang erzählt hat.« Es war ein gutes Gefühl, alles ihm zu überlassen. Er konnte es haben. Essie und Lovella und die Smith'.

Pettigrew näherte sich, eine kleine Plastiktüte in der Hand, die er an einer Ecke festhielt. Darin lagen drei leere Hülsen. »Die haben wir drüben bei dem Lieferwagen gefunden. Wir riegeln den gesamten Parkplatz ab, bis die Jungs Gelegenheit haben, ihn durchzukämmen.«

»Versuchen Sie es mit den Abfalleimern. Da habe ich den Rock und die Schuhe gefunden, nachdem Daggett ermordet wurde«, schlug ich vor.

Feldman nickte und warf dann einen Blick auf die Hülsen. ».32er«, bemerkte er.

Ich fühlte, wie mir ein kalter Schauer über den Rücken lief. Mein Mund wurde trocken. »Meine .32er ist vor ein paar Tagen aus meinem Wagen gestohlen worden«, berichtete ich. »Gutierrez hat die Anzeige aufgenommen.«

»Es gibt hier 'ne Menge .32er, aber wir werden es im Auge behalten«, meinte Feldman zu mir und dann an Pettigrew gewandt: »Jagt die Leute von hier weg. Aber seid höflich.«

Pettigrew zog sich zurück, und Feldman wandte sich um, um mich zu mustern. »Alles in Ordnung?«

Ich nickte, wünschte, ich könnte mich wieder hinsetzen, hatte aber Angst, daß ich dann nicht mehr hochkäme.

»Möchten Sie noch irgend etwas sagen, ehe ich Sie ziehen lasse?«

Ich schloß für einen Moment die Augen, dachte zurück. Ich kenne die bellenden Geräusche, die eine .32er macht, wenn sie abgefeuert wird, und die Schüsse, die ich gehört hatte, klangen nicht so. »Diese Schüsse«, sagte ich. »Sie hörten sich für mich seltsam an. Hohl. Mehr ein Plopp als ein Knall.«

»Ein Schalldämpfer?«

»Ich habe noch nie einen gehört, außer im Fernsehen«, gestand ich.

»Ich lasse vom Labor die Kugeln untersuchen, obwohl ich nicht weiß, woher jemand hier in der Stadt einen Schalldämpfer nehmen sollte.« Wieder notierte er sich schnell etwas in seinem Notizbuch.

»Den können Sie wahrscheinlich bei einer der Firmen bestellen, die immer in den Zeitschriften inserieren«, sagte ich.

»Da haben Sie wohl recht.«

Der Fotograf machte seine Bilder, und ich konnte sehen, wie Feldmans Blick zu ihm hinüberwanderte. »Ich muß mich um den Knaben kümmern. Er ist neu. Ich will sichergehen, daß er alles aufnimmt, was ich brauche.«

Er entschuldigte sich und ging zu Billys Leiche hinüber, wo er sich in ein Gespräch mit dem Gerichtsfotografen einließ und gestenreich die verschiedenen Winkel beschrieb, aus denen er den Toten fotografiert haben wollte.

Maria Gutierrez kam zu mir. »Wir fahren jetzt zum Wohnwagen. Garry meinte, Sie würden mitkommen wollen.«

»Ich folge in meinem eigenen Wagen. Wissen Sie, wo das ist?«

»Wir kennen den Park. Wir können Sie dort treffen, wenn Sie möchten.«

»Ich will erst nachsehen, ob Billys Wagen hier auf dem Platz steht. Ich komme bald, aber Sie brauchen meinetwegen nicht zu warten.«

»In Ordnung.«

Ich beobachtete, wie sie den Parkplatz verließen, und schlenderte dann los, überprüfte die Fahrzeuge in der Nähe des Bootsslips. Ich entdeckte den Chevy drei Reihen vom Eingang entfernt, eingeklemmt zwischen zwei Wohnwagen. Das provisorische Schild klemmte noch immer hinter der Windschutzscheibe. Die Fenster waren offen. Ich steckte den Kopf hinein, ohne irgend etwas zu berühren. Für mich sah der Wagen sauber aus. Nichts auf dem Vordersitz. Nichts hinten. Ich ging zum Fenster auf der Beifahrerseite und spähte hinein, überprüfte von hier aus den Boden. Ich weiß nicht einmal, was ich zu finden hoffte. Einen Hinweis, wohin wir uns von hier aus wenden sollten. Es sah aus, als würde Feldman eine offizielle Untersuchung des Falles anberaumen, und so froh ich war, es ihm zu überlassen, so konnte ich doch noch nicht völlig loslassen.

Ich hielt bei meinem Wagen, nahm Rock und Schuhe und überreichte sie Lieutenant Feldman. Ich sagte ihm, wo er Billys Wagen finden würde, und dann stieg ich endlich in meinen und fuhr los. Im Herzen wußte ich, daß ich Zeit geschunden hatte, um Pettigrew und Gutierrez Gelegenheit zu geben, die Nachricht von Billys Tod zu überbringen. Das mußte der schlimmste Augenblick im Leben eines jeden Menschen sein, wenn zwei uniformierte Polizisten mit ernstem Gesicht und traurigen Stimmen vor der Tür stehen.

Als ich zur Wohnwagenstadt kam, hatte die Nachricht schon die Runde gemacht. Fast wie durch Telepathie versammelten sich die Leute zu zweit und zu dritt, alle starrten mit unguten Gefühlen auf den Wohnwagen und unterhielten sich leise. Die Tür des Wagens war geschlossen, und ich hörte nichts, als ich näher kam, aber mein Auftauchen hatte in meinem Rücken eine neue Unterhaltung in Gang gebracht.

Ein Mann trat vor. »Sind Sie eine Freundin der Familie? Weil sie gerade schlechte Nachrichten erhalten hat. Ich war mir nicht sicher, ob Sie das wissen«, sagte er.

»Ich war da«, erklärte ich. »Sie kennt mich. Wie lange ist es her, daß die Beamten gegangen sind?«

»Zwei Minuten. Sie waren wirklich gut, haben lange mit ihr geredet und sich vergewissert, daß mit ihr alles in Ordnung ist. Ich bin Fritzy Roderick, der Leiter hier«, erklärte er und streckte mir die Hand hin.

»Kinsey Millhone. Ist jetzt jemand bei ihr?«

»Ich glaube nicht, und wir haben keinen Muckser gehört. Wir haben gerade überlegt ... die Nachbarn und alle ... ob sich jemand zu ihr setzen sollte.«

»Ist Lovella da drinnen?«

»Ich kenne den Namen nicht. Ist sie eine Verwandte?«

»Billys frühere Freundin. Mal sehen, ob ich herausfinden kann, was da los ist. Wenn sie etwas braucht, lasse ich es Sie wissen.«

»Das wäre nett. Wir möchten gerne helfen, wenn wir können.«

Ich klopfte an die Anhängertür, unsicher, was ich zu erwarten hatte. Coral öffnete einen Spalt, und als sie sah, daß ich es war, ließ sie mich ein. Ihre Augen waren gerötet, aber sie schien beherrscht. Sie setzte sich auf einen Küchenstuhl und nahm ihre Zigarette auf, schnippte die Asche fort. Ich setzte mich auf die Bank.

»Das mit Billy tut mir leid«, fing ich an.

Sie warf mir einen kurzen Blick zu. »Hat er es gewußt?«

»Ich denke. Als ich ihn fand, war er bereits im Schock. Ich glaube nicht, daß er viel gelitten hat, wenn Sie das meinen. Es ging sehr schnell zu Ende.«

»Ich muß es Mom erzählen. Die beiden Cops, die hier waren, sagten, sie würden es tun, aber ich wollte es nicht.« Ihre Stimme erstarb. Sie war heiser vor Kummer und Schnupfen. »Er hat immer gewußt, daß er jung sterben würde, wissen Sie? Wenn wir zum Beispiel alte Leute auf der Straße gesehen haben, krank oder schwach. Er sagte, so wie die würde er nie enden. Ich habe ihn angefleht, anständig zu werden, aber er mußte alles auf seine Art machen.« Sie verstummte.

»Wo ist Lovella?«

»Ich weiß nicht. Der Anhänger war leer, als ich herkam.«

»Coral, ich wünschte, Sie würden mich einweihen. Ich muß wissen, was hier vorging. Billy hat mir drei verschiedene Versionen von ein und derselben Geschichte erzählt.«

»Warum fragen Sie mich? Ich weiß nichts.«

»Aber Sie wissen mehr als ich.«

»Dazu gehört nicht viel.«

»Seien Sie offen mit mir. Bitte. Billy ist jetzt tot. Es gibt nichts mehr zu beschützen, oder?«

Sie starrte einen Augenblick lang auf den Boden. Dann seufzte sie und drückte ihre Zigarette aus. Sie stand auf und fing an, den Tisch abzuräumen, ließ Wasser in das rostfreie Spülbecken laufen. Sie spritzte Spülmittel hinein, ließ Besteck und Teller in die Schaumberge gleiten und sprach bei der Arbeit in einem leisen monotonen Singsang. »Billy war schon in San Luis, als Daggett hinkam. Daggett hatte keine Ahnung, daß Doug mit uns verwandt war, also hat Billy die Bekanntschaft eingefädelt. Wir waren beide verdammt wütend.«

»Billy hat mir erzählt, daß er und Doug sich nie sehr nah gestanden hätten.«

»Blödsinn. Das hat er Ihnen nur erzählt, damit Sie keinen Verdacht hegen. Wir drei waren die dicksten Freunde.«

»Sie hatten also vor, ihn umzubringen«, sagte ich.

»Ich weiß nicht. Wir wollten einfach nur, daß er bezahlt. Wir wollten ihn bestrafen. Wir dachten, wir würden schon einen Weg finden, wenn wir ihm erst einmal näher stünden. Dann starb Daggetts Zellengenosse, und er hat all das Geld gekriegt.«

»Und Sie dachten, das würde Sie entschädigen?«

»Ich nicht. Ich wußte, ich würde nie glücklich sein, solange Daggett am Leben war, aber ich konnte es nicht selbst machen. Ich meine, jemanden kaltblütig umbringen. Billy war es, der sagte, das Geld würde uns helfen. Wir konnten Doug nicht wieder lebendig machen, aber wenigstens würden wir was haben. Er hat immer gewußt, daß Daggett das Geld geklaut hatte, aber er hat nicht erwartet, daß er damit abhauen könnte. Daggett kam also aus dem Gefängnis und fing an, mit Geld um sich zu werfen. Lovella ruft Billy an, und wir beschließen, uns ranzumachen.«

»Dann sind die Kerle in San Luis also nie dahintergekommen«, sagte ich.

»Nee. Sobald Billy sah, daß Daggett es geschafft hatte, beschlossen wir, ihm das Geld abzunehmen.«

»Und Lovella gehörte dazu?«

Coral nickte, spülte einen Teller ab und stellte ihn in das Abtropfgitter. »Sie haben noch in der Woche geheiratet, als er entlassen wurde, was uns hervorragend in den Kram gepaßt hat. Wir dachten uns, wenn sie ihn nicht überreden kann, es herauszurücken, dann könnte sie es stehlen ...«

»Und wenn das nicht klappen würde?«

»Wir haben nie daran gedacht, jemanden zu töten. Wir wollten nur das Geld. Uns blieb sowieso nicht viel Zeit, weil er schon einen Teil davon ausgegeben hatte. Fünf Riesen, ehe wir auch nur mit der Wimper zucken konnten, und wir wußten, wenn wir uns nicht beeilten, würde er alles ausgeben.«

»War Ihnen nicht klar, daß er beabsichtigte, das restliche Geld Tony Gahan zu geben?«

»Natürlich nicht«, erklärte sie energisch. »Billy konnte es einfach nicht glauben, als Sie ihm das erzählt haben. Wir dachten, der größte Teil wäre noch irgendwo in der Nähe. Wir dachten, wir könnten es immer noch bekommen.«

Ich beobachtete ihr Gesicht, versuchte, die Information zu verarbeiten, die sie mir da gab. »Heißt das, Sie haben Daggett mit Lovella zusammengebracht, damit sie ihn um die fünfundzwanzigtausend Dollar erleichtern konnte?«

»Richtig«, antwortete sie.

»Sie wollten es durch drei teilen! Das ist knapp über achttausend pro Person.«

»Und?«

»Coral, achttausend sind nichts!«

»Blödsinn, nichts! Wissen Sie, was ich mit acht Riesen machen könnte? Wieviel haben Sie? Haben Sie acht Riesen?«

»Nein.«

»Na also. Erzählen Sie mir bloß nicht, das wäre nichts!«

»Also schön. Es ist ein Vermögen. Und was ging dann schief?«

»Zuerst gar nichts. Billy rief ihn an und erzählte ihm, daß die Jungs in San Luis von dem Geld erfahren hätten und es zurückhaben wollten. Er erzählte Daggett, daß sie hinter ihm her wären, und da drehte der durch.«

»Woher wußten Sie, daß er ausgerechnet hierher fliehen würde?«

»Billy hatte Daggett erzählt, er würde ihm aus der Patsche helfen«, antwortete sie achselzuckend. »Und als Daggett dann in die Stadt kam, fing Billy an, ihn zu bearbeiten, versuchte ihn dazu zu bringen, es uns zu übergeben. Er sagte, er würde den Vermittler spielen, die Wogen glätten und ihn von der Angel holen.«

»Damals hatte er mir den Scheck schon gegeben, oder?«

»Klar, aber das wußten wir nicht. Er hat so getan, als hätte er das Geld noch griffbereit. Hat sich verhalten, als würde er es Billy geben, aber das war alles nur Theater. Natürlich war er da auch schon die meiste Zeit betrunken.«

»Dann hat er also Sie betrogen, während Sie ihn betrogen haben.«

»Er hat uns einfach an der Nase herumgeführt!« empörte sie sich. »Billy hat ihn Dienstag abend getroffen, und Daggett war wirklich reserviert. Erklärte, er brauchte Zeit, um es wieder in die Hände zu bekommen. Versprach, er würde es Donnerstag abend bringen. Also hat Billy ihn wieder im Hub getroffen, bloß hat Daggett gesagt, er brauchte noch einen Tag mehr. Billy hat ihn wirklich bearbeitet. Hat gesagt, diese Knaben wären ausgesprochen sauer und würden Daggett vielleicht sowieso umbringen, ob er ihnen das Geld nun gab oder nicht. Daggett wurde richtig nervös und schwor, er würde es am nächsten Abend haben. Das wäre Freitag gewesen.«

»Der Abend, an dem er starb.«

»Richtig. Ich habe an dem Abend gearbeitet, und ich sollte ihn im Auge behalten, was ich auch tat. Billy beschloß, später zu kommen, damit er richtig schwitzte, und ehe ich wußte, was los war, tauchte diese Frau auf und fing an, ihm Drinks zu kaufen. Den Rest kennen Sie ja.«

»Billy hat mir erzählt, sie hätten 'nen Erkältungsschluck genommen und wären im Hinterzimmer zusammengebrochen. Ist das wahr?«

»Ich hab mich nur hingelegt. Als ich sah, daß Daggett ging, wußte ich, daß Billy 'nen Anfall haben würde. Ich fühlte mich auch so schon schlecht genug, ohne noch mit diesem Mist fertigwerden zu müssen.«

»Und Billy ist schließlich dahintergekommen, wer sie war?«

»Ich weiß nicht. Ich schätze. Ich war heute morgen nicht hier, deshalb weiß ich auch nicht, was er vorhatte.«

»Hören Sie. Ich muß aufs Polizeirevier und Lieutenant Dolan erzählen, was passiert ist. Wenn Lovella zurückkommt, sagen Sie ihr bitte, daß es dringend ist, daß sie sich mit mir in Verbindung setzt. Tun Sie das?«

Coral schob den letzten sauberen Teller ins Gestell. Sie füllte ein Glas mit Wasser und goß es über das Geschirr, spülte damit den restlichen Schaum ab. Dann wandte sie sich um und starrte mich mit einem Blick an, der mir kalte Schauer den Rücken hinabjagte. »Glauben Sie, sie hat Billy umgebracht?«

»Ich weiß nicht.«

»Sagen Sie es mir, wenn Sie herausfinden, daß sie es war?«

»Coral, wenn sie es war, dann ist sie gefährlich. Ich möchte nicht, daß Sie da hineingeraten.«

»Aber Sie sagen es mir?«

Ich zögerte. »Ja.«

»Danke.«

25

Ich sprach noch kurz mit dem Leiter der Wohnwagenstadt. Ich gab ihm meine Karte und bat ihn, mich anzurufen, wenn Lovella zurückkam. Ich traute Coral nicht so recht. Als ich ihn zum letzten Mal sah, klopfte er gerade an ihre Tür. Ich stieg in meinen Wagen und fuhr zum Revier. Am Schalter fragte ich nach Lieutenant Dolan, aber er und Feldman waren in einer Besprechung. Der Beamte rief Jonah für mich, und er kam bis zu der verschlossenen Tür und ließ mich in den Korridor dahinter treten. Wir verhielten uns beide unauffällig – freundlich, aber niemand, der uns beobachtet hätte, wäre darauf gekommen, daß wir uns nur wenige Stunden zuvor splitternackt auf meinem Bett gewälzt hatten.

»Was ist passiert, als du heimgekommen bist?« fragte ich.

»Nichts. Alle haben geschlafen«, antwortete er. »Wir haben etwas im Labor, das dich interessieren wird.« Er ging den Gang nach rechts hinunter, und ich folgte ihm. Er drehte sich zu mir um. »Feldman hat auf deinen Vorschlag hin die Abfallkörbe untersuchen lassen. Wir glauben, daß wir den Schalldämpfer gefunden haben.«

»Wirklich?« Ich war überrascht.

Er öffnete die Tür ins Labor und hielt sie für mich, als

ich vor ihm eintrat. Der Laborant war nicht da, aber ich konnte Billys blutiges Hemd auf einem Tisch liegen sehen, zusammen mit einem Gegenstand, den ich zuerst nicht identifizieren konnte.

»Was ist das?« fragte ich. »*Das* ist er?« Was vor mir lag, war eine große Plastiksaftflasche, schwarz gestrichen. Sie lag auf der Seite und hatte ein Loch im Boden.

»Ein Wegwerf-Schalldämpfer. Selbstgemacht. Tatsächlich unterdrückt er den Lärm. Fingerabdrücke sind abgewischt worden«, erklärte Jonah.

»Ich begreife nicht, wie der funktioniert.«

»Ich mußte es mir auch von Krüger erklären lassen. Die Flasche ist mit Stoff gefüllt. Sieh's dir an. Normalerweise wird der Lauf der Waffe mit Klebestreifen umwickelt, und die Flasche wird mit einem Schlauchbinder daran befestigt. Die Sodaflasche hat einen verstärkten Boden, ist aber nur für ein paar Schuß wirksam, weil der Geräuschpegel mit jedem Schuß steigt, da das Loch größer wird. Das Ganze funktioniert natürlich am besten aus geringer Entfernung.«

»Großer Gott, Jonah. Woher wissen die Leute über solche Sachen Bescheid? Ich hab noch nie davon gehört.«

Er nahm ein dünnes Büchlein von dem Tisch hinter mir, blätterte darin, so daß ich es sehen konnte. Jede Seite war angefüllt mit Diagrammen und Fotos, die zeigten, wie man aus alltäglichen Haushaltsgegenständen Schalldämpfer basteln konnte. »Das stammt aus einem Waffengeschäft in Los Angeles«, berichtete er. »Du müßtest mal sehen, was du mit einem Haufen Kapselverschlüssen anfangen kannst.«

»Jesus.«

Lieutenant Becker steckte den Kopf durch die Tür. »Leitung eins für dich«, sagte er zu Jonah und verschwand dann wieder. Jonah warf einen Blick auf den Apparat im Labor, aber der Anruf war nicht durchgestellt worden.

»Ich nehme den an und bin gleich wieder da. Warte hier.«

»Okay«, murmelte ich. Ich beugte mich näher zu dem Schalldämpfer, versuchte mich zu erinnern, wo ich etwas Ähnliches gesehen hatte. Durch das Loch im Boden erhaschte ich einen Blick auf den blauen Frotteestoff im Innern. Als ich begriff, was es war, setzte der geistige Prozeß bei mir ein, die Maschinerie klickte, ich wußte Bescheid.

Ich richtete mich auf, lief zur Tür, überprüfte den Gang, der leer war. Ich hastete zum Auto. Ich konnte noch Ramona Westfall die Kellertreppe heraufkommen sehen, den Arm voll blauer Badehandtücher, die sie auf den Stuhl fallen ließ. Die Plastikflasche war mit Saft gefüllt gewesen, sie hatte sie fast fallen lassen, als sie sie Tony gab, der sie in den Kühlschrank stellen sollte.

Ich hielt gerade lange genug beim Büro, um bei den Westfalls anzurufen. Das Telefon klingelte viermal, dann sprang der Anrufbeantworter an.

»Hallo. Hier spricht Ramona Westfall. Weder Ferrin noch ich können im Augenblick an den Apparat kommen, aber wenn Sie Ihren Namen, Ihre Telefonnummer und eine kurze Nachricht hinterlassen, rufen wir Sie so bald wie möglich zurück. Danke.« Ich legte auf, als der Ton erklang.

Ich warf einen Blick auf meine Armbanduhr. Es war Viertel vor fünf. Ich hatte keine Ahnung, wo Ramona war, aber Tony hatte um fünf Uhr eine Verabredung, nicht weit von hier. Wenn ich ihn abfangen konnte, konnte ich ihn wegen ihres Alibis befragen, denn er war der einzige Zeuge, den sie hatte. Wie war ihr das gelungen? Er mußte wegen seiner Migräne starke Medikamente bekommen. Vielleicht hatte sie sich davongestohlen, während er schlief, hatte die Küchentür verstellt, als sie zurückkam, so daß sie für die Zeit von Daggetts Tod gedeckt war. Als sie wieder daheim war, war Tony aufgewacht – wahrscheinlich hatte sie dafür gesorgt, damit sie jemanden hatte, der die Zeit und ihre Aussage bestätigte. Sie hatte die Sandwiches zubereitet, hatte sich freundlich mit ihm unterhalten, während er aß, und sobald er wieder zu Bett gegangen war, hatte sie die Uhr erneut verstellt. Oder vielleicht war es gar nicht so kompliziert. Vielleicht war die Uhr, die Daggett trug, auf 2 Uhr 37 gestellt und dann untergetaucht worden. Sie hätte ihn schon früher umbringen und um zwei Uhr daheim sein können. Tony hatte vielleicht begriffen, was sie getan hatte, und versucht, sie zu decken, als er sah, wie nah meine Nachforschungen mich schon gebracht hatten. Es war auch möglich, daß er mit ihr unter einer Decke steckte, aber ich hoffte, das wäre nicht der Fall.

Ich schloß mein Büro ab und ging über die Vordertreppe nach unten, lief die State Street zu Fuß entlang. Das Granger Building war nicht weit entfernt, und so war ich schneller, als wenn ich in meinen Wagen gesprungen und damit bis zu dem Parkplatz hinter dem Haus gefahren wäre. Tony befand sich vielleicht immer noch in dem Spielsalon auf der anderen Straßenseite. Ich mußte ihn sprechen, ehe sie eine Chance hatte, einzugreifen. Ich wollte nicht, daß er heimfuhr. Sie mußte begriffen haben, daß die Sache heiß wurde, vor allem, nachdem ich mit dem Rock und den Schuhen in ihrem Haus aufgetaucht war. Alles, was ich von ihm brauchte, war ein Hinweis, daß ich auf dem richtigen Weg war. Dann würde ich Feldman anrufen. Ich dachte an *The Close,* das jetzt im Dämmerlicht noch düsterer wirken würde, wie ich wußte. Ich wollte nicht noch einmal dorthin fahren, wenn es nicht nötig war.

Ich warf einen Blick in den Salon. Tony war hinten, auf der rechten Seite, spielte ein Video-Spiel. Er konzentrierte sich, und ich glaube, er bemerkte mich nicht einmal. Ich wartete, beobachtete, wie kleine Kreaturen vom Bildschirm gepustet wurden. Er traf nicht sehr gut, und ich hätte Lust gehabt, selbst einen Versuch zu unternehmen. Die Geschöpfe erstarrten plötzlich, Waffen gingen hier und da los, ungeachtet seiner Manipulationen. Er schaute auf. »Oh, hallo.«

»Ich muß mit dir reden«, sagte ich.

Sein Blick wanderte zur Uhr. »Ich habe in fünf Minuten eine Verabredung. Hat es Zeit?«

»Ich bringe dich hin. Wir können uns unterwegs unterhalten.«

Er nahm sein Päckchen, und wir traten auf die Straße hinaus. Die blasse Nachmittagssonne schien nach der Dunkelheit im Spielsalon hell. Aber Nebel senkte sich, zusammen mit dem Zwielicht des Novembers. Ich drückte bei der Ampel auf den Knopf, und wir warteten auf grünes Licht. »Letzten Freitag, an dem Abend, als Daggett starb, erinnerst du dich, wo dein Onkel war?«

»Klar. In Milwaukee, auf Geschäftsreise.«

»Bekommst du wegen deiner Migräne Tabletten?«

»Äh, ja. Tylenol mit Codein, Compazine, wenn ich erbrechen muß. Wieso?«

»Ist es möglich, daß deine Tante fortgegangen ist, während du geschlafen hast?«

»Nein. Ich weiß nicht. Ich verstehe nicht, worauf Sie hinauswollen«, sagte er.

Ich dachte, er wollte mir ausweichen, sagte aber nichts.

Wir hatten das Granger Building erreicht, und Tony betrat vor mir die Eingangshalle.

Der Fahrstuhl, der außer Betrieb gewesen war, ging jetzt wieder, aber der andere stand still, die Türen offen, zwei Sägeböcke mit einem Warnschild vor der Öffnung.

Tony beobachtete mich wachsam. »Hat sie gesagt, daß sie ausgegangen wäre?«

»Sie behauptet, sie wäre mit dir daheim gewesen.«

»Also?«

»Komm schon, Tony. Du bist das einzige Alibi, das sie hat. Wenn du unter Medikamenteneinfluß gestanden hast, woher willst du dann wissen, wo sie war?«

Er drückte auf den Fahrstuhlknopf.

Die Türen öffneten sich, und wir stiegen ein. Die Türen schlossen sich ohne weiteren Zwischenfall, und wir fuhren in den sechsten Stock hinauf. Ich musterte sein Gesicht, als wir in den Flur traten. Er trug eindeutig einen Konflikt aus, aber ich wollte noch nicht drängen. Wir eilten den Gang entlang auf die Räume zu, die offensichtlich zu seinem Psychiater gehörten.

»Möchtest du über irgend etwas reden?« erkundigte ich mich.

»Nein.« Seine Stimme brach vor Empörung. »Sie sind verrückt, wenn Sie glauben, daß sie irgend etwas damit zu tun hat.«

»Vielleicht kannst du das Feldman erklären. Er ist für den Fall zuständig.«

»Ich rede nicht mit den Bullen über sie.« Tony wollte die Praxistür öffnen, stellte aber fest, daß sie verschlossen war. »Mist, er ist nicht da.«

Eine Nachricht hing an der Tür. Er streckte die Hand aus, um das Papier abzureißen, verwandelte diese Bewegung dann in einen abrupten Stoß. Dann weiß ich nur noch, daß ich auf Händen und Knien lag und er fortgelaufen war. Er hämmerte auf den Fahrstuhlknopf und bog dann nach rechts ab. Ich war auf den Beinen und lief, als ich hörte, wie die Tür zum Treppenhaus gegen die Wand schlug. Ich rannte, erreichte das Treppenhaus nur Sekunden nach ihm. Er lief bereits nach oben.

»Tony! Laß das. Tu das nicht!«

Er bewegte sich schnell, seine Schuhe kratzten über die Betonstufen. Sein angestrengter Atem hallte von den Wänden wider, als er hinauflief. Ich halte mich nicht umsonst fit, Leute. Er hatte mir die Jugend voraus, aber ich war gut in Form. Ich warf meine Tasche fort und umklammerte das Geländer, jagte hinter ihm hinauf, nahm immer zwei Stufen auf einmal. Im Laufen schaute ich nach oben, versuchte, ihn zu sehen. Er hatte den siebten Stock erreicht und lief weiter. Wie viele Stockwerke hatte dieses Haus?

»Tony! Verdammt! Warte! Was hast du vor?«

Ich hörte da oben eine weitere Tür schlagen. Ich wurde noch schneller.

Ich erreichte den obersten Treppenabsatz. Der Mann, der den Fahrstuhl repariert hatte, hatte offensichtlich die Tür zum Speicher unverschlossen gelassen, und Tony war durch die Öffnung gestürzt und hatte die Tür hinter sich zugeworfen. Ich packte den Griff, erwartete fast, die Tür versperrt zu finden. Aber sie flog auf, ich zwängte mich hindurch, blieb auf der Schwelle stehen. Der Raum war dunkel und heiß und trocken, größtenteils leer, abgesehen von einer kleinen Tür zu meiner Rechten, hinter der die Bremsen und Antriebsmotoren der Fahrstühle untergebracht waren. Ich schob kurz den Kopf in den vollgestopften Raum, aber er schien leer. Ich zog den Kopf zurück und sah mich um. Das Dach ging etwa sechs Meter hoch, die Balken steil angeordnet, die Ziegel formten dort, wo sie aufeinanderstießen, einen 90-Grad-Winkel.

Stille. Ich konnte einen rechteckigen Lichtfleck auf dem Boden sehen und blickte auf. Eine Holzleiter lehnte an der Wand zu meiner Rechten. Oben stand eine Falltür offen, schwindendes Tageslicht fiel hindurch. Ich überflog den Speicher. Auf ein paar Kisten lag eine Schalttafel. Es sah aus wie ein Lichtpult aus dem Kino im Erdgeschoß. Aus einem unerfindlichen Grund stand ein massiver Vogel aus Pappmaché auf einer Seite – ein Blauhäher in einem aufgemalten Anzug. Holzstühle stapelten sich zu meiner Linken.

»Tony?«

Ich legte eine Hand auf die Leiterstufen. Er konnte sich gut irgendwo verstecken, wartete vielleicht nur darauf, daß ich zum Dach hinaufkletterte, so daß er sich davonstehlen und die Treppe wieder hinablaufen konnte. Ich machte mich an den Aufstieg, kletterte vielleicht drei Meter hoch, so daß ich den Speicher von einem besseren Aussichtspunkt überblicken konnte. Nichts regte sich, kein Atem war zu hören. Ich schaute wieder nach oben und fing an, vorsichtig hinaufzuklettern. Ich habe keine Angst vor Höhe, aber ich mag sie auch nicht gerade gern. Immerhin wirkte die Leiter sicher, und ich konnte mir nicht denken, wo er sonst sein sollte.

Als ich oben ankam, zog ich mich hoch, bis ich sitzen konnte, und sah mich dann um. Ich war in einem kleinen Alkoven gelandet, der hinter einem Ziergiebel verborgen war, ein ebenso langer befand sich an der halben Länge des Daches. Von der Straße aus hatten die beiden wie reine Verzierung gewirkt, aber jetzt konnte ich sehen, daß der eine Belüftungsrohre verbarg. Es gab nur einen sehr schmalen Gang am Dach entlang, der von einer niedrigen Brüstung gesichert wurde. Die steile Neigung des Daches würde das Laufen riskant machen.

Ich spähte in den Speicher hinunter, hoffte, Tony aus seinem Versteck und ins Treppenhaus rennen zu sehen. Hier oben war keine Spur von Tony, es sei denn, er hatte sich auf die andere Seite gewagt. Vorsichtig stand ich auf, befand mich jetzt zwischen dem fast senkrechten Dach zu meiner Linken und der knöchelhohen Brüstung zu meiner Rechten. Tatsächlich ging ich in einer Regenrinne aus Metall, die unter meinem Gewicht knarrte. Das Geräusch gefiel mir gar nicht. Es legte nahe, daß das Metall jeden Augenblick nachgeben und ich auf einer Seite hinabstürzen würde.

Ich schaute acht Stockwerke tief auf die Straße, die nicht so weit entfernt schien. Die Häuser auf der anderen Straßenseite waren zwei Stockwerke hoch und erweckten die tröstliche Illusion von Nähe, aber die Fußgänger wirkten durch die Höhe noch immer wie Zwerge. Die Straßenlampen waren angegangen, und der Verkehr unten nahm ab. Zu meiner Rechten, einen halben Block weit entfernt, wurde der Glockenturm des Axminster-Theaters von innen beleuchtet, die Bögen waren in bräunliches Gold und warmes Blau gehüllt. Der Sturz würde ungefähr fünfundzwanzig Meter ausmachen. Ich versuchte mich an die Geschwindigkeit eines fallenden Objektes zu erinnern. Irgend etwas mit Meter per Sekunde war alles, was mir dazu einfiel, aber ich wußte, das Endergebnis wäre ein unglaublicher Fleck. Ich blieb stehen, wo ich war, und hob die Stimme. »Tony!«

Aus dem Augenwinkel erhaschte ich eine blitzschnelle Bewegung, und mein Herz klopfte mir bis zum Hals. Die

Plastiktüte, die er bei sich gehabt hatte, flog nach unten, schwebte gemütlich dahin. Woher kam sie? Ich spähte über die Brüstung. Ich konnte eine der Nischen sehen, die in die Wand geschlagen worden waren, direkt unter dem Sims. Der Fries, der das Gebäude umlief, hatte von der Straße aus immer ausgesehen, als wäre er aus Marmor, aber jetzt erkannte ich, daß es sich um Gips handelte. Die Nische selbst befand sich ungefähr vier Fuß weiter unten und links von mir. Eine Halbmuschel ragte vielleicht dreißig Zentimeter weit an der Unterkante vor, hielt etwas mit einer Fackel, das wahrscheinlich eine Lampe sein sollte, alles aus Gips gegossen wie der Fries. Tony saß da unten, das Gesicht mir zugewandt. Er war über den Rand geklettert und hockte jetzt in der flachen Ziernische, einen Arm um die Fackel geschlungen, mit baumelnden Beinen. Aus der Tüte, die er bei sich gehabt hatte, hatte er eine Perücke gezogen, hatte sie aufgesetzt und blickte jetzt mit einem sonderbaren Funkeln in den Augen zu mir empor.

Ich starrte auf die Blondine, die Daggett getötet hatte.

Einen Moment lang schauten wir uns an, sagten nichts. Er hatte den anmaßenden Blick eines Zehnjährigen, der seiner Mutter trotzt, aber unter diesem Wagemut spürte ich ein Kind, das hoffte, jemand würde eingreifen und es vor sich selbst retten.

Ich legte eine Hand auf den Vorsprung, um mich zu stützen. »Kommst du hinauf, oder soll ich hinunterkommen?« Ich bemühte mich um einen sachlichen Ton, aber mein Mund war trocken.

»Ich gehe in einer Minute nach unten.«

»Darüber sollten wir vielleicht reden«, schlug ich vor.

»Dazu ist es zu spät«, erklärte er mit dümmlichem Lächeln. »Ich bin entschlossen zu fliegen.«

»Wartest du da, bis ich bei dir bin?«

»Kein Festhalten«, warnte er.

»Ich werde dich nicht festhalten.«

Meine Handflächen waren feucht, und ich wischte sie an meiner Jeans ab.

Ich hockte mich hin, das Gesicht zum Dach, streckte vorsichtig einen Fuß am Fries entlang. Ich schaute nach unten, versuchte Halt zu finden. Girlanden aus Ananas, Trauben und Feigenblättern bildeten ein Basrelief, das sich um das Haus herumzog. »Wie hast du das geschafft?« wollte ich wissen.

»Ich habe nicht darüber nachgedacht. Ich hab es einfach gemacht. Sie brauchen nicht runterzukommen. Das ändert nichts.«

»Ich will einfach nicht mit dir reden und dabei über den Rand hängen«, log ich verzweifelt. Ich hoffte, nahe genug zu kommen, um ihn zu packen, ignorierte die Visionen von ihm und mir im Kampf in dieser Höhe. Ich hielt mich fest, schob eine Zehe in eine flache Vertiefung, die von einer Weinranke gebildet wurde. Die Nische war nur einen Meter entfernt. Auf ebener Erde hätte ich keinen Gedanken daran verschwendet.

Ich spürte, daß er mich beobachtete, aber ich wagte nicht, zu ihm zu sehen. Ich klammerte mich an der Brüstung fest, ließ den linken Fuß herab.

»Sie werden mich nicht davon abbringen«, erklärte er.

»Ich will nur deine Seite von der ganzen Sache hören«, sagte ich.

»Also schön.«

»Du wirst doch nicht versuchen, mich umzubringen, oder?«

»Warum sollte ich? Sie haben mir nie was getan.«

»Ich bin froh, daß dir das klar ist. Jetzt bin ich wirklich ganz zuversichtlich.« Ich hörte, wie er über meinen Ton lachte.

Ich habe Zeitungsbilder von einem Mann gesehen, der in Tennisschuhen eine senkrechte Felswand hinaufklettert und sich dabei mit den Fingerspitzen in kleinen Sprüngen festhält, die er beim Aufstieg entdeckt. Mir war das immer lächerlich vorgekommen, und ich hatte für gewöhnlich weitergeblättert bis zu einem Artikel, der mir sinnvoller erschien. Der Anblick der Fotos rief schon Schweißausbrüche bei mir hervor, vor allem, wenn sie von einem Standpunkt aus aufgenommen waren, wenn er in einen gähnenden Abgrund blickte. Vielleicht habe ich mehr Angst vor der Höhe, als ich eingestehen will.

Ich ließ zu, daß mein rechter Fuß sich bis zum Rand der Nische senkte. Ich fand einen Halt für meine Hand, weiter unten und rechts von mir. Fühlte sich an wie eine Ananas, aber ich war nicht sicher. Da vertraute ich meine Sicherheit also einem falschen Stück Obst an. Ich mußte verrückt sein.

Das Schlimmste war, tatsächlich loszulassen, als mein Fuß sicher in der Vertiefung stand. Ich mußte in die Knie gehen, mich leicht nach rechts drehen, mich Stück für Stück herablassen, bis ich endlich sitzen konnte. Tony, wie immer höflich, reichte mir tatsächlich die Hand, hielt mich, bis ich neben ihm saß. Ich bin nicht tapfer. Wirklich nicht. Ich wollte bloß nicht, daß er von diesem Gebäude flog, während ich zuschaute. Ich legte meinen linken Arm um die Fackel, gleich unter seinem, hielt mich mit der rechten Hand am Handgelenk fest. Ich konnte fühlen, wie mir der Schweiß am Körper herablief.

»Ich hasse das«, erklärte ich. Ich war gereizt und fertig, nicht von der Anstrengung, sondern aus Angst.

»So schlimm ist es nicht. Sie dürfen nur nicht nach unten schauen.«

Natürlich tat ich das. Kaum hatte er das gesagt, da packte mich der unwiderstehliche Wunsch zu blinzeln. Ich hoffte, daß uns jemand sehen würde, wie es im Fernsehen immer ist. Dann würden die Cops mit ihren Netzen kommen, und die Wagen der Feuerwehr, und jemand würde ihn überreden, es nicht zu tun. Ich bin ein Erdzeichen, ein Stier. Ich war nie ein Mensch der Luft, des Wassers oder des Feuers. Ich bin ein Geschöpf der Schwerkraft, und ich konnte fuhren, wie der Boden flüsterte. Dasselbe passiert mir, wenn ich in alten Hotels im zweiundzwanzigsten Stock wohne. Ich öffne ein Fenster und will mich hinausschwingen.

»Ach je, das ist so eine schlechte Idee«, meinte ich.

»Für Sie vielleicht, für mich nicht.«

Ich versuchte an mein kurzes Leben als Cop zurückzudenken, an das Standardvorgehen im Umgang mit potentiellen Selbstmördern. Zeitschinden war die erste Regel. Ich konnte mich nicht erinnern, daß davon die Rede war, daß man seinen Arsch über den Rand eines Hauses hängen sollte, aber genau das tat ich gerade. »Worum geht's, Baby? Willst du mir das nicht erzählen?« fing ich an.

»Da gibt es nicht viel zu erzählen. Daggett rief Montag bei uns an. Tante Ramona hat die Nummer notiert, und ich rief ihn zurück. Ich habe davon geträumt, ihn umzubringen. Ich konnte es nicht abwarten. Seit Monaten hatte ich diese Phantasien, jede Nacht, ehe ich einschlief. Ich wollte ihn erwischen, mit einem Draht um den Hals, und langsam zudrehen, bis er in seine Luftröhre schnitt und seine Zunge aus dem Mund kam. Das dauert nicht sehr lange. Ich hab vergessen, wie man das nennt ...«

»Strangulieren«, half ich.

»Ja, das hätte mir gefallen, aber dann dachte ich mir, es wäre besser, wenn es wie ein Unfall aussehen würde, weil – so würde ich nicht erwischt werden.«

»Warum hat er angerufen?«

»Ich weiß nicht. Er war betrunken und brabbelte, sagte, es täte ihm leid und er wollte an mir wiedergutmachen, was er getan hatte. Ich sagte: ›Schön. Warum treffen wir uns nicht und reden miteinander?‹ Und er: ›Das würde mir so viel bedeuten, mein Sohn.‹« Tony spielte die Rollen, verwendete eine bebende Falsettstimme für Daggett. »Also hab ich ihm gesagt, ich würde ihn am nächsten Abend in dieser Bar treffen, von der aus er angerufen hat, im Hub. Dadurch blieb mir nicht mehr viel Zeit, diese Aufmachung zusammenzustellen.«

»War das Ramonas Rock?«

»Nee, den hab ich für 'nen Dollar im Laden von der Heilsarmee gekauft. Das Sweatshirt hat noch mal fünfzig Cent gekostet und die Schuhe zwei Dollar.«

»Wo ist das Sweatshirt?«

»Das hab ich in einen anderen Abfallkorb geworfen, eine Straße von dem ersten entfernt. Ich dachte, so würden sie alle auf der Müllhalde enden.«

»Was ist mit der Perücke?«

»Die gehört Tante Ramona, ist schon Jahre alt. Sie hat nicht einmal gemerkt, daß sie fort war.«

»Warum hast du die behalten?«

»Ich weiß nicht. Ich wollte sie in den Schrank zurücklegen, wo ich sie rausgenommen hatte, für den Fall, daß ich sie noch mal benötigen würde. Ich hatte sie am Strand auf, aber dann fiel mir ein, daß Billy bereits Bescheid wußte.« Er brach ab, offensichtlich verwirrt. »Ich hätte vielleicht meinem Therapeuten von all dem erzählt, wenn er dagewesen wäre. Na ja, die Perücke ist jedenfalls teuer. Das ist echtes Haar.«

»Die Farbe ist auch hübsch«, sagte ich. Ich meine, was hätte ich sonst machen können? Sogar Tony begriff, wie absurd das war, und warf mir einen wütenden Blick zu.

»Sie wollen mich bei Laune halten, stimmt's?«

»Natürlich!« fuhr ich ihn an. »Ich bin nicht hierhergekommen, um mit dir zu streiten.«

Er zuckte leicht mit den Achseln und lächelte verlegen.

»Hast du ihn dann wirklich Dienstagabend dort getroffen?« erkundigte ich mich.

»Nein. Ich war dort. Da hatte ich schon alles geplant, bloß, als ich reinkam, saß er mit 'nem Kerl an einem Tisch. Stellte sich raus, daß das Billy Polo war, aber das wußte ich da noch nicht. Billy saß in der Nische, mit dem Rücken zur Tür. Ich sah Daggett, merkte aber nicht, daß er Gesellschaft hatte, bis ich direkt vor ihm stand. In der Minute, als ich Billy entdeckt hab, bin ich abgehauen, aber da hatte er mich schon gesehen. Ich hab mir keine Sorgen gemacht. Dachte mir, ich würde den ohnehin nie wiedersehen. Ich hab mich noch 'ne Weile da rumgetrieben, aber die waren wirklich vertieft in ihr Gespräch. Ich hab gemerkt, daß Billy ihn bearbeitet hat, und es war unwahrscheinlich, daß er das so bald unterlassen würde. Also hab ich einen Wagen angehalten und bin heim.«

»War das eine der Nächte, in denen du Migräne hattest?«

»Ja. Ich meine, manche sind echt, und manche sind falsch, aber ich mußte etwas haben, verstehen Sie? Damit ich kommen und gehen kann, wie es mir gefällt.«

»Wie bist du zum Hub gekommen, mit dem Taxi?«

»Mit dem Rad. In der Nacht, als ich ihn umgebracht hab,

bin ich runtergefahren und hab es im Hafen gelassen, und dann habe ich von einer Telefonzelle ein Taxi gerufen und bin damit zum Hub gefahren.«

»Woher wußtest du, daß er auftauchen würde?«

»Weil er wieder angerufen und gesagt hat, er würde dort sein.«

»Ist ihm nie in den Sinn gekommen, du wärest schon mal dagewesen?«

»Woher sollte er das wissen? Er hatte mich seit vor der Verhandlung nicht mehr gesehen. Ich war damals zwölf, dreizehn, ein dicker Junge. Ich glaube, selbst wenn er es erraten hätte, hätte ich es trotzdem getan, ihn umgebracht ... und wenn er erst einmal tot gewesen wäre, wer hätte dann noch etwas gewußt?«

»Was ist schiefgegangen?«

Er runzelte die Stirn. »Ich weiß nicht. Das heißt, doch. Der Plan war in Ordnung. Es war etwas anderes.« Sein Blick traf meinen, und er sah jetzt genauso aus wie fünfzehn, die blonde Perücke verlieh seinem Gesicht, das durch Jugend noch ungeprägt war, Weichheit und Tiefe. Ich konnte sehen, wie leicht er als Frau durchgehen würde, schlank, mit reiner Haut, einem süßen Lächeln auf dem breiten Mund. Er schaute auf die Straße hinab, und einen Moment lang fürchtete ich, er würde sich hinabstürzen.

»Als ich acht war, hatte ich diese kleinen Mäuse«, erzählte er. »Die waren wirklich süß. Ich habe sie in einem Käfig gehabt, mit einem Rad und einer Wasserflasche, die mit dem Kopf nach unten hing. Mom hat nicht geglaubt, daß ich für sie sorgen würde, aber ich hab's getan. Ich hab Papierstreifen auf den Käfigboden gelegt, damit sie sich ein Nest bauen konnte. Jedenfalls hatte das Mausmädchen dann Babys. Die waren nicht länger als so.« Er zeigte das

Ende eines kleinen Fingers. »Kahl«, fuhr er fort. »Ganz winzige, komische Dinger. An einem Wochenende mußten wir aus der Stadt fort, und als wir wiederkamen, hatte die Katze versucht, in den Käfig zu kommen. Hatte ihn vom Tisch gestoßen und alles. Die Mäuse waren fort. Wahrscheinlich hat die Katze sie erwischt, bis auf das eine, das in all den Papierschnipseln gelegen hatte. Nun ja, das Wasser war verschüttet, das Papier war naß, und das kleine Ding muß Lungenentzündung oder so gehabt haben, weil es so keuchte, als könnte es nicht richtig atmen. Ich hab versucht, es warm zu halten. Ich hab es stundenlang beobachtet, und es wurde immer schlimmer und schlimmer, und da hab ich beschlossen, daß ich es besser ... Sie wissen schon, töten sollte. Damit es nicht länger leiden mußte.«

Er beugte sich vor, seine Füße schwangen hin und her.

»Mach das nicht«, murmelte ich besorgt. »Erzähl die Geschichte weiter. Ich will wissen, was dann passiert ist.«

Da sah er mich an, seine Stimme klang ganz mild. »Ich hab es in die Toilette geworfen. Das war die einzige Art, es zu töten, dir mir einfiel. Ich konnte es nicht zertreten, also hab ich mir gesagt, ich spül es einfach fort. Das kleine Ding war ohnehin schon halb tot, und ich dachte, ich würde ihm einen Gefallen tun, es von seinem Elend befreien. Aber ehe ich das tun konnte, fing dieses winzige, haarlose Baby an zu kämpfen. Man konnte sehen, daß es panische Angst hatte, versuchte, da herauszukommen, als wüßte es, was geschehen würde ...« Er brach ab, fuhr sich an die Augen. »Daggett hat das auch gemacht, und jetzt kann ich diesen Ausdruck auf seinem Gesicht nicht vergessen, verstehen Sie? Ich sehe ihn den ganzen Tag vor mir. Er wußte es. Das war mir nur recht. Ich wollte das. Ich wollte, daß er wußte, daß ich es war, daß sein Leben keinen roten Heller mehr wert war. Ich dachte einfach, ihm hätte das nichts ausgemacht. Er war betrunken, ein Säufer, und er hatte all diese Menschen umgebracht. Er hätte sterben sollen. Er hätte sogar froh darüber sein sollen. Ich befreite ihn von seinem Elend, verstehen Sie? Warum also mußte er es so schwermachen?«

Er verstummte, und dann atmete er laut aus. »Na ja, so ist das jedenfalls gelaufen. Ich kann nicht mehr schlafen. Ich träume von dem Zeug. Macht mich krank.«

»Was ist mit Billy? Ich nehme an, er hat es begriffen, als er dich bei der Beerdigung sah.«

»Ja. Das war komisch. Ihm war Daggett völlig egal, aber er glaubte, er müßte einen Teil des Geldes haben, wenn er den Mund halten würde. Ich hätte ihm ja alles gegeben, aber ich hab ihm nicht geglaubt. Sie hätten ihn sehen müssen. Prahlte da rum, stieß all diese Drohungen aus. Ich stellte mir vor, wie er eines Nachts ausplappern würde, was er wußte, und dann würde ich in der Patsche sitzen.«

Der Rand der Nische schnitt langsam in mein Hinterteil. Ich hielt mich so fest, daß mein Arm schon taub wurde, aber ich wagte nicht, loszulassen. Ich hatte keine Ahnung, wie ich uns beide hier herausbringen sollte, aber ich wußte, daß ich besser bald damit anfing.

»Ich habe auch mal einen Mann getötet«, sagte ich. Ich wollte mehr sagen, aber das ist alles, was ich rausbrachte. Ich biß die Zähne zusammen, versuchte, die Gefühle wieder hinabzuzwingen, wo ich sie unter Verschluß gehalten hatte. Es überraschte mich, daß es nach all dieser Zeit noch immer schmerzte, daran zu denken.

»Vorsätzlich?«

Ich schüttelte den Kopf. »Notwehr, aber tot ist tot.«

Sein Lächeln war süß. »Sie können ja mit mir kommen.«

»Sag das nicht. Ich werde nicht springen, und ich möchte auch nicht, daß du springst. Du bist fünfzehn Jahre alt. Es gibt eine Menge anderer Auswege.«

»Ich glaube nicht.«

»Deine Eltern haben Geld. Sie könnten Melvin Belli engagieren, wenn sie wollten.«

»Meine Eltern sind tot.«

»Nun, die Westfalls. Du weißt schon, was ich meine.«

»Aber Kinsey, ich habe zwei Menschen umgebracht, und ich habe es geplant. Wie soll ich damit durchkommen?«

»Auf dieselbe Art, wie es die Hälfte der Killer in diesem Land tut«, erklärte ich energisch. »Zum Teufel, Ted Bundy lebt auch noch, warum solltest du da nicht überleben?«

»Wer ist das?«

»Unwichtig. Jemand, der viel Schlimmeres getan hat als du.«

Er dachte einen Moment lang nach. »Ich glaube nicht, daß das klappen würde. Ich fühle mich zu schlecht, und ich sehe kein Ziel.«

»Es gibt keines. Das ist der Teil, den du erfinden mußt.«

»Könnten Sie mir einen Gefallen tun?«

»Sicher. Was?«

»Könnten Sie meiner Tante ausrichten, ich hätte Lebwohl gesagt? Ich wollte ihr einen Brief schreiben, aber ich hatte keine Gelegenheit mehr.«

»Verdammt noch mal, Tony! Tu's nicht! Sie hat schon genug leiden müssen.«

»Ich weiß, aber sie hat meinen Onkel Ferrin, und sie werden das schon schaffen. Sie haben sowieso nie so recht gewußt, was sie mit mir anfangen sollten.«

»Aha, verstehe. Du hast dir schon alles überlegt.«

»Ja, hab ich. Ich habe über all das gelesen. Keine große Sache. Ständig bringen sich irgendwelche Kinder um.«

Ich ließ den Kopf hängen, unfähig, mir eine Antwort auszudenken. »Tony, hör zu«, sagte ich schließlich. »Es ist dumm, was du da sagst, und es ergibt keinen Sinn. Hast du eine Ahnung, wie schlimm das Leben für mich schien, als ich in deinem Alter war? Ich hab die ganze Zeit geweint und fühlte mich beschissen. Ich war häßlich. Ich war dürr. Ich war einsam, ich war verrückt. Ich hätte nie gedacht, daß ich da durchkommen würde, aber ich habe es geschafft. Das Leben ist hart. Das Leben schmerzt. Na und? Du stehst es durch. Du bringst es hinter dich, und dann fühlst du dich wieder besser. Das schwöre ich bei Gott.«

Er legte den Kopf schief, musterte mich aufmerksam. »Ich glaube nicht. Ich stecke zu tief drin. Ich kann nicht noch mehr ertragen. Es ist zuviel.«

»Tony, es gibt Tage, da kann keiner von uns es ertragen, aber das Gute kommt wieder. Glück ist nicht von Dauer, wie alles andere auch nicht. Warte ab. Es gibt Menschen, die dich lieben. Menschen, die dir helfen können.«

Er schüttelte den Kopf. »Das kann ich nicht. Es ist ungefähr so, als hätte ich einen Handel mit mir selbst abgeschlossen, das hinter mich zu bringen. Sie wird es verstehen.«

Ich konnte fühlen, wie meine Laune umsprang. »Soll ich ihr das erzählen? Daß du einen Sprung in die Tiefe gemacht hast, weil du einen verdammten *Handel* mit dir selbst abgeschlossen hast?« Auf seinem Gesicht zeigte sich Unsicherheit. In sanfterem Ton fuhr ich fort: »Soll ich ihr erzählen, wir hätten so hier oben gesessen, und ich hätte dich nicht davon abbringen können? Ich kann dich das nicht tun lassen. Du brichst ihr das Herz.«

Er starrte in seinen Schoß hinab, sein Blick nach innen gerichtet. Sein Gesicht wurde rot, wie es bei Jungs ist, wenn sie nicht weinen wollen. »Es hat nichts mit ihr zu tun. Sagen Sie ihr, es lag nur an mir, und sie hat sich einfach prima verhalten. Ich liebe sie wirklich, aber es geht hier um mein Leben, verstehen Sie?«

Ich schwieg einen Augenblick, versuchte herauszufinden, welchen Weg ich als nächstes einschlagen sollte.

Sein Gesicht erhellte sich, und er hielt einen Zeigefinger hoch. »Das hätte ich fast vergessen. Ich habe ein Geschenk für Sie.« Er rückte herum, ließ die Fackel los, was mich instinktiv nach ihm packen ließ. Darüber mußte er lachen. »Ganz ruhig. Ich greife nur in meinen Hosenbund.«

Ich schaute hin, was er hervorgezogen hatte. Meine .32er lag in seiner Hand. Er streckte sie aus, damit ich sie nehmen konnte, begriff zu spät, daß ich keine Hand frei hatte, um sie entgegenzunehmen.

»Macht nichts. Ich lege sie dorthin«, erklärte er freundlich. Er schob sie in die Nische, hinter die Fackel, an der ich mich festklammerte.

»Wie hast du die bekommen?« Zeit schinden, Zeit.

»Genau wie alles andere. Ich hab meinen Kopf benutzt. Sie haben Ihre Privatadresse auf die Karte geschrieben, die Sie Tante Ramona gegeben haben. Also bin ich mit dem Fahrrad hingefahren und habe gewartet, bis Sie heimgekommen sind. Ich wollte mich Ihnen vorstellen, wissen Sie, den höflichen Knaben spielen, mit guten Manieren und anständigem Haarschnitt und allem. Richtig schön unschuldig. Ich war nicht sicher, wieviel Sie wußten, und ich dachte, ich könnte Sie vielleicht von der Spur abbringen. Ich sah den Wagen, und Sie hätten fast gehalten, sind dann aber wieder losgefahren. Ich mußte wahnsinnig in die

Pedale treten, um mit Ihnen mitzuhalten, und dann haben Sie am Strand geparkt, und ich sah meine Chance, Ihr Zeug durchzuwühlen.«

»Damit hast du dann Billy umgebracht?«

»Ja. Die war da, und ich brauchte etwas, was schnell ging.«

»Woher wußtest du über selbstgemachte Schalldämpfer Bescheid?«

»Ein Typ in der Schule. Ich kann auch eine Rohrbombe basteln«, erklärte er stolz. Dann seufzte er. »Ich muß jetzt bald gehen. Die Zeit ist fast um.«

Ich warf einen Blick nach unten auf die Straße. Es wurde hier wirklich langsam dunkel, aber der Fußweg war hell, der Spielsalon auf der anderen Straßenseite beleuchtet wie ein Kino. Zwei Leute auf der anderen Straßenseite hatten uns entdeckt, aber ich begriff, daß ihnen nicht klar war, was hier vorging. Ein Stunt? Dreharbeiten? Ich sah Tony an, aber er schien es nicht zu merken. Mein Herz hämmerte wieder und ließ meine Brust eng und heiß erscheinen.

»Ich werde langsam müde«, bemerkte ich. »Ich würde gern hinaufgehen, aber ich brauche Hilfe. Stützt du mich mit der Hand?«

»Klar«, sagte er. Dann stockte er, sein ganzer Körper spannte sich wachsam. »Das ist doch kein Trick, oder?«

»Nein.« Aber ich konnte hören, wie meine Stimme zitterte, und die Lüge schnitt in meine Zunge wie eine Rasierklinge. Ich habe immer mit Leichtigkeit und geschickt gelogen, voller Erfindungsreichtum und Überzeugung, aber diese Lüge brachte ich nicht heraus. Ich sah, wie er eine Bewegung machte. Ich packte nach ihm, klammerte mich um des lieben Lebens willen an ihn, aber er mußte nur einmal kurz und schnell den Arm drehen, und meine

Hand löste sich. Ich streckte sie erneut aus, aber zu spät. Ich sah, wie er sich abstieß. Einen Augenblick lang schien er zu schweben wie ein Blatt, dann verschwand er aus meinem Blick. Danach schaute ich nicht wieder nach unten.

Ich dachte, ich würde eine Sirene heulen hören, aber der Ton kam von mir.

Ich berechnete Barbara Daggett $ 1040,00, die sie umgehend bezahlte. Wir haben jetzt fast Weihnachten, und ich habe seit sechs Wochen nicht mehr gut geschlafen. Ich habe viel über Daggett nachgedacht und meine Meinung in einer Hinsicht geändert. Ich glaube, er wußte, was los war. Aus der Ferne hatte man Tony vielleicht für eine Frau halten können, aber aus der Nähe sah er genau nach dem aus, was er war . . . ein Kind, das sich verkleidet hatte, für sein Alter überaus schlau, aber auch nicht annähernd schlau genug. Ich glaube nicht, daß Daggett darauf hereingefallen war. Warum er das Spiel mitspielte, weiß ich nicht. Wenn er geglaubt hatte, was Billy ihm erzählte, dann mußte er sich gesagt haben, daß er ohnehin ein toter Mann war. Vielleicht hatte er das Gefühl gehabt, er schuldete Tony dieses letzte Opfer. Ich werde es nie wissen, aber so ergibt es für mich mehr Sinn. Es gibt Schulden der menschlichen Seele, die so enorm sind, daß nur das Leben selbst eine ausreichende Buße darstellt. Vielleicht sind in diesem Fall jetzt alle Rechnungen voll bezahlt . . . bis auf meine.

Hochachtungsvoll,
Kinsey Millhone

Danksagung

Die Autorin möchte sich bei folgenden Personen für ihre unschätzbare Hilfe bedanken: Steven Humphrey, Florence Clark, Joyce Mackewich, Steve Stafford, Bob Ericson, Ann Hunnicutt, Charles und Mary Pope von der Rescue Mission, Michael Thompson vom Santa Barbara Probation Department, Michelle Bores und Bob Brandenburg vom Santa Barbara Harbor Master's Office, Mary Louise Days vom Santa Barbara Building Department und Gerald Dow, Crime Analyst, vom Santa Barbara Police Department.